Mitternacht in Charlbury House

Helen Peters wuchs auf einer altmodischen Farm in Sussex inmitten ihrer Familie, vieler Tiere und Unmengen von Schlamm auf. Einen Großteil ihrer Kindheit verbrachte sie damit, Geschichten zu lesen und in einer alten Scheune Theaterstücke zu inszenieren. Heute lebt sie in Brighton, zusammen mit ihren zwei Kindern, zwei Katzen, zwei Meerschweinchen und einem Ehemann.

Helen Peters

Mitternacht in Charlbury House

Aus dem Englischen von Cornelia Panzacchi

Thienemann

Für Freddy

Teil eins

Victoria Station

»Eine große heiße Schokolade mit Schlagsahne und Marshmallows, bitte«, sagte ich zu dem Mann hinter dem Tresen. »Und auch einen von diesen Donuts.«

Ich suchte in meiner Tasche nach dem Geldbeutel und stellte fest, dass er von Mum großzügig aufgefüllt worden war.

»Für Notfälle«, hatte sie gesagt.

Na toll.

In diesem Augenblick war meine Mutter unterwegs zum Londoner Flughafen Heathrow, zusammen mit ihrem frisch gebackenen neuen Ehemann, der mit ihr romantische Flitterwochen in Venedig verbringen wollte.

Ich dagegen war vor dem riesigen Bahnhof Victoria Station ausgesetzt worden, mit der Anweisung, in einen bestimmten Zug einzusteigen. Er sollte mich in ein abgelegenes kleines Dorf bringen, zu einer Patentante, die ich bisher nur ein einziges Mal gesehen hatte. Und da war ich noch ein Baby gewesen.

Und wenn das kein Notfall war, den man nur mithilfe einer großen heißen Schokolade und einem Donut mit bunten Zuckerstreuseln überleben kann, dann weiß ich auch nicht.

Irgendwo im Nirgendwo

Der Zug nach Highfield war ungefähr so schnell wie eine erschöpfte Nacktschnecke. Es war schon fast dunkel und wir hatten uns so weit von der Zivilisation entfernt, dass außer mir nur noch ein einziger anderer Fahrgast im Waggon war. Er saß über eine Tüte Chips gebeugt, die er einzeln herauszupfte und laut zerkaute. Ich überlegte, in einen anderen Waggon zu gehen, aber dann hätte er vielleicht gedacht, dass ich Angst vor ihm hatte. (Was auch tatsächlich der Fall war, aber ich wollte nicht, dass er es mitbekam.)

Wenn der Zug so langsam weiterfuhr, war Mum wahrscheinlich in Venedig, bevor ich in Highfield ankam. Vom Bahnhof aus sollten es noch knapp acht Kilometer bis zum Haus meiner Patentante sein. Eine Patentante, über die ich nur wusste, dass sie zweiundsiebzig Jahre alt war.

»Du wirst sie mögen«, hatte Mum gesagt. »Sie ist furchtbar nett.«

Was überhaupt nichts zu bedeuten hatte. Mum sagt das über jeden, der nicht gerade schwer kriminell ist. Außerdem hatte ihre Aufmerksamkeit in diesem Moment eher ihrem halb gefüllten Koffer gegolten.

»Das hier oder das andere?«, hatte sie gefragt und zwei dünne Sommerkleider hochgehalten. Ich hatte die Schultern gezuckt. In London war es eiskalt. In Venedig aber würde natürlich perfektes Sommerwetter herrschen.

»Vielleicht doch beide«, hatte Mum schließlich gesagt. »Sie wiegen sowieso fast nichts.«

Eigentlich war es anders geplant gewesen. Ich hatte während Mums Flitterwochen bei meiner besten Freundin Nisha wohnen sollen. Doch dann starb Nishas Großvater und sie mussten zur Beisetzung nach Indien fliegen, und deshalb beschloss Mum, mich stattdessen zu meiner Patentante zu schicken. Ich wäre viel lieber zu Hause geblieben, aber davon wollte Mum nichts hören.

»Du bist erst dreizehn. Ich kann dich doch nicht fünf Tage lang allein lassen. Es könnte sonst was passieren!«

»Was soll denn schon passieren? Ich habe mein ganzes Leben lang in dieser Wohnung gelebt und es ist nie was passiert. Außerdem könnte ich meine Freunde und Freundinnen einladen.«

»Das ist genau das, was mir Sorgen macht«, sagte Mum. Als ich den Mund öffnete, um etwas zu erwidern, kam sie mir zuvor: »Gib dir keine Mühe, Evi. Ich lasse dich nicht eine Woche lang allein. Ende der Diskussion!«

So. Und nun ging es los. Schönen Urlaub, Evi!

Dicke fette Regentropfen klatschten gegen die Zugfenster. Draußen war außer Feldern und Bäumen nichts zu sehen, die langweilige Landschaft wirkte im Dämmerlicht ausgesprochen düster. Wir waren schon ewig an keinem Haus mehr vorbeigekommen.

Das angeknackste Display meines Smartphones wurde hell und meldete das Eintreffen einer Textnachricht. Ich griff schnell danach, in der Hoffnung, es könnte die SMS einer Freundin sein. Stattdessen aber hatte sich meine Patentante gemeldet.

Sorry, muss zu einer Versammlung. Nimm dir am Bahnhof ein Taxi. Bis du eintriffst, bin ich sicher zurück. Anna

Was für ein herzliches Willkommen!

Ich schrieb Mum sofort. Vielleicht würde es ihr wenigstens ein bisschen leidtun, dass sie ihre einzige Tochter einer Frau anvertraut hatte, der irgend so ein blödes Dorftreffen wichtiger war, als sich um sie zu kümmern.

Vorausgesetzt, Mum konnte ihren Blick ein paar Sekunden lang von ihrem perfekten neuen Gatten lösen, um auf ihr Handy zu schauen.

Ich drückte auf »Senden«, aber das Signal war weg. Unglaublich! Wir fuhren nicht mal durch einen Tunnel. War das etwa normal, hier auf dem Land?

Auf einmal befiel mich ein schrecklicher Gedanke. Was, wenn es in Charlbury überhaupt keinen Empfang gab? Was, wenn ich fünf Tage in der Wohnung einer alten Dame verbringen musste, ohne Kontakt zur Außenwelt? Das würde ich nicht überleben!

Es regnete immer stärker und das Wasser lief außen in schrägen Rinnsalen über die Fensterscheibe. Ich überlegte schon, meinen Skizzenblock hervorzuholen, um die Regentropfen zu zeichnen, als der Zug langsamer wurde.

Highfield. Wir waren angekommen.

Außer mir stieg niemand aus. Der Bahnhof war menschenleer. Vor dem Ausgang parkte ein einsames Taxi. Als ich darauf zuging, öffnete der Fahrer das Fenster. Ich nannte ihm die Adresse und versuchte so zu tun, als würde ich jeden Tag allein Taxi fahren. Der Fahrer nickte, sagte aber kein Wort, was ich ziemlich unheimlich fand. Ich war immer noch fassungslos, dass ich wegen meiner Patentante zu einem fremden Mann ins Auto einsteigen sollte. Aber ich konnte nirgends eine Bushaltestelle entdecken. Also blieb mir keine andere Wahl.

Wir ließen das kleine Dorf bald hinter uns. Durch die regennassen Autofenster sah ich nichts als Dunkelheit.

Der Fahrer schwieg immer noch. Alles, was ich von der Rückbank aus von ihm sehen konnte, waren sein dicker Hals und der kahle Hinterkopf.

Was, wenn er mich gar nicht nach Charlbury brachte, sondern an irgendeinen einsamen Ort, wo er mich umbringen und meinen Körper verscharren würde?

Nach etlichen Minuten Fahrt, die mir wie Stunden vorkamen, bog er in einen schmalen gewundenen Weg ein. Inzwischen war ich fast krank vor Angst. Ich hielt den Türgriff umklammert für den Fall, dass ich schnell aus dem Auto springen musste. Der Taxifahrer wirkte nicht sehr sportlich. Vielleicht konnte ich schneller laufen als er. Das war meine einzige Chance.

Wir wurden langsamer und ich hatte das Gefühl, ich müsste mich gleich übergeben. Lautlos begann ich zu beten. Ich bin zwar nicht besonders religiös, aber gerade war niemand anderes da, den ich um Hilfe bitten konnte.

Von dem Weg bog der Fahrer wieder auf eine schmale, von Bäumen gesäumte Allee ab. Im Licht der Scheinwerfer tauchte an deren Ende ein großes altes Haus auf.

»Charlbury House«, sagte der Taxifahrer und hielt den Wagen vor dem Haus an.

Ich bekam vor Erleichterung ganz weiche Knie und zahlte. Jetzt war von meinem Notfallgeld nur noch die Hälfte übrig.

Draußen wehte ein starker Wind, sodass ich die Autotür kaum aufbekam. Immer noch zitterte ich innerlich vor Angst, obwohl es jetzt eigentlich nichts mehr gab, wovor ich Angst haben musste.

Es goss in Strömen. Ein Windstoß wehte mir meine langen Haare ins Gesicht. Das Taxi fuhr davon und ich schaute zu dem Haus auf.

Es war *enorm groß*. Ein unheimliches altes graues Herrenhaus. Es hatte hohe Fenster und einen eleganten breiten Treppenaufgang, der zur Haustür hinaufführte.

Wieso hatte Mum mir nicht gesagt, dass ich in einem Herrenhaus wohnen würde?

Ich schleppte meinen Koffer die Treppenstufen hinauf. Über der Haustür ging ein Licht an und ich sah, dass sich auf dem ausgetretenen Treppenabsatz eine große Pfütze gebildet hatte.

An der Wand neben der Tür hatte jemand eine extrem hässliche moderne Klingelplatte mit Gegensprechanlage angebracht, die überhaupt nicht zum Stil des Hauses passte. Ich drückte auf die Klingel von Wohnung Nummer neun.

Dann wartete ich und wartete, aber es kam keine Reaktion. Ich klingelte wieder, dieses Mal länger.

Nichts. Entweder die Klingel funktionierte nicht oder meine Patentante war immer noch auf ihrer Versammlung.

Eigentlich sollte man ja meinen, dass sie sich für ihr Patenkind ein bisschen Mühe geben würde. Stattdessen saß sie jetzt irgendwo im Warmen und diskutierte mit den Dorfbewohnern über die Organisation des nächsten Kirchenbasars.

Oder hatte ich die falsche Klingel erwischt? Ich zog mein Smartphone aus der Tasche, um die Adresse zu überprüfen.

Das Teil rutschte mir aus den klammen nassen Fingern und fiel mitten in die Pfütze.

»Oh nein! Nein!«

Ich fischte es aus dem Wasser und rieb es hektisch an meiner Jacke ab, doch inzwischen war auch meine Jacke triefend nass. Ich öffnete den Reißverschluss und versuchte, das Handy mit meinem T-Shirt abzutrocknen.

Aus dem Augenwinkel bemerkte ich Licht. Als ich mich umwandte, sah ich einen Sportwagen die Auffahrt hinaufrasen. Vor dem Treppenaufgang schlug der Fahrer so scharf ein, dass der Kies nur so aufspritzte, dann trat er mit Wucht auf die Bremse.

Jemand stieg aus und ging mit schnellen Schritten über den knirschenden Kies. Erst als die Person schon einige Stufen hinaufgestiegen war, erkannte ich, dass es sich um eine zierliche alte Dame handelte. Allerdings keine normale alte Dame: Sie trug orangefarbene Sneakers zu einer schwarzen Hose und einer roten Jacke, und eine breite Strähne ihres silbergrauen Haars war pink gefärbt.

»Bist du Evi?« Ihre Stimme klang nüchtern und kühl. »Du siehst deiner Mutter sehr ähnlich. Ich hoffe, dass du nicht lange warten musstest. Ich wollte früher nach Hause kommen, aber diese Gemeinderäte hören sich einfach zu gerne selbst reden.«

Ich sagte nichts darauf. Ich war vollauf damit beschäftigt, ihre Frisur anzustarren.

»Gefällt es dir?«, fragte sie und zupfte an der pinkfarbenen Strähne. »Ich wollte mir eigentlich alles färben lassen, aber dann muss man ständig zum Friseur, damit es schön bleibt. Aber vielleicht mache ich es später mal. Es baut mich immer auf, wenn ich in den Spiegel schaue. Lenkt auch von den Falten ab. So, wo habe ich jetzt meinen Schlüssel?«

Während sie in ihrer Tasche herumwühlte, hatte ich Gelegenheit, ihren Schmuck zu betrachten: riesige Ohrringe, eine dicke Halskette und eine Reihe schwerer Ringe an den Fingern. Ihre Nägel waren silberfarben lackiert.

Aus den Tiefen ihrer Tasche zog sie einen Schlüsselring mit einem Anhänger in Form eines Schädels hervor.

»Bist du Anna?«, fragte ich und versuchte mich an den Gedanken zu gewöhnen, dass dieser bunte Paradiesvogel meine betagte Patentante war.

»Ja, das bin ich. Ich hätte mich vielleicht erst mal vorstellen sollen. Aber was ist mit deiner Hand? Hast du dir wehgetan?«

»Nein, mit meiner Hand ist nichts«, erwiderte ich und zog sie unter der Jacke hervor. »Mein Smartphone ist in die Pfütze gefallen und ich habe versucht, es trocken zu bekommen.«

Stirnrunzelnd betrachtete sie das kaputte Display. »Wahrscheinlich ist das Wasser durch die Risse im Glas eingedrungen. Vermutlich ist es jetzt kaputt. Aber das ist kein großer Verlust, der Empfang hier ist ohnehin ziemlich bescheiden.«

»Es wird schon wieder gehen, nachdem es eine Weile auf einem Heizkörper gelegen ist«, erwiderte ich. Innerlich schäumte ich vor Wut. Wie konnte sie es wagen, mir zu sagen, es sei kein großer Verlust?

Anna schloss die Haustür auf und ich folgte ihr ins Haus. Innen sah es weitaus weniger vornehm aus als außen: Man hatte eher das Gefühl, in einer ganz normalen Wohnanlage zu sein als in einem alten Herrenhaus.

Anna ging voraus, eine Treppe mit einem hässlichen braunen Treppenläufer hoch, bis in den zweiten Stock.

»Hier sind wir«, sagte sie und blieb vor einer weiß lackierten Tür stehen, an der eine Neun aus Messing hing. Sie schloss auf.

Vor uns lag ein schmaler Flur mit mehreren Türen. Anna öffnete die erste.

»Das hier ist das Wohnzimmer und gleichzeitig Küche und Esszimmer«, erklärte sie.

Was?, dachte ich. Hier soll ich wohnen?

»Ja, ich fürchte, es sieht nicht sehr ordentlich aus«, meinte sie, ohne im Geringsten verlegen zu klingen. »Aber ich interessiere mich nun mal nicht für Hausarbeit. Es ist so eine furchtbare Zeitverschwendung, findest du nicht auch?«

Okay, ich gebe zu, dass ich so was regelmäßig zu Mum sage, wenn sie wieder eine ihrer Predigten darüber hält, dass ich mein Zeug nicht in der ganzen Wohnung herumliegen lassen soll, aber …

… aber hier sah es viel schlimmer aus als in meinem Zimmer: Sofa, Sessel, Tisch, Fußboden und sämtliche anderen Oberflächen waren mit dicken Papierstapeln, Stiften, Zeitschriften und Büchern bedeckt. Dazwischen oder darauf standen leere Tassen und vollgekrümelte Teller.

Mich beschlich der Gedanke, dass unsere Wohnung zu Hause vielleicht auch so aussehen würde, wenn Mum nicht ständig hinter mir herräumte.

»Ich koche nicht oft«, fuhr Anna fort, als sie sah, dass mein Blick zu den Bücherstapeln auf dem Herd gewandert war. »Ich mache mir gern Toast und esse am liebsten im

Bett. Wenn man allein lebt, kann man ja schließlich tun und lassen, was man will. Es macht dir sicher nichts aus, dich selbst um deine Mahlzeiten zu kümmern. Ich weiß gar nicht, was du am liebsten isst. Aber du kannst morgen einkaufen gehen und dir alles besorgen, was du magst. Ich nehme an, dass du zu Hause oft kochst, weil deine Mutter ja tagsüber arbeitet.«

Ich koche nie. Mum kocht immer, sobald sie nach Hause gekommen ist. Aber ich sagte das meiner Patentante nicht. Ich wusste noch nicht, ob ich mich über diesen Empfang ärgern oder mich darüber freuen sollte, die nächsten Tage von Chips und Schokolade leben zu dürfen.

Ich legte mein lädiertes Smartphone auf einen Heizkörper. Und dann fiel mir etwas ziemlich Ekliges auf.

»Das da … Der ist aber nicht echt, oder?«

»Mein Schädel?«, fragte Anna und lächelte freundlich dem grinsenden Ungetüm zu, das mitten auf dem Esstisch thronte. »Doch, der ist vollkommen echt. Ich nenne ihn Yorick. Er macht sich nützlich, indem er uns daran erinnert, dass wir sterblich sind. Keiner von uns wird sehr lange hier sein, und wenn wir diese Erde verlassen haben, ist das alles, was von uns übrig bleibt. Ich hätte ihn heute zur Gemeindeversammlung mitnehmen sollen. Vielleicht hätte sein Anblick die Gemeinderäte dazu angeregt, sich etwas kürzer zu fassen.«

»Worum ging es bei der Versammlung eigentlich?«, fragte ich, hauptsächlich um mich von dem Schädel abzulenken und davon, dass meine Mutter zu erwähnen vergessen hatte, dass meine Patentante komplett durchgeknallt war.

»Na ja, der Teil, zu dem ich hingegangen bin, war sogar ziemlich spannend«, sagte Anna und strahlte dabei über das ganze Gesicht. »Hier in der Straße sollen neue Häuser gebaut werden, und als die Bauarbeiter angefangen haben, das Fundament auszuheben, haben sie einen alten Armenfriedhof entdeckt. Das war ein Friedhof für Leute, die sich eine aufwendige Bestattung nicht leisten konnten oder die aus irgendwelchen Gründen nicht in der geweihten Friedhofserde begraben werden durften. Da liegen Hunderte von Skeletten, vielleicht sogar Tausende. Die ältesten gehen eventuell auf das zwölfte Jahrhundert zurück. Ich kann es kaum erwarten, mich an die Arbeit zu machen.«

Ich starrte sie an. »Du willst Skelette ausgraben?«

»Also, nicht eigenhändig. Das machen die Archäologen. Ich untersuche nur die Skelette.«

»Du untersuchst tote Menschen? Nur so zum Spaß?«

Anna lachte. »Nein, nicht nur so zum Spaß, obwohl es mir tatsächlich Spaß macht. Ich bin forensische Anthropologin.«

»Du bist … was?«

»Ich untersuche menschliche Skelette, um etwas über die Toten herauszufinden: ihr Alter, ihr Geschlecht, wie sie ums Leben kamen und so weiter. Auf diese Weise erfährt man, wie Menschen vor Hunderten von Jahren lebten und starben.«

»Aber bist du denn nicht … Also, ich meine … Äh, solltest du denn nicht schon längst im Ruhestand sein?«

»Warum aufhören zu arbeiten, wenn ich meinen Beruf so liebe und auch sehr gut darin bin? Wenn du magst, nehme ich dich mal zur Ausgrabungsstelle mit.«

Na super. Dann hatte ich ja endlich was, worauf ich mich freuen konnte. Wahrscheinlich drückte mein Gesicht ziemlich deutlich aus, wie ich darüber dachte, aber sie schien es gar nicht zu bemerken.

»Ich muss jetzt mal in mein Zimmer gehen und eine Weile arbeiten«, sagte sie nur, »mach dir ruhig was zu essen, wenn du Hunger hast.« Sie wies vage in Richtung Küchenschrank. »Nimm dir alles, was du magst.«

Ich öffnete den Hängeschrank über dem Herd und fand darin eine Schachtel mit Teebeuteln und drei Becher. In dem Schrank daneben standen ein klebriges Glas vegetarischer Brotaufstrich und ein paar Sardinenbüchsen. Ich hatte in meinem ganzen Leben noch nie Ölsardinen gegessen und würde nicht ausgerechnet jetzt damit anfangen.

Im letzten Schrank lag ein halber Laib altes Brot. Im

Kühlschrank fand ich eine kleine Milchtüte und ein Stück Stinkekäse. Hier gab es nicht mal Butter. Wie kann man Brot nur ohne Butter essen?

Ich beschloss, den leeren Kühlschrank zu fotografieren. Ich musste mein trostloses Leben in Charlbury hinreichend dokumentieren. Damit ich dem Gericht etwas vorlegen konnte, wenn meine Mutter und ihr neuer Ehemann wegen Vernachlässigung von Schutzbefohlenen angeklagt wurden.

Doch da fiel es mir wieder ein. Ich nahm mein Smartphone von der Heizung, um es einzuschalten. Keine Reaktion. Es war mausetot.

Ich versuchte, nicht in Panik zu geraten. Es musste einfach noch eine Weile trocknen, redete ich mir gut zu.

Die Stille machte mich fertig. Suchend sah ich mich nach dem Fernseher um. Jetzt kam ich gegen die in mir aufsteigende Panik nicht mehr an. Nein, das durfte nicht wahr sein!

Doch, es war tatsächlich so: Es gab keinen Fernseher.

Wie konnte es in einem derart vollgestellten und zugemüllten Raum ausgerechnet die eine Sache nicht geben, die ein Mensch wirklich brauchte?

Ich kam mir vor, als wäre ich ins Mittelalter geraten. Ich besaß buchstäblich nichts mehr und war von meiner extrem selbstsüchtigen Mutter ausgesetzt und zu einer alten Verrückten geschickt worden, die weder Lebensmittel noch ein Fernsehgerät im Haus hatte und sich anstatt mit mir lieber mit Skeletten beschäftigte.

Ich holte mein Buch heraus, konnte mich aber nicht darauf konzentrieren. Wieder schaute ich mich im Zimmer um, doch da war nichts, was mich auch nur im Geringsten interessiert hätte. Endlos viele langweilige Stunden lagen vor mir.

So also wird mein Leben in den kommenden vier Tagen aussehen, dachte ich. Ich werde hier inmitten der Stille herumsitzen und altbackenes Brot essen, mit einem Totenschädel als einziger Gesellschaft.

Der Name am Fenster

Ich hatte den letzten Bissen von meinem Brot mit vegetarischem Aufstrich gerade gegessen, als Anna wieder zum Vorschein kam.

»Mir ist gerade eingefallen, dass ich dir noch gar nicht dein Zimmer gezeigt habe.«

Ja, dachte ich, du bist wirklich die schlechteste Gastgeberin im gesamten Universum. Doch natürlich sagte ich das nicht laut. Sonst warf sie mich womöglich noch raus und dann wäre ich nicht nur ein armes Waisenkind, sondern obendrein noch obdachlos.

Ich nahm meinen Koffer und folgte ihr den Flur entlang in das letzte Zimmer. Sie ging hinein, schaltete das Licht an und lud mich mit einer schwungvollen Armbewegung ein, ihr zu folgen.

Es war einfach unglaublich.

In diesem Zimmer sah es noch schlimmer aus als in der

übrigen Wohnung. Wenn ich es nicht mit eigenen Augen gesehen hätte, hätte ich nicht geglaubt, dass das überhaupt möglich war.

Selbst bei eingeschaltetem Licht wirkte das Zimmer düster. Außerdem roch es feucht. Die Wände waren mit hässlichen ausgeblichenen Tapeten beklebt. Die Vorhänge waren dünn und ausgefranst. Von der Decke hing eine nackte Glühbirne und auf den zerkratzten Dielenbrettern lag ein fleckiger, mottenzerfressener Bettvorleger. Das einzige Möbelstück war ein antikes schmiedeeisernes Bett mit einer durchgelegenen Matratze.

»Ich benutze diesen Raum nie«, erklärte Anna. »Hier hat schon seit Jahren niemand mehr geschlafen.«

Großartig. Jetzt gefiel er mir noch mal so gut!

Anna zeigte auf eine abgegriffene Broschüre, die auf der Matratze lag. »Darin wird die Geschichte dieses Hauses geschildert«, sagte sie. »Vielleicht interessiert dich das ja.«

Ich konnte mir ein spöttisches Lachen gerade noch verkneifen.

»Ich hole mal die Bettwäsche«, sagte Anna und verschwand.

Ich ging zum Fenster. Es war sehr hoch und breit und die Fensternische war aus kunstvoll behauenem Stein. Anstelle großer Glasscheiben hatte es viele kleine bleigefasste Scheiben. Draußen war es inzwischen so finster, dass ich nichts erkennen konnte. Das war auch gut so, denn offenbar ging das Fenster auf den Friedhof hinaus, dessen Gräber geöffnet werden sollten.

Als ich die Vorhänge zuziehen wollte, fiel mir auf, dass eine der kleinen Glasscheiben Kratzer hatte. Ich bückte mich und entdeckte, dass die Kratzer Buchstaben und Zahlen waren.

Sophia Fane
Hier eingesperrt
am 27. April 1814

Ein Schauer lief mir über den Rücken. Eingesperrt? In diesem Zimmer? Warum sollte jemand hier eingesperrt worden sein?

Ich starrte die Inschrift eine Weile lang an und versuchte mir zusammenzureimen, was hier geschehen war. Dann fiel mir die Broschüre wieder ein. Sie trug den Titel *Eine kurze Geschichte von Charlbury House.* Ich blätterte sie durch, konnte darin aber nirgends etwas über eine Sophia Fane finden.

Anna kam mit einem Stapel zerknitterter Bettwäsche zurück.

»Weißt du etwas über diese Inschrift da auf dem Fenster?«, fragte ich sie.

»Ja«, antwortete sie und ließ die Bettwäsche auf die Matratze fallen. »Dahinter steckt eine ziemlich interessante Geschichte.«

»Und die wäre?«

»Sophia war die einzige Tochter eines gewissen Sir Henry Fane, der sie mit einem reichen Mann verheiraten wollte. Sir Henry hatte viele Schulden und durch Sophias Heirat mit dem reichen Mann wollte er das Familienvermögen retten. Doch Sophia war in einen der Gärtner verliebt und weigerte sich, den Mann zu heiraten, den ihr Vater für sie ausgesucht hatte. Deshalb sperrte er sie in ihrem Zimmer ein, solange sie nicht nachgab.«

Ich schluckte. »Hier in diesem Zimmer?«

»Ja, das ist wohl Sophias Zimmer gewesen. Oder ein Teil ihres Zimmers. Früher, bevor man das Herrenhaus in eine Wohnanlage verwandelt hat, waren die Zimmer viel größer. Es heißt, sie hätte diese Buchstaben und Zahlen mit dem Diamant ihres Rings in das Glas geritzt.«

»Hat sie denn nachgegeben?«

»Soweit bekannt, nicht. Sie war ja bereits mit dem Gärtner verlobt. Natürlich wusste ihr Vater das nicht, er erfuhr es erst später.«

»Wie denn?«

»Na ja, es stellte sich heraus, dass sie, als man sie hier einsperrte, bereits schwanger war.«

»Schwanger? Und was passierte mit dem Baby?«

»Offenbar wurde es ihr weggenommen, als sie schlief. Es soll ein kleiner Junge gewesen sein. Ich kann mir vorstellen, dass sie ihren Vater angefleht hat, ihr zu verraten, wo ihr Kind hingekommen ist, und dass er es ihr nicht gesagt hat. Es muss für sie ganz furchtbar gewesen sein.«

»Was ist denn danach aus Sophia geworden?«

»Das ist das Seltsamste an der Sache«, antwortete Anna. »Das weiß niemand.«

»Wie meinst du das? Ihr Vater muss doch gewusst haben, was mit ihr passiert ist. Und auch die anderen Leute im Haus.«

»Es gibt die unterschiedlichsten Gerüchte. Manche Leute sagen, dass sie weggelaufen ist und einen anderen Namen angenommen hat. Damals gab es noch keine Fotografien, deshalb war es relativ leicht, eine neue Identität anzunehmen. Andere glauben, dass Sophia dieses Zimmer nicht mehr lebend verlassen hat und an gebrochenem Herzen gestorben ist. Einem Gerücht zufolge wurde sie sogar von ihrem eigenen Vater ermordet.«

»Ermordet? In diesem Raum?«

»Das sind nur Vermutungen, weil niemand die Wahrheit kennt«, sagte Anna. »Aber was auch immer mit ihr geschehen ist, sie wurde nie wieder gesehen. Und sie war die Letzte der Familie Fane. Nach dem Tod ihres Vaters erbte ein ferner Verwandter das Haus, der es nur selten nutzte. Erst nach der Umwandlung in eine Wohnanlage wurde es wieder regelmäßig bewohnt. Ach, jetzt fehlt noch ein Handtuch. Brauchst du sonst noch etwas?«

Ja, dachte ich. Mir fehlt noch einiges: ein anständiges Zimmer, mein Smartphone, mein Zuhause.

»Nein, danke«, erwiderte ich. »Ich habe alles, was ich brauche.«

Das Mädchen im weißen Nachthemd

Ich wälzte mich im Bett herum. Dann setzte ich mich auf und schüttelte das Kissen. Es war hart und klumpig und die Bettdecke war dünn und klumpig. Die Matratze fühlte sich kühl an, weil sie so feucht war. Mir war furchtbar kalt.

Die Uhr auf dem Kaminsims hatte schon vor einer Weile elf geschlagen, doch ich konnte immer noch nicht schlafen. Seit Anna mir die Geschichte von Sophia Fane erzählt hatte, musste ich die ganze Zeit an sie denken und stellte mir vor, wie sie hier eingesperrt gewesen war und um das Baby getrauert hatte, das man ihr weggenommen hatte.

Auf der anderen Seite vom Bett erklang wieder und wieder ein unheimliches Seufzen. Als ich es das erste Mal gehört hatte, hatte ich mich so erschreckt, dass ich zu Anna gelaufen war.

»Das ist nur das Heulen des Windes im Kamin«, erklärte sie. »Früher war an dieser Stelle der Wand ein offener Kamin. Als man die Räume in Wohnungen umgewandelt hat, wurden die offenen Kamine zugebaut, aber hinter der Gipsplatte befindet sich immer noch der offene Rauchabzug.«

Für mich hörte sich das nicht wie Wind im Kamin an, sondern wie ein heulendes Rudel Gespenster. Es war das schrecklichste Geräusch, das ich jemals gehört hatte.

Ich drehte mich wieder auf die andere Seite und klopfte das Kissen zurecht. Die Gespenster im Kaminschacht heulten lauter und lauter.

Beim Auspacken hatte ich gemerkt, dass ich meinen Pyjama vergessen hatte. Anna hatte darauf bestanden, mir ein Nachthemd zu borgen. Ich war ganz erstaunt, dass es heutzutage noch Nachthemden gab, ich hatte gedacht, die wären zusammen mit Gaslaternen und Nachttöpfen ausgestorben. Das Nachthemd war aus weißem Baumwollstoff und reichte mir bis zu den Knöcheln. Es war vor der Brust geknöpft und hatte einen Rüschenkragen. Das Nachthemd zu tragen fühlte sich eigenartig an, außerdem roch es auch noch komisch: Es hatte einen ganz eigenen, altmodisch wirkenden Geruch.

Ein metallischer Laut ließ mich zusammenzucken. Doch es war nur die Uhr im Wohnzimmer, die Mitternacht schlug.

Als der zwölfte und letzte Schlag verklungen war, legte sich der Wind, und das Heulen im Kaminschacht verstummte. Auch das Gurgeln des Wassers in den Heizungsrohren hörte auf und die Zweige des Baumes vor dem Fenster rieben sich nicht mehr am Fensterglas.

Noch nie hatte ich eine derartige Stille erlebt. Es war, als würde die Welt die Luft anhalten.

Ich merkte, dass ich ebenfalls die Luft anhielt. Ich zwang mich, regelmäßig ein- und auszuatmen.

Plötzlich setzte das Heulen im Kamin wieder ein. Es war ein schreckliches, klagendes Geräusch. Ich hielt mir die Ohren zu.

Tap, tap, tap.

Ich schrie auf. Etwas klopfte von außen an das Fenster.

Vor Angst wimmernd verkroch ich mich unter der Bettdecke.

Das klagende Heulen wurde lauter. Knochenfinger klopften an das Glas. Tap, tap, tap.

Mir klapperten die Zähne und ich zitterte am ganzen Körper. Konnte man vor Angst sterben? Ich wollte weglaufen, war aber wie gelähmt.

Tap, tap, tap.

Ich zwang mich zu atmen. Das sind doch nur Zweige, die ans Fenster stoßen, sagte ich mir. Offenbar stand ein Baum vor dem Fenster.

Ich konnte nicht die ganze Nacht im Bett vor mich hin wimmern. Ich musste tapfer sein und nachschauen.

Irgendwie schaffte ich es, aufzustehen und quer durch das stockfinstere Zimmer zum Fenster zu gehen. Mit einem Ruck riss ich den Vorhang auf.

Ein Mädchen in einem weißen Nachthemd starrte mich an. Ein Mädchen mit langem schwarzen Haar und verzweifelter Miene.

Ich schrie auf und sprang zurück. Mein Herz klopfte wie wild. Dann erst wurde mir bewusst, dass ich mein Spiegelbild sah. Das Nachthemd war schuld daran, dass ich mich nicht wiedererkannt hatte.

Ich zwang mich, nochmals hinzuschauen. Mein Spiegelbild schaute zurück.

Aber … nein, es sah nicht *genauso* aus wie ich. Und es sah auch nicht wirklich wie ein Spiegelbild aus.

Sei nicht albern, sagte ich mir. Natürlich ist das dein Spiegelbild.

Von irgendwo im Haus kam ein sirrendes Geräusch. Und eine andere Uhr schlug, die ich bisher noch nicht gehört hatte. Es waren tiefe, lang nachhallende Töne.

Seltsam. Ich hatte an diesem Abend zu jeder vollen Stunde die Uhr in Annas Wohnzimmer schlagen hören, diese Uhr aber hatte ich bisher noch nie gehört, da war ich mir ganz sicher.

Die Uhr schlug immer weiter. Und mein Spiegelbild hob eine Hand.

Was?

Ich hatte meine Hand doch nicht gehoben, oder?

Die Hand bewegte sich …

Nein! Ich hatte meine Hand überhaupt nicht bewegt.

Mir brach kalter Schweiß aus.

Ich werde wahnsinnig, dachte ich. Das müssen Halluzinationen sein. Denn ich war mir sicher, dass mir das Spiegelbild im Fenster bedeutet hatte, näher zu kommen.

Hatte ich Hand und Finger bewegt, ohne es selbst zu merken? War so etwas möglich?

Angstvoll hob ich meinen Arm.

Das Mädchen im Fenster ließ ihren Arm herabhängen. Sie starrte mich flehend an. Als ich von Entsetzen erfüllt meinen Arm wieder senkte, streckte sie ihre Hand nach mir aus und winkte mich abermals näher zu sich heran.

»Hilf mir«, las ich von ihren Mundbewegungen ab.

Schreiend zog ich den Vorhang wieder vor das Fenster und rannte aus dem Zimmer. Auf gar keinen Fall würde ich dorthin zurückkehren. Auf gar keinen Fall würde ich in dieser Wohnung bleiben. Ich würde Anna wecken und sie zwingen, mich nach London zurückzubringen, in unsere Wohnung, und zwar sofort.

Als ich über die Schwelle lief, fühlte sich plötzlich alles

seltsam an. Den Bruchteil einer Sekunde lang war mir, als hätte ich aufgehört zu existieren, als hätte sich mein Körper in Luft aufgelöst.

Doch sobald die Tür hinter mir zuschlug, verschwand das eigenartige Gefühl und ich fühlte mich wieder ganz normal. Vielleicht war ich kurz davor gewesen, in Ohnmacht zu fallen.

Und doch war irgendetwas anders. Das Nachthemd fühlte sich anders an. Ich schaute an mir hinunter.

Was zum …?

Anstelle von Annas Nachthemd trug ich eine lange Schürze über einem knöchellangen grauen Kleid und schwarzen Schnürstiefeln. Beim Atmen fühlte ich mich eingeengt, als hätte ich unter dem Kleid ein Korsett an.

Was in aller Welt war geschehen? Träumte ich? Aber ich war doch gar nicht eingeschlafen – oder doch?

Ich musste Anna wecken! Ich hatte schon meine Hand auf die Klinke ihrer Zimmertür gelegt, als ich etwas bemerkte, das mich erstarren ließ.

Alle Türen in Annas Wohnung waren weiß lackiert und hatten einfache graue Türklinken aus Metall.

Doch die Tür, vor der ich jetzt stand, war aus glänzend poliertem, mit Schnitzereien verziertem Holz und meine Hand lag nicht auf einer modernen Türklinke, sondern auf einem glänzenden runden Messingknauf.

Ohne den Türknauf loszulassen, schaute ich mich im Flur um.

Alles sah anders aus.

Alle Türen waren aus poliertem Holz mit geschnitzten Verzierungen und glänzenden Messingknäufen. Die Wände waren nicht mehr braun, sondern von einem schönen satten Blau. Anstatt auf dem abgetretenen braunen Teppichboden stand ich auf einem orientalisch gemusterten Läufer. Zwischen Läufer und Wänden glänzte ein gewachster Parkettboden im Licht der flackernden, in Wandleuchtern steckenden Kerzen.

Ich versuchte immer noch, eine Erklärung für das, was ich sah, zu finden, als Annas Schlafzimmertür so heftig aufsprang, dass ich gegen die gegenüberliegende Wand geschleudert wurde.

Eine dünne Frau mittleren Alters in einem langen grauen Kleid kam aus dem Zimmer. Als sie mich erblickte, sah sie mich streng an und fragte: »Was hast du hier oben zu suchen? Hat Mrs Hardwick dich geschickt?«

Sprachlos starrte ich sie an.

Sie schnalzte missbilligend mit der Zunge. »Schon wieder so eine hirnlose Idiotin«, sagte sie kopfschüttelnd. »Wo findet sie nur immer diese vollkommen nutzlosen Mädchen? Los, scher dich zurück in die Küche. Polly weiß heute nicht mehr, wo ihr der Kopf steht.«

Ich konnte mich nicht bewegen. *Ich konnte mich wirklich nicht bewegen.*

Die Frau schubste mich unsanft in Richtung Treppenhaus. »Schwing die Hufe, Mädchen. Steh hier nicht herum und guck Löcher in die Luft!«

Wie im Traum lief ich weiter. Mir war schwindelig.

Ich kniff mich so fest in den Arm, wie ich konnte.

Es tat weh.

Ich hatte schon vorher gewusst, dass ich es spüren würde. Denn das hier fühlte sich ganz anders an als alle Träume, die ich bisher geträumt hatte. Litt ich unter Wahnvorstellungen? Oder war ich einfach nur verrückt geworden?

Polly

Ich öffnete die Tür, die eigentlich Annas Wohnungstür war und auf das Treppenhaus hinausging. Sie ging tatsächlich auf das Treppenhaus hinaus, doch auch das sah jetzt ganz anders aus. Die Wände waren weiß gestrichen und der braune Treppenläufer war verschwunden.

Verwirrt lief ich, mich mit einer Hand am Geländer haltend, die Treppe hinunter. Die Schnürstiefel rieben unangenehm an den Füßen, und was auch immer ich an den Beinen trug, juckte wie wahnsinnig. Ich hob den Rock an und sah, dass lange dicke Wollstrümpfe meine Beine umhüllten. Auch mein Haar war anders: nicht mehr offen, sondern im Nacken zu einem festen Knoten gesteckt.

Es machte alles keinen Sinn, aber mein Gehirn war im Moment ohnehin nicht in der Lage, einen klaren Gedanken zu fassen.

Von unten stiegen köstliche Essensdüfte herauf und ich

hörte ein fernes Töpfeklappern. Als ich weiter hinunterging, drangen auch gedämpfte Stimmen zu mir herauf.

Am Fuß der Treppe angekommen, stand ich in einem Gang, in dem sich drei verschlossene Türen befanden. Als ich noch überlegte, welche ich öffnen sollte, wurde die Tür hinter mir aufgerissen und eine grobe Hand packte mich am Arm.

Ich schrie erschrocken auf, wirbelte herum und sah mich einem Mann gegenüber. Er war so angezogen wie die Diener, die außen an Cinderellas Kutsche mitfuhren, und hatte einen strengen Körpergeruch.

»Lassen Sie mich los!«, sagte ich und versuchte mich aus seinem Griff zu winden, doch er packte noch fester zu.

»Wo hast du dich herumgetrieben?«, herrschte er mich an. Zu allem Überfluss hatte er auch noch üblen Mundgeruch. »Du wirst dringend in der Spülküche gebraucht, sie suchen schon seit Stunden nach dir.«

Zumindest glaube ich, dass er das sagte. Er sprach einen derart starken Dialekt, dass ich ihn kaum verstand. Außerdem war ich durch den Anblick seiner Haare abgelenkt, die grau und wie bei einer Richterperücke in kunstvolle Wellen und Rollen gelegt waren. Zu meiner großen Überraschung hatte er trotz der grauen Haare ein ganz junges Gesicht.

»Nell ist krank geworden«, fuhr er fort. »Die Köchin

wartet, dass du ihr die Töpfe und Pfannen spülst. Bist du mit den Schlafzimmern fertig?«

Ich starrte ihn verständnislos an. »Äh …«

»Bist du nicht ganz bei Verstand?«, blaffte er mich an. »Hör auf, mich anzustarren, und mach, dass du in die Spülküche kommst, wenn du morgen früh noch in Brot und Arbeit sein willst.«

»Äh … wo ist die Spülküche?«

Er schüttelte den Kopf, so als traute er seinen Ohren nicht. »Folge mir.«

Er ging mir voraus den Gang entlang, sodass ich mir seine ungewöhnliche Kleidung in Ruhe anschauen konnte. Er trug einen dunkelblauen Frack, der mit geflochtenen Goldbändern verziert war, eine Kniehose aus Samt, weiße Strümpfe und Schuhe mit vergoldeten Schnallen. Er sah wie eine Figur aus einem Märchenfilm aus.

Er führte mich in eine riesige altmodische Küche. Hier war es unglaublich heiß. In einem großen Herd aus Gusseisen brannte ein offenes Feuer. In der Mitte der Küche stand ein langer Holztisch, an dessen Ende eine dicke Frau in einem Sessel mit hoher Lehne thronte.

»Bring diese Messer in die Anrichtekammer, Alice«, schnauzte sie ein mageres, erschöpft aussehendes Mädchen mit einer dreckverschmierten Schürze an. »Und die schmutzigen Töpfe in die Spülküche.«

»Ja, Miss«, murmelte das Mädchen und sammelte eine Anzahl auf dem Tisch liegender Messer ein.

Stöhnend wuchtete sich die dicke Frau aus ihrem Sessel. Als das Mädchen an ihr vorbeikam, verpasste ihm die Frau aus keinem für mich ersichtlichen Grund eine Ohrfeige. Wimmernd verschwand das Mädchen durch eine Tür. Dabei kam sie an einem anderen Mädchen vorbei, das Essensreste von den Tellern in einen Blecheimer warf.

»Und denke nicht mal im Traum daran, ins Bett zu gehen, bevor hier wieder alles glänzt«, rief die dicke Frau dem mageren Mädchen nach, während sie zur Tür humpelte. »Ich gehe auf mein Zimmer. Meine Beine bringen mich noch um!«

»Kein Wunder bei dem Gewicht, das die armen Beine tragen müssen«, murmelte das Mädchen am Blecheimer, sobald die Dicke außer Hörweite war.

Ich musste lachen und das Mädchen schaute auf. Es hatte ein lebhaftes, ausdrucksvolles Gesicht und ich mochte es auf Anhieb. Es sah aus, als sei es in etwa gleichaltrig mit mir, und war genauso angezogen wie ich.

Als das Mädchen mich erblickte, riss es die Augen weit auf. Dann sah es den Mann mit der grauen Perücke an, zog die Augenbrauen in die Höhe und grinste ihn an.

»He, George, ist das dein neues Liebchen?« Das Mädchen sprach denselben Dialekt wie er.

»Das geht dich nichts an, Polly Harper«, erwiderte er. »Hüte lieber deine Zunge.«

Polly zwinkerte mir zu. »Dann bist du das neue Mädchen«, meinte sie. »Du hast dir ja wirklich Zeit gelassen.«

Das Mädchen mit der verschmutzten Schürze kam zurück. »Das hier ist Alice«, stellte Polly es vor. »Sie ist die Küchenmagd.«

Alice warf mir einen derart hasserfüllten Blick zu, dass ich mich umdrehte, um nachzusehen, wer hinter mir stand. Doch da war niemand. Der Blick hatte mir gegolten. Was konnte ich ihr nur getan haben?

Polly schien nichts bemerkt zu haben. »Und das hier ist das neue Zimmermädchen«, sagte sie zu Alice. »Wie heißt du denn?«, fragte sie mich.

»Evi.«

»Das ist ein schöner Name.«

Alice verzog angewidert das Gesicht.

»Sie ist wohl nicht von hier«, vermutete George. »Und hat nicht alle Sinne beisammen. Vermutlich ist sie als Säugling auf den Kopf gefallen. Ich überlasse sie dir, Polly. Ich habe was Besseres zu tun, als hier rumzustehen.«

Er verließ den Raum und Polly wandte den Kopf zu der Tür hinten in der Ecke. »Zur Spülküche geht es durch die erste Tür zu deiner Linken«, erklärte sie. »Fang am besten sofort mit den Töpfen und Pfannen an, wenn du noch vor Mitternacht ins Bett kommen willst. Ich muss jetzt los und mich um die Feuer in den Schlafzimmern kümmern. Ich schaue später noch mal nach dir.«

Wenn die große Wanduhr richtig ging, war es kurz vor elf Uhr abends. Für mich aber war Mitternacht längst vorbei und ich war todmüde. Ich hatte keine Ahnung, was hier lief, aber ich wünschte mir inständig, dass es endlich aufhörte. Ich zwickte mich nochmals, so fest wie ich es gerade eben noch ertrug. Es tat weh, doch nichts geschah.

Die Spülküche war ein kleiner, von einer schwachen Lampe erhellter Raum. Die Arbeitsfläche aus Holz, die die gesamte Länge der Wand einnahm, war mit hohen Stapeln schmutziger Töpfe und Küchengeräte vollgestellt. Wenn irgendjemand glaubte, ich würde mich um elf Uhr abends hinstellen und das alles spülen, dann hatte er sich geschnitten, dachte ich.

»Da bist du ja endlich«, sagte eine unfreundliche Stimme hinter mir.

Ich wirbelte herum und sah eine breitschultrige, sich sehr aufrecht haltende Frau in der Tür stehen. Sie hatte ihr graues Haar zu einem festen Knoten aufgesteckt und trug ein langes schwarzes Kleid. An einer vorne an der Taille befestigten Kette hing ein dicker Schlüsselbund.

»Was hast du zu deiner Verteidigung zu sagen?«

Ich starrte sie fassungslos an. Was erwartete sie von mir?

Sie verdrehte die Augen und schüttelte den Kopf. »Also haben sie uns eine weitere Halbidiotin geschickt. Wo finden sie nur all diese Mädchen?«

»Ich bin keine Halbidiotin«, entgegnete ich.

»Aha, du kannst also sprechen, wenn du willst«, fauchte sie mich an. »Aber das kannst du dir gleich wieder abgewöhnen. Wenn ich mit dir rede, antwortest du: ›Ja, Mrs Hardwick.‹ Die übrige Zeit sparst du dir deinen Atem für deine Arbeit auf. Hast du mich verstanden?«

»Ja, Mrs Hardwick«, äffte ich sie nach.

»Evi ist dein Vorname, nicht wahr?«

»Ja, Mrs Hardwick.« Sie merkte gar nicht, dass mein unterwürfiger Ton ironisch gemeint war.

»Und dein Nachname?«

»Tregarron.«

Sie rümpfte die Nase, so als würde mein Familienname schlecht riechen. »Ein komischer Name, Tregarron.«

»Meine Familie stammt ursprünglich aus Cornwall, aus einem kleinen Dorf«, erklärte ich.

Mrs Hardwick runzelte die Stirn. »Du bist jetzt aber nicht aus Cornwall hierhergekommen, oder?«

»Nein, ich bin aus London. Meine Familie hat Cornwall schon vor Hunderten von Jahren verlassen.«

»Na gut, du siehst ja ziemlich sauber und gesund aus. Zeig mir mal deine Zähne!«

»Was?«

»Los«, forderte sie ungeduldig. »Mach den Mund auf!«

»Was? Sie sind doch keine Zahnärzt… aarrgghh!«

Anstatt mich ausreden zu lassen, hatte sie einfach mein Gesicht gepackt und meine Kiefer auseinandergezogen. Ich versuchte, sie in die Finger zu beißen, doch sie wich mir geschickt aus. Nachdem sie meine Zähne ein paar Sekunden lang betrachtet hatte, ließ sie mich los.

»Gute Zähne«, sagte sie. »Du bist für die Arbeit hier im Haus geeignet. Aber deine Frechheit wird hier nicht geduldet, die werden wir dir gründlich austreiben.« Damit wandte sie sich um und ging zur Tür.

»Mrs Hardwick«, rief ich ihr nach.

»Was?«, sagte sie unfreundlich.

»Ich spüle heute Abend nicht mehr ab, es ist schon viel zu spät und ich bin müde. Ich lasse alles einweichen und mache dann morgen früh den Abwasch.«

Morgen früh ist hoffentlich alles wieder normal, dachte ich, und ich muss mich nicht mehr darum kümmern.

Mrs Hardwick ging einen Schritt auf mich zu. Ihr Gesicht hatte einen Ausdruck angenommen, der mir Angst machte.

»Was hast du gerade gesagt?«

Es klang sehr ruhig, wie sie das fragte. Bedrohlich ruhig.

»Ich habe gesagt, ich wasche morgen früh ab.«

Blitzschnell hob sie die Hand und verpasste mir eine schallende Ohrfeige. Verblüfft und mit Tränen in den Augen starrte ich sie an.

»Sie haben mich geschlagen!«, schrie ich. »Sie haben mich tatsächlich geschlagen! Das ist verboten!«

Ihre Reaktion darauf war eine weitere Ohrfeige.

»Ich habe keine Ahnung, in welcher Stellung du zuvor gearbeitet hast, Mädchen«, sagte sie mit eisigem Blick, »aber in diesem Haus gehorchen Dienstboten ihren Vorgesetzten. So, mach dich jetzt an die Arbeit!« Und ohne ein weiteres Wort stürmte sie aus der Spülküche.

Mir schwirrte der Kopf und meine Wangen brannten vor Schmerz. Bitte lass das alles ein Traum sein, betete ich. Bitte lass mich jetzt endlich aufwachen!

Ich zwickte mich in den Arm. Es tat weh, doch ich wachte nicht davon auf. Aber es *musste* doch ein Traum sein!

Die schmutzigen Töpfe sahen unglaublich eklig aus. Vielleicht konnte ich einfach weglaufen?

Ich ging zur Tür und versuchte, sie zu öffnen. Doch sie war von außen verriegelt. Vergeblich rüttelte ich am Türknauf.

»Reicht es dir jetzt schon?«

Ich drehte mich um und sah Polly in der anderen Tür stehen.

Sie lachte. »Ich kann dich ja verstehen. Ist das deine erste Stellung?«

»Äh …«

»Arbeitest du zum ersten Mal in einem fremden Haus?«

Ich sah sie immer noch verständnislos an. »Ich verstehe nicht, was du meinst. Ich verstehe überhaupt nichts mehr. Ich sollte eigentlich gar nicht hier sein. Ich weiß nicht mal, wo ich überhaupt bin.«

Sie schaute mich mitfühlend an. »Sie haben dich aus dem Armenhaus geholt, ja?«

»Nein, meine Mutter hat mich weggegeben. Aber ich wohne jetzt bei meiner Patentante. Ich weiß gar nicht, warum ich hier gelandet bin.«

»Oh, das ist hart«, erwiderte Polly. »Aber mach dir keine Sorgen. Du hättest es schlimmer treffen können. Wie alt bist du?«

»Dreizehn.«

»Genauso alt wie ich. Am Anfang ist es mörderisch, aber du gewöhnst dich daran. Normalerweise brauchst du keine Töpfe abzuwaschen. Aber immer wenn sie ein großes Fest feiern, muss jeder von uns sich um alles Mögliche kümmern. Und weil jetzt auch noch die arme Nell krank ist …«

»Wer ist Nell?«

»Die Spülmagd. Brach bei der Arbeit am Spülbecken

plötzlich zusammen. Das war auch kein Wunder, denn sie hatte sechs Stunden lang ohne Unterbrechung Töpfe und Pfannen geschrubbt. Ich sag dir ganz ehrlich, ich bin froh, dass sie hier nicht allzu oft Feste feiern. Und ich bin auch froh, dass du gekommen bist. Ich habe mit den Schlafzimmern schon genug zu tun, ich kann nicht auch noch den Abwasch machen.«

Polly war so nett, dass ich mich gleich ein bisschen besser fühlte. Wahrscheinlich würde es mich nicht umbringen, die Töpfe zu schrubben. Aber nur dieses eine einzige Mal, das schwor ich mir. Ich würde diese Arbeit erledigen und hoffen, dass möglichst bald alles wieder normal wurde. Ich hatte keine Lust, diesen Traum oder besser Albtraum noch viel länger weiterzuträumen. Vielleicht war es ganz gut, mich durch eine Beschäftigung abzulenken, bis diese Halluzination abgeklungen war.

In der Mitte der Arbeitsfläche befanden sich zwei Spülbecken. Das eine schien aus Stein zu sein, das andere war mit Metall verkleidet. Aber ich konnte nirgendwo Wasserhähne entdecken.

»Äh … Polly, wo bekomme ich Wasser her?«

»Kaltes aus den Eimern da drüben«, antwortete sie und zeigte auf zwei Blecheimer voll Wasser, die unter der Spüle standen. »Heißes Wasser vom Kupferkessel auf dem Herd.«

»Und das Spülmittel?«

Polly starrte mich an, als hätte ich eine fremde Sprache gesprochen.

»Wie bitte?«

»Das Spülmittel. Wo steht das?«

»Du sagst manchmal komische Sachen«, entgegnete Polly. »Du kommst aus London, stimmt's?«

»Woher weißt du das?«

»Na ja, hier aus der Gegend bist du nicht.« Neugierig betrachtete Polly mein Gesicht. »Aber für jemanden aus London siehst du viel zu gesund aus. Was machst du überhaupt hier draußen auf dem Land? Gibt es in London keine Arbeit mehr?«

»Nein, es ist, weil … Na ja, meine Mutter hat geheiratet und sie wollte mich loswerden, deshalb hat sie mich aufs Land geschickt.«

Polly schaute mich mitleidig an. »Das ist ein schweres Schicksal.«

Ich war mir nicht ganz sicher, ob sie mich bemitleidete, weil meine Mutter so hartherzig war oder weil sie mich aufs Land geschickt hatte. Auf jeden Fall aber fand ich es schön, dass jemand Anteil nahm.

Noch einmal bat ich um das Spülmittel und sprach dabei sehr langsam und deutlich, doch noch immer verstand mich Polly nicht.

Deshalb fragte ich schließlich: »Womit soll ich die Töpfe denn waschen?«

Polly bückte sich und holte unter der Spüle eine Schüssel mit einer körnigen Paste hervor. Ich steckte einen Finger hinein und schnupperte daran. Sie roch nach Essig.

»Was ist das?«

Fassungslos starrte Polly mich an. »Hast du noch nie Geschirr gespült?« Sie betrachtete meine Hände. »Nein, deine Hände sehen nicht danach aus. Du hast Hände wie eine feine Dame.« Wieder verwandelte sich ihre Neugier in Mitleid. »Du machst harte Zeiten durch, was? Du bist ganz schön tief gefallen!«

»Ja, irgendwie schon.«

»Das ist ja furchtbar«, sagte Polly. »Aber mach dir keine Sorgen, ich passe auf dich auf.« Sie stellte die Schüssel mit der Paste auf das Fensterbrett hinter den Spülbecken. »Das hier ist eine Mischung aus Sand, Salz und Essig. Die Kupfertöpfe werden damit schön sauber, wenn man sie ordentlich scheuert. Aber pass auf, das hier ist nur für die Außenseite. Innen reinigst du sie hiermit.« Sie holte eine weitere Schüssel hervor. »Sand, Salz und Seife.«

»Gibt es eine Bürste?«

Polly zog eine Schublade auf, die mit Stoffstücken gefüllt war. »Lumpen sind hier drin. Komm, hol dir heißes Wasser.«

Sie ging mit einem Eimer in die Hauptküche und ich folgte ihr. Auf einer Seite des Herdes stand ein riesiger Kupferkessel, an dem unten ein Hahn angebracht war.

»Du kannst deinen Eimer hier auffüllen«, sagte Polly. »Ich habe heute Abend immer wieder nachgegossen, also sollte genügend heißes Wasser da sein. Zwischendurch musst du ab und zu abtrocknen. Die Geschirrtücher findest du in der Spülküche. Anschließend stellst du die Töpfe in die Regale zurück.« Polly zeigte auf die breiten Regale an beiden Längsseiten der Küche. Auf ihnen standen Dutzende glänzender Kupfertöpfe, der Größe nach geordnet. »Aber stell alles an seinen richtigen Platz, und immer mit der Öffnung nach unten, damit sie innen nicht rußig werden. Und lass sie am Rand ein bisschen überstehen, damit Luft hineinkommt. Wenn du es nicht richtig machst, verpasst dir die Köchin ein paar Ohrfeigen. So, ich muss jetzt nach den Feuern in den Schlafzimmern sehen, sonst zieht mir die Harthexe das Fell über die Ohren.«

»Die Harthexe?«

»Mrs Hardwick, die Haushälterin. Sie ist schon was Besonderes, die gute Frau. Bist du ihr noch nicht begegnet?«

»Oh doch«, sagte ich wütend. »Und wie ich ihr begegnet bin!«

Lachend lief Polly aus der Küche. An der Tür drehte sie sich noch einmal zu mir um. »Ich freue mich, dass du hier bist, Evi. Wie gut, dass jetzt noch ein Paar Hände mitarbeiten. Es war sehr schlimm, nachdem Eliza gegangen ist.«

Ich sah ihr nach. Mir schwirrte immer noch der Kopf. So musste sich Alice gefühlt haben, nachdem sie durch das Kaninchenloch ins Wunderland gefallen war. Erneut versuchte ich zu begreifen, was mit mir geschehen war, aber vergeblich.

Deshalb ließ ich es bleiben. Ich füllte den Eimer mit heißem Wasser, schleppte ihn in die Spülküche zurück und machte mich an die Arbeit.

Der Ball

Während ich den Berg schmutziger Töpfe abarbeitete, hörte ich ständig Leute in die Hauptküche kommen und wieder hinausgehen. In einem anderen Raum wurde ebenfalls Geschirr gespült, denn ich vernahm das Klirren von Tellern und Besteck und gelegentlich auch singende oder lachende Männerstimmen. Eine davon könnte George gehören. Zu mir in die Spülküche aber kam niemand.

Allmählich fielen mir die Augen zu. Ich hätte im Stehen einschlafen können. Nur die stechenden Schmerzen in meinen mittlerweile wund gescheuerten Händen hielten mich wach.

»Pssst, Evi!«

Ich drehte mich um und sah Polly in der Tür stehen. Ihre Augen funkelten unternehmungslustig.

»Hast du Lust auf ein Abenteuer?«, flüsterte sie.

»Was denn für ein Abenteuer?«

»Oben, im Großen Saal. Wir stellen uns hinter die Tür und werfen einen Blick rein. Mittlerweile sind sie so betrunken, dass sie es gar nicht mitbekommen.«

Obwohl ich todmüde war, konnte ich der Versuchung nicht widerstehen, mir die übrigen Bewohner des Hauses mal anzuschauen. Sicherlich wäre es auch interessanter, als abzuwaschen. Und wenn ich schon in diese verrückte Lage gekommen war, konnte ich auch ruhig eine Weile mitspielen.

Ich trocknete meine geröteten Hände ab und folgte Polly die Treppe hinauf und einen holzgetäfelten Flur entlang. Je näher wir dem Großen Saal kamen, desto deutlicher hörte ich Stimmengewirr, Gläserklirren und Geigen, die leise klassische Musik spielten.

Polly blieb vor der geöffneten Tür zum Großen Saal stehen. »Folge mir«, flüsterte sie, obwohl es bei dem hier herrschenden Lärm gar nicht nötig gewesen wäre, so leise zu sein.

Ich hielt mich dicht hinter ihr. Gemeinsam schlichen wir um den Türrahmen herum und blieben hinter einem Wandschirm aus Holz stehen. Polly hockte sich hin und bedeutete mir, es ihr nachzutun. Die Holztafeln des Wandschirms hatten geschnitzte verschnörkelte Ornamente mit vielen Löchern, durch die wir in den Saal schauen konnten.

Zuerst kam es mir vor, als würde ich durch ein Kaleidoskop sehen, so bunt schienen Kleider und Gesichter durcheinanderzuwirbeln. Und der Geruch … Noch nie zuvor hatte ich eine derartige Mischung aus Holzfeuerrauch, Kerzen, Blumen, Gewürzen und seltsamen moschusartigen Parfums gerochen, und das alles unterlegt von heftigen Körpergerüchen.

Die Frauen sahen bezaubernd aus. Sie trugen tief ausgeschnittene Seidenkleider mit hoher Taille und bunten Schärpen zu bestickten Schuhen und Täschchen. In der Hand hielten sie Spitzenfächer und ihr Schmuck glitzerte im Kerzenlicht.

Auf einer Art Balkon am gegenüberliegenden Ende des Saals spielte eine Gruppe von Musikern, und in der Mitte des Raums tanzten Paare einen höfischen Tanz. Vor dem riesigen offenen Kamin saßen ältere Leute an kleinen, mit Kerzen beleuchteten Tischen und spielten Karten.

George, der Mann mit der grauen Perücke, der mich vorhin in die Küche geschleppt hatte, und ein anderer Mann, der ebenso gekleidet war wie er, räumten einen langen Tisch vor den Fenstern ab. Zwischen abgenagten Hühnerskeletten und Tellern voller Rinderknochen standen die Überreste von Süßspeisen herum. Mir lief das Wasser im Mund zusammen, denn ich hatte den ganzen Abend nur eine Scheibe von Annas altem Brot gegessen. Ich konnte kaum glauben, dass dies immer noch derselbe Abend war, denn ich fühlte mich, als wäre ich in einer anderen Welt gelandet. Was um Himmels willen geschah bloß mit mir?

Polly stupste mich an und zeigte in den Saal hinein. »Siehst du den dicken blonden Mann mit dem roten Gesicht, der da drüben an dem Tisch steht?«

Ich nickte.

»Das ist Mr Ellerdale«, raunte sie. »Ein Freund von Sir Henry. Sie sagen, er will Miss Fane heiraten.«

Miss Fane. Wo hatte ich diesen Namen schon einmal gehört? Dann fiel es mir ein.

»Miss Fane?«, fragte ich. »Sophia Fane?«

Polly nickte.

Eine wahre Flut von Fragen schoss mir durch den Kopf.

Diese irrwitzige Situation, in die ich geraten war … hatte das irgendetwas mit dem Mädchen am Fenster zu tun? War dieses Mädchen möglicherweise Sophia Fane gewesen?

Sie hatte mich angefleht, ihr zu helfen.

War es das, was geschehen war? War ich in ihre Zeit gereist, um ihr zu helfen? Um ihr Schicksal zu verändern?

Aber das war eine verrückte Idee! Vollkommen lächerlich! Zeitreisen gab es doch gar nicht!

Und trotzdem war ich hier!

Auf gar keinen Fall konnte es eine Zeitreise sein. So

wirklich mir alles auch vorkam – es musste trotzdem irgendeine Art von Traum sein. Das war die einzige mögliche Erklärung. All die schockierenden Erlebnisse – Mums Hochzeit, die Fahrt aufs Land und Annas unmögliche Wohnung, Sophia Fanes Geschichte – mussten mich aus der Bahn geworfen haben, sodass ich ungewöhnlich lebhaft träumte.

Pollys Stimme unterbrach meine Gedanken. »Mr Ellerdale ist unglaublich reich. Man munkelt, dass ihm die halbe Grafschaft gehört.«

Dies also war der Mann, den Sophia heiraten sollte.

Ich schaute mir Mr Ellerdale genauer an. Er redete auf eine dünne, besorgt aussehende Frau ein. Dabei hielt er ein großes, mit einem Knochen verwachsenes Stück Fleisch in der Hand, von dem er zwischendurch immer wieder abbiss. Er trug glänzende schwarze Reitstiefel zu einer engen fleischfarbenen Hose, und sein fetter runder Bauch drohte seinen marineblauen Frack zu sprengen.

Während Polly und ich ihn beobachteten, erblickte er jemanden, der offenbar in der Nähe unseres Wandschirms stand. Er rief etwas, hob grüßend eine Hand und stieß dabei beinahe die dünne Frau um. Aber entweder er bemerkte es nicht oder es war ihm egal, denn ohne sie weiter zu beachten, warf er das, was von dem Fleischstück übrig geblieben war, auf den Tisch und durchquerte mit langen

Schritten den Raum. Polly und ich suchten uns ein neues Guckloch und sahen, dass Mr Ellerdale auf einen kleinen drahtigen Mann mittleren Alters zuging, der rote Haare, eine schiefe Nase und mit roten Äderchen überzogene Wangen hatte.

»Wer ist der rothaarige Mann?«, fragte ich Polly.

»Das ist dein Herr«, antwortete Polly. »Sir Henry Fane.«

Sophias Vater. Ich betrachtete sein Gesicht. Sah er wirklich wie jemand aus, der dazu fähig war, die eigene Tochter einzusperren und ihr das Baby wegzunehmen?

»Wo ist Sophia?«, flüsterte ich Polly zu. »Ist sie auch hier?«

Polly schaute mich schockiert an. »Miss Fane«, raunte sie. »Du musst sie immer Miss Fane nennen.«

»Gut, dann eben Miss Fane. Ist sie hier?«

Polly spähte angestrengt durch verschiedene Löcher im Wandschirm. »Ich glaube nicht. Ich sage dir, wenn ich sie sehe.«

Eine streng dreinschauende, dunkelhaarige Frau in einem blauen Samtkleid und mit einer Diamantkette um den Hals ging durch die Menge auf Mr Ellerdale und Sir Henry zu. Die Leute machten ihr Platz. Dabei knicksten die Damen, und die Herren verbeugten sich vor ihr. Sie nahm diese Ehrenbezeugungen mit einem knappen Nicken zur Kenntnis, fast so, als ob sie eine Königin wäre.

»Das ist Mrs Bailey«, informierte mich Polly. »Sir Henrys Schwester. Sie ist nach dem Tod von Mrs Fane hier eingezogen. Man muss sie unbedingt immer bei Laune halten.«

Mrs Bailey deutete vor Mr Ellerdale einen kleinen Knicks an, der sich wiederum tief vor ihr verbeugte. Dabei wäre sein Bauch beinahe aus der engen Weste geplatzt.

»Ein vortrefflicher Ball, Henry«, sagte er.

»Das will ich auch hoffen«, knurrte Sir Henry. »Bei dem, was er mich kostet.«

»Also wirklich, Sir Henry!«, empörte sich seine Schwester. »Aber wo steckt Sophia denn bloß? Sie hat sich so sehr darauf gefreut, Sie heute Abend zu sehen, Mr Ellerdale.«

Mr Ellerdale verbeugte sich abermals tief. »Es wird mir das größte Vergnügen sein, meine Bekanntschaft mit Ihrer charmanten Nichte zu vertiefen, Madam!«

Mit gerunzelter Stirn schaute sich Sir Henry suchend im Raum um. Plötzlich schossen seine Augenbrauen in die Höhe, seine Wangen röteten sich noch stärker und er gab ein gurgelndes Geräusch von sich.

Polly stieß mich so heftig an, dass ich beinahe gegen den Wandschirm gefallen wäre. Schnell griff sie nach meinem Arm, um mich zurückzureißen. »Da ist Miss Fane«, flüsterte sie.

Das Grüppchen von Leuten, das an einem Tisch gestanden hatte, war inzwischen verschwunden, sodass wir freien Blick auf die andere Seite des Raums hatten und ein Mädchen in einem weißen Kleid sahen, das in einem gepolsterten Fenstersitz saß. War es das Mädchen, das in meinem Fenster erschienen war? Schwer zu sagen. Das Mädchen in dem Nachthemd hatte langes wirres Haar und einen verzweifelten Gesichtsausdruck gehabt. Das Haar dieses Mädchens hingegen war zu einer hübschen Frisur hochgesteckt. Und sie sah überhaupt nicht verzweifelt aus. Im Gegensatz zu allen anderen im Raum war sie weder damit beschäftigt, zu plaudern, zu flirten oder Karten zu spielen, sondern hatte sich in ein Buch vertieft.

»*Sie liest!*«, rief Sir Henry angewidert aus. »Zum Teufel, nach all meinen Ermahnungen …«

Er sah aus, als würde er vor lauter Wut gleich einen Schlaganfall bekommen. Als er einen Schritt auf Sophia zu machte, legte ihm Mrs Bailey eine Hand auf den Arm.

Mit grimmigem Gesichtsausdruck sagte sie zu ihm: »Überlassen Sie das mir, Sir Henry.« Sie bahnte sich einen Weg durch die Menge und stellte sich so vor Sophia, dass ich nur noch ihren Rücken sah, und keines der Gesichter der beiden Frauen.

Zwei alte Damen blieben vor dem Wandschirm stehen und fächelten sich mit ihren Fächern Luft zu.

»Ich weiß, dass es mich nichts angeht«, sagte eine der

beiden, »doch selbst wenn ich bettelarm wäre, würde ich es nicht übers Herz bringen, meine Tochter an Mr Ellerdale zu verkaufen.«

Die andere lachte. »Du kannst dir leisten, so etwas zu sagen, Louisa, aber ich frage mich, ob du wirklich noch so zartfühlend wärst, wenn du am Hungertuch nagen müsstest.«

»Das arme Kind«, fuhr Louisa unbeirrt fort. »Sie ist kaum sechzehn und er wird wohl über vierzig sein.«

»Es wäre nie so weit gekommen, wenn ihre Mutter noch am Leben wäre«, erwiderte ihre Freundin. »Möge sie in Frieden ruhen. Sie müsste …«

»Pscht!«, machte Louisa, als Mrs Bailey wieder durch die Menge schritt und Sophia am Arm hinter sich herzog. Sophia sah wütend aus, als sie vor den beiden Männern stehen blieb und vor Mr Ellerdale steif einen Knicks andeutete. Er erwiderte den Knicks mit einer Verbeugung.

»Guten Abend, Mr Ellerdale«, sagte Sophia tonlos.

»Miss Fane, was für eine außerordentliche Freude.« Er ergriff ihre Hand und küsste sie auf den Handrücken. »Würden Sie mir die überaus große Ehre erweisen und die nächsten beiden Tänze mit mir tanzen?«

Sophia sagte nichts, ließ aber zu, dass er sie unterhakte. Ihr Gesicht blieb dabei vollkommen ausdruckslos.

Sie gingen auf die Mitte des Raums zu, wo sich bereits

einige Paare einander gegenüber in zwei Reihen aufgestellt hatten. Die Männer verbeugten sich vor ihren Partnerinnen, die Frauen machten einen Knicks und der Tanz begann. Die Paare bewegten sich aufeinander zu. Mr Ellerdale trat Sophia versehentlich auf den Fuß und sie zuckte zusammen.

Er wich zurück und rempelte dabei eine junge Frau an, die hinter ihm gestanden hatte. Die Frau strauchelte und der Wein in ihrem Glas ergoss sich über ihr Kleid. Der Mann an ihrer Seite drehte sich zu Mr Ellerdale um und sagte etwas zu ihm. Obwohl sie zu weit weg waren, als dass ich es hätte hören können, erkannte ich an dem überraschten und empörten Ausdruck in seinem Gesicht, dass Mr Ellerdale etwas sehr Unhöfliches erwidert hatte.

Ich schaute wieder zu Sophia hinüber, weil ich wissen wollte, wie sie darauf reagierte. Als ich ihr Gesicht sah, blieb mir beinahe das Herz stehen.

Mr Ellerdale wandte sich ihr mit einem einschmeichelnden Lächeln zu und wieder wurde ihr Gesicht zu einer ausdruckslosen Maske. Doch eine Sekunde lang war ihr die Maske entglitten und sie hatte vollkommen verzweifelt ausgesehen.

Und nun hatte ich Gewissheit.

Das Mädchen in meinem Fenster war Sophia Fane gewesen.

Am Ende des Tages

Polly ergriff meinen Arm und zog mich hoch. »Los, komm, Evi. Ich muss die Feuer in den Schlafzimmern kontrollieren und du musst den Abwasch fertig machen, oder wir können beide was erleben. Ich soll dich doch ausbilden, ich bin für dich verantwortlich.«

Die Vorstellung, mit dem Schrubben der Töpfe weitermachen zu müssen, war schlimm, aber ich wollte nicht, dass Polly meinetwegen Ärger bekam, und so folgte ich ihr widerspruchslos in die Spülküche.

Nach dem Aufenthalt im warmen Ballsaal fand ich es hier unten eisig kalt. Als ich endlich mit dem Abwasch fertig war, taten mir die Füße weh und meine Hände brannten von dem Sand, dem Salz und dem Essig. Meine Fingerspitzen waren rötlich verfärbt, und als ich die Hände aus dem Wasser nahm, sah ich, dass an den Fingerspitzen Blut durch die Haut sickerte. Es war unglaublich!

Polly schaute kurz herein.

»Bist du fertig, Evi?« Sie nahm sich ein Geschirrtuch. »Lass uns noch diese letzten paar Töpfe abtrocknen, dann gehen wir ins Bett. Du siehst hundemüde aus.«

»Schau dir nur meine Hände an!«, sagte ich und streckte sie ihr entgegen. »Sie bluten richtig!«

Polly schenkte mir ein mitfühlendes Lächeln. »Das tut schrecklich weh, ich weiß. Aber mach dir keine Sorgen, deine Haut wird sich bald daran gewöhnen, so wie bei mir.«

Sie hielt ihre Hände hoch. Sie waren rau und rot und an den Handflächen verhornt.

»Ja, ich weiß, sie sind nicht sehr hübsch«, sagte sie. »Rau wie Sandpapier. Mit solchen Händen kriege ich nie einen Mann. Aber wenigstens tun sie mir nicht mehr so weh wie früher. Hat dir die Harthexe schon dein Zimmer gezeigt?«

»Nein.«

»Du teilst es dir mit mir. Wo ist deine Reisetruhe?«

»Reisetruhe?«

Erstaunt riss Polly die Augen auf. »Ach, das macht doch nichts«, sagte sie. »Du verdienst hier ja schließlich Geld und kannst dir dann bald Kleidung kaufen.«

Kleidung kaufen? Wieder geriet ich in Panik. Was, wenn ich tatsächlich in die Vergangenheit gereist war? Was, wenn ich nie wieder in meine Zeit zurückkehren konnte?

Aber nein, der Gedanke war lächerlich. Ich befand mich nicht wirklich in der Vergangenheit, es musste einfach ein sehr lebhafter Traum sein.

Aus einem Schrank nahm Polly zwei Kerzen in einfachen Kerzenhaltern aus Zinn, hielt einen Holzspan ins Feuer und zündete damit die Kerzen an. Sie übergab mir eine und ich folgte ihr den Flur entlang und die Treppen hoch. Die Lampen waren gelöscht worden und unsere Kerzenflammen waren das einzige Licht. Sie warfen verzerrte, unheimliche Schatten an die Wände und stanken nach verdorbenem Fleisch.

Wir stiegen höher und höher, bis wir die oberste Etage des Hauses erreicht hatten. Durch eine grüne Tür, die so niedrig war, dass ich mich bücken musste, gelangten wir in einen weiteren Flur. Polly führte mich zu der Tür an seinem Ende. Dahinter lag eine kleine Kammer mit schrägen Mansardenwänden, in der sich zwei Betten mit weißen Laken und Decken befanden. Zwischen den Betten stand ein Tisch mit einer großen Schüssel und einem Wasserkrug. Außerdem gab es noch einen Stuhl. Vor dem kleinen Fenster hing ein dünner Vorhang. Die Wände und der Dielenboden waren nackt.

Polly stellte ihren Kerzenhalter auf den Tisch, setzte sich auf eines der Betten und begann, ihre Schuhe aufzuschnüren.

»Wo ist denn das Bad?«, fragte ich.

Polly sah mich verständnislos an. »Das was?«

»Das Badezimmer.«

Polly lachte. »Hier gibt es kein Badezimmer. Wo kommst du nur her, dass du so etwas erwartest?«

»Äh … ja … aber wo geht man denn hier zur Toilette?«

Polly runzelte die Stirn. »Wohin?«

Ich durchforstete meinen Wortschatz. Wie mochten sie in jener Zeit dazu gesagt haben?

»Das WC?«

»Ich habe nicht die leiseste Ahnung, was du meinst, du komisches Londoner Mädchen.« Inzwischen hatte sich Polly die Schnürstiefel ausgezogen und nahm ihre Schürze ab.

»Der Waschraum?«

»Ach so!« Polly faltete ihre Schürze zusammen und legte sie über die Stuhllehne. »Was ihr in London nur für seltsame Wörter verwendet! Hinter den Ställen ist ein Abort für die Dienerschaft, doch du kannst jetzt nicht mehr das Haus verlassen. George hat sicher schon sämtliche Türen verriegelt. Aber unter deinem Bett steht ein Nachttopf.«

Ein Nachttopf? Bedeutete das, was ich fürchtete, dass es bedeutete?

Ich bückte mich und hob die Bettdecke hoch, und da stand er: ein großer Nachttopf aus weißem Porzellan.

Auf *gar keinen Fall* würde ich den benutzen!

Doch da durchfuhr mich ein schrecklicher Gedanke: Womöglich benutzte Polly ihren. Aber hoffentlich nicht, während ich im Zimmer war. Bitte, bitte nicht!

Unter ihrem Kleid trug Polly ein Korsett. Wahrscheinlich trage ich auch eines, dachte ich. Das würde das Engegefühl beim Atmen erklären.

Über dem Korsett hatte sich Polly etwas um den Bauch gebunden: ein Stoffband, an dem eine flache Stofftasche hing. Sie löste den Knoten und legte die Stofftasche unter ihr Kissen.

»Was ist das?«, fragte ich.

Wieder war Polly über meine Unwissenheit verblüfft.

»Das ist doch meine Tasche. Hast du denn keine?«

Ich strich mit beiden Händen über mein Kleid. In den Seitennähten waren Öffnungen, durch die ich mein Korsett und ein Stoffband mit zwei flachen Taschen ertasten konnte.

»Ich habe Taschen!«, sagte ich. Und gleich darauf wünschte ich mir, ich hätte etwas weniger begeistert geklungen.

Polly sah mich an, als würde sie an meinen geistigen Fähigkeiten zweifeln. Und ehrlich gesagt konnte ich ihr das auch nicht verübeln.

Ich griff in die Taschen, doch sie waren leer. Ich fragte mich, was Polly in ihrer Tasche aufbewahrte. Offenbar war es so wertvoll, dass sie die Tasche nachts unter ihrem Kissen verstecken musste. Ich hätte sie gerne gefragt, aber wahrscheinlich hätte ich dann nur noch dümmer gewirkt.

Polly löste nun die Schnürung ihres Korsetts. Ich wusste nicht, wie ich mit meinen wunden Fingern all die Knoten, Haken und Knöpfe öffnen sollte, doch ich wagte nicht, Polly um Hilfe zu bitten. Außerdem wollte ich jetzt nur noch eines: schlafen.

Ich stellte meinen Kerzenhalter auf dem Tisch ab, setzte mich auf das andere Bett und begann, aus meiner aufgesteckten Frisur die Haarnadeln herauszuziehen. Dabei taten mir die Finger zwar auch weh, aber ich konnte unmöglich auf Haarnadeln schlafen.

»Evi!«, schrie Polly auf.

Ich sprang auf. »Was? Aaaaah!«

Eiskaltes Wasser ergoss sich über meinen Kopf und lief an mir herunter.

»Was machst du da?«, schrie ich Polly an. »Bist du verrückt geworden?«

Ich schob mir das tropfnasse Haar aus der Stirn und starrte sie wütend an.

»Soll das irgendwie witzig sein, oder was?«

»Dein Haar hat Feuer gefangen«, erwiderte Polly. »Ich musste es löschen. Tut mir leid.«

Aber sie sah nicht wirklich so aus, als würde es ihr leidtun. Ganz im Gegenteil: Sie bekam einen Lachanfall und der war so ansteckend, dass ich bald mitlachte.

»Dein Gesicht!«, rief sie. »Dein Gesicht, als du mich durch deine Haare hindurch angesehen hast!«

»Hat mein Haar wirklich gebrannt?«

»Natürlich. Es hing in der Kerze. Schau mal.«

Sie hob eine tropfnasse Strähne an. Ein Teil davon war mehrere Zentimeter kürzer als der Rest.

»Oh nein!«, jammerte ich. »Da fehlt ja jetzt eine ganze Menge!«

Ich berührte die geschwärzten Enden und dadurch brachen sie ab.

»Das ist doch nicht schlimm«, beruhigte mich Polly. »Wenn du es hochgesteckt hast, sieht man das nicht mehr. Aber du musst mit deiner Kerze besser aufpassen.«

»Ich kann in diesen Kleidern nicht schlafen. Es ist alles nass.«

Polly hockte sich vor ihr Bett und zog eine ungefähr einen Meter lange Holzkiste hervor. Die Kiste war mit einem Vorhängeschloss gesichert. Polly zog aus der Tasche, die sie unter ihr Kopfkissen gelegt hatte, einen Schlüssel und schloss damit das Schloss auf. Jetzt wusste ich also, was sie in ihrer Tasche verwahrte.

»Hier drin ist noch ein Nachthemd«, sagte sie. »Wir

hängen deine Sachen über den Stuhl, dann können sie trocknen.«

»Danke«, sagte ich, als Polly mir ein langes weißes Nachthemd reichte. Ich zog es an und ließ mich rücklings auf die Matratze fallen. Sie war hart und klumpig, aber das war mir egal. Noch nie in meinem Leben war ich derart dankbar dafür gewesen, schlafen zu können. Ich hatte die seltsamste Nacht meines bisherigen Lebens hinter mir, doch inzwischen war ich viel zu müde, um weiter darüber zu grübeln, was eigentlich mit mir geschehen war. Alles, was ich im Augenblick tun konnte, war zu hoffen, dass ich am nächsten Morgen wieder in Annas Wohnung aufwachen würde und dass dies alles nur ein Traum gewesen war.

Vor dreizehn Jahren

Licht drang durch die Vorhänge herein. Die Matratze war hart und das Kissen war klumpig. Die Bettwäsche roch komisch. Mir taten die Füße weh. Ich hatte etwas Ungewohntes an.

Mein Herz setzte einen Schlag aus, als mir die Bilder durch den Kopf gingen: Polly … der Ball … der Abwasch … Mrs Hardwick … das Mädchen im Fenster …

Mit einem Ruck setzte ich mich auf und ließ meinen Blick durch den Raum wandern. Mein Koffer lag auf dem Fußboden, an derselben Stelle, wo ich ihn liegen gelassen hatte, und sein Inhalt war auf dem Teppich verstreut. Die Schlafzimmertür war weiß lackiert und schlicht, ganz ohne geschnitzte Verzierungen.

Mit klopfendem Herzen sprang ich aus dem Bett und öffnete die Tür zum Flur. Cremefarbene Wände. Ein schmuddeliger brauner Teppich. Hässliche Heizkörper.

Alles war wieder normal.

Also war es *doch* ein Traum gewesen. Ein unglaublich lebhafter Traum. Und so wirklichkeitsnah, dass es mir vorgekommen war, als hätte ich eine Zeitreise unternommen.

Selbstverständlich war ich erleichtert. Doch komischerweise war ich auch ein kleines bisschen enttäuscht. Das überraschte mich, doch andererseits wäre es *fantastisch* gewesen, durch die Zeit reisen zu können.

Ich kehrte in das Zimmer zurück und schloss die Tür. Als ich die Klinke hinunterdrückte, durchzuckte ein heftiger Schmerz meine Hand. Ich schaute mir meine Finger an.

Meine Hände waren rot und wund gescheuert und hatten überall kleine Abschürfungen und Schnitte.

Mir fiel eine Haarsträhne ins Gesicht. Sie roch eigenartig.

Sie roch *verbrannt.*

Ich starrte sie wohl eine Minute lang entsetzt an. Dann schob ich sie mit zitternden Fingern zur Seite. Mein Magen zog sich zusammen, als mir ein weiterer Geruch in die Nase stieg.

Essig.

Jetzt schlug mir das Herz bis zum Hals. Ich senkte den Kopf und ließ mein Haar wie einen Vorhang vor mein Gesicht fallen.

In der Mitte des Haarvorhangs klaffte eine Lücke, weil eine breite Strähne mehrere Zentimeter kürzer als die anderen war.

Mit zitternden Fingern berührte ich die gekürzten Enden, und die geschwärzten Spitzen bröselten unter meinen Fingerspitzen weg. Mir wurden die Knie weich. Ich ließ mich auf das Bett fallen.

Also war es doch kein Traum gewesen. Es war tatsächlich passiert. Ich war wirklich in der Vergangenheit gewesen.

Ich wusste nicht mehr, was ich denken sollte. Mir schwirrte der Kopf. Eigentlich *konnte* ich gar nicht mehr richtig denken.

Jemand klopfte an die Tür. Ich zuckte zusammen.

»Evi?«

»Ja?«

»Ach, du bist endlich wach«, sagte Anna und trat ein. »Ich hatte mir schon Sorgen gemacht.«

»Wie spät ist es denn?«, fragte ich und schaute mich suchend nach meinem Smartphone um. Und dann fiel mir wieder ein, dass es nicht mehr funktionierte.

»Schon fast elf«, antwortete Anna.

»Elf? Ich habe noch nie so lange geschlafen.«

»Na, offenbar hattest du es nötig. Bestimmt hast du Hunger. Ich habe nicht viel zu essen da und ich muss auch gleich zum Friedhof, zu einer Besichtigung. Ich habe gedacht, wenn du mitkommst, kann ich dir zeigen, in welcher Richtung der Dorfladen liegt. Und wenn du magst, führe ich dich auch ein bisschen auf dem Friedhof herum.«

»Äh … danke«, erwiderte ich. »Aber ich werde erst mal einkaufen gehen.«

Mein Smartphone war immer noch tot. Ich fragte Anna, ob sie mich zu einem Handyladen bringen könnte, wo sie die Dinger reparierten, aber sie meinte, sie hätte heute nicht vor, in die Stadt zu fahren.

»Ich könnte den Bus nehmen«, schlug ich vor.

»Ja, das kannst du machen. Der nächste fährt am Dienstag«, war die Antwort.

Fassungslos starrte ich sie an. Sie sah nicht aus, als ob sie einen Witz gemacht hätte. Dann aber bemerkte sie meinen Gesichtsausdruck und musste lachen: »Du bist wirklich ein Stadtkind, was? Aber hier bist du auf dem Land, Evi, und hier ist vieles anders als in der Stadt.«

Das brauchst du mir nicht zu erzählen, dachte ich. Du hast gar keine Vorstellung davon, wie anders hier alles ist.

Es goss heute nicht so stark wie gestern, es nieselte nur, aber trotzdem fand ich es deprimierend. Zu beiden Seiten der Straße waren Grasstreifen, dahinter kamen Holzzäune und hinter den Zäunen standen moderne Wohnhäuser.

»Früher muss es hier herrliche Gärten gegeben haben«, erzählte Anna, »doch als das Anwesen in eine Wohnanlage umgewandelt wurde, hat man den Park verkauft und als Bauland genutzt. Jetzt ist von dem ganzen Park nur noch dieses kleine Stück Rasen übrig und die Terrasse hinter dem Haus. Zum Glück ist das schöne alte Tor erhalten geblieben, und auch ein Teil der ursprünglichen Mauer steht noch.«

Plötzlich fiel mir etwas ein. »Gibt es irgendwo in den Gärten eine Uhr? Letzte Nacht kam es mir so vor, als hätte ich irgendwo draußen eine Uhr schlagen hören.«

Anna schüttelte den Kopf. »Ich wüsste nicht, wo die sein sollte. Im alten Stallgebäude gibt es eine Uhr, aber die geht schon ewig nicht mehr. Zumindest habe ich, seit ich hier wohne, nie erlebt, dass sie funktioniert hat.«

Wir gingen durch das schmiedeeiserne Tor und mir fiel wieder ein, wie sehr ich mich gestern Abend geängstigt hatte, als der Taxifahrer hier eingebogen war. Seither war so viel passiert, dass es mir vorkam, als sei es in einem früheren Leben geschehen.

Wir gingen links, die schmale Allee entlang. Die Bäume waren triefend nass und dicke Tropfen fielen mir auf den Kopf und rannen an meinem Gesicht hinunter. Ich suchte in meiner Tasche nach einem Papiertaschentuch.

»Das ist eine hübsche Tasche«, sagte Anna.

»Danke.« Ich war ziemlich stolz auf meine Tasche, die ich mir aus Mums Vorhangresten selbst genäht hatte.

»Sie sieht handgenäht aus«, bemerkte Anna. »Hat sie jemand für dich gemacht?«

»Ich war das selbst«, antwortete ich und fand, dass Anna richtig beeindruckt aussah.

»Wie kann ich mehr über Sophia Fane herausfinden?«, fragte ich.

Anna schien mit dieser Frage nicht gerechnet zu haben. Ich versuchte so auszusehen, als ob ich mich einfach nur sehr für Geschichte interessierte.

»Du könntest zum Einwohnermeldeamt gehen«, schlug Anna vor. »Dort bewahren sie die alten Kirchenregister auf, in die alle Geburten, Hochzeiten und Todesfälle eingetragen wurden. Doch über Sophia Fane scheint niemand etwas zu wissen, deshalb nehme ich an, dass du dort nicht fündig wirst.«

»Könnten wir zum Einwohnermeldeamt fahren?«

Anna schaute mich neugierig an. »Natürlich, wenn du das möchtest. Am Wochenende haben sie zu, aber ich könnte einen Besuch für nächste Woche vereinbaren.«

»Danke«, sagte ich. »Das wäre toll.«

Sie lächelte. »Ich freue mich, dass du dich für Geschichte interessierst. Deine Mutter hat das am Telefon nie erwähnt.«

»Vermutlich ist sie viel zu beschäftigt damit, ihren neuen Ehemann anzuhimmeln.«

Anna zog die Augenbrauen hoch. »Ach ja. Sie meinte, du müsstest dich erst noch daran gewöhnen, dass du jetzt einen Stiefvater hast.«

Tatsächlich? Vielen Dank, Mum. Ich fragte mich, was sie wohl sonst noch hinter meinem Rücken über mich gesagt haben mochte.

Mit einem Schulterzucken meinte ich zu Anna: »Ich hatte ja noch nie einen Vater. Mein Dad hat sich aus dem Staub gemacht, bevor ich geboren wurde, und Mama und mir ist es immer gut gegangen. Wir brauchen niemanden.«

Anna runzelte die Stirn. »Bist du sicher, dass deine Mutter das genauso empfindet?«

»Warum sollte sie noch jemanden brauchen? Sie hat doch mich.«

»Versucht dieser neue Stiefvater denn, dich wegzudrängen?«

»Schließlich hat er Mum nach Venedig mitgenommen und mich nicht, also denke ich schon, dass er genau das vorhat.«

»Wolltest du denn mitkommen? Auf ihre Hochzeitsreise?«

Angewidert verzog ich das Gesicht. »Nein, natürlich wollte ich nicht auf der Hochzeitsreise dabei sein.«

»Aber du ärgerst dich, dass deine Mutter ohne dich weggefahren ist.«

»Sie ist meine Mutter, und Mütter sollten bei ihren Kindern bleiben.«

»Und deine Mutter verreist oft allein, ja?«

Was sollte dieses Verhör? Worüber hatten Anna und Mum gesprochen?

»Nein, nicht so oft«, antwortete ich.

»Aber sie vernachlässigt dich, seit sie Marcus hat?«

Allein schon die Erwähnung seines Namens verschlechterte meine Laune. Es ist ja auch ein blöder Name, oder etwa nicht?

»Nein«, widersprach ich. »Sie vernachlässigt mich nicht.«

»Und er ist gemein zu dir, dieser Marcus? Selbstsüchtig und kaltherzig?«

»Nein.« Jetzt war ich *wirklich* sauer. Inzwischen wäre es mir lieber gewesen, sie hätte mich weiterhin nicht beachtet.

»Also?«, fragte sie. »Was ist denn das eigentliche Problem?«

Genervt atmete ich laut aus. »Er ist einfach … Er ist einfach immer da, verstehst du? Er ist da und stört.«

»Dann besteht sein Verbrechen einfach nur darin, sich in deine Mutter verliebt zu haben?«

»Genau. Warum konnte er uns nicht in Ruhe lassen? Bevor er kam, war alles in Ordnung.«

Anna lächelte nachsichtig. »Es ist für dich sicher nicht leicht, wenn es die ganze Zeit immer nur euch zwei gab. Aber versuche doch mal, die Sache aus ihrer Sicht zu sehen. Kannst du dir nicht vorstellen, wie einsam diese letzten dreizehn Jahre für sie gewesen sein müssen?«

»Oh, vielen Dank!«, entgegnete ich.

»Ich weiß, dass sie dich hat, und ich weiß, dass sie dich von ganzem Herzen liebt, und du weißt das auch. Doch Erwachsene brauchen ab und zu die Gesellschaft von Erwachsenen, genauso wie Kinder auch mal mit anderen Kindern zusammen sein müssen.«

»Sie hat einen großen Freundeskreis.«

»Ja, sicher, aber das ist nicht dasselbe. Es war für sie nicht leicht, ihr Studium abzubrechen und so jung Mutter zu werden. Und ihre eigene Mutter war ihr keine Hilfe. Nachdem deine Großmutter vorgeschlagen hatte, dich zur Adoption freizugeben, hat deine Mutter den Kontakt zu ihr abgebrochen.«

Ich fuhr zusammen. »*Was?*«

Erschrocken blieb Anna stehen. »Ich dachte, du wüsstest das. Oje, es tut mir so leid.«

Mir war, als hätte man mir den Boden unter den Füßen weggezogen. »Wieso sollte sie mich adoptieren lassen?«

»Ich hätte dir das nicht sagen dürfen. Es steht nur deiner Mutter zu, mit dir darüber zu reden.«

»Ja, aber sie ist ja jetzt nicht hier und du hast es mir gerade gesagt. Also erzähl mir lieber gleich alles.«

Anna schwieg ein paar Sekunden lang. Dann lief sie wieder weiter. »Es gibt gar nicht so viel zu erzählen. Du weißt ja, dass deine Mutter noch an der Uni war, als sie schwanger wurde. Ihre Mutter war sehr ehrgeizig und hatte hohe Erwartungen an sie gestellt. Deshalb schlug sie Lara vor, dich zur Adoption freizugeben, damit sie ungehindert weiterstudieren konnte. Doch Lara ging nicht darauf ein und sie hatten einen Riesenkrach. Danach weigerte sich Lara, von ihrer Mutter irgendwelche Hilfe anzunehmen, und so wurde ihr Leben sehr schwierig. Ich nehme nicht an, dass sie in den letzten Jahren oft in Urlaub gefahren ist, oder?«

Nein, nie, um ehrlich zu sein. Doch vermutlich wusste Anna das, sie schien ja sowieso alles zu wissen.

»Und dann starb deine Großmutter, bevor sich die beiden wieder versöhnen konnten«, fuhr Anna fort. »Das war sehr traurig. Allerdings hatte deine Großmutter wiederum kein gutes Verhältnis zu ihrer Mutter gehabt. Leider wiederholen sich derartige Konflikte in Familien oft.«

Inzwischen regnete es heftig. Die Regentropfen prasselten auf die Blätter der Bäume und von dort aus auf unsere Köpfe und Schultern.

abe deiner Mutter nach deiner Geburt vorge-
gen, hierherzukommen und bei mir zu wohnen«, sagte Anna. »Hat sie dir das erzählt?«

»Wirklich?« Ich war verblüfft, denn Anna erschien mir nicht wie eine Frau, die ihre Wohnung gern mit einer jungen Mutter und einem Baby teilte.

»Ich habe ja ein Zimmer übrig und ich kenne deine Mutter, seit sie ein kleines Mädchen war. Deshalb fand ich, dass ich ihr helfen sollte. Doch sie blieb nur eine einzige Nacht hier.«

Das konnte ich gut verstehen. Erstaunlich, dass sie überhaupt über Nacht geblieben war, nachdem sie den Zustand der Wohnung gesehen hatte. Mum ist ein sehr ordnungsliebender Mensch.

»Die Arme, es ging ihr furchtbar schlecht. Du warst noch so winzig und sie war erschöpft. Sie hatte einen furchtbaren Albtraum, in dem einer Mutter das Baby weggenommen wurde. Oder besser gesagt so etwas wie eine Halluzination, denn sie behauptete, die ganze Nacht kein Auge zugetan zu haben.«

Plötzlich fröstelte es mich. »Was hat sie gesehen?«, fragte ich und fand, dass meine Stimme unnatürlich hoch und gepresst klang.

Anna schaute mich überrascht an. »Ich habe dir doch keine Angst eingejagt, oder?«

Ich schüttelte den Kopf.

Anna lächelte. »Du brauchst dir keine Sorgen zu machen. Ich glaube, es war ganz natürlich, dass deine Mutter in ihrer damaligen Situation Albträume hatte, in denen ein Baby von seiner Mutter getrennt wurde.«

»Was genau hat sie gesehen?«, wollte ich wissen. »In diesem Albtraum oder dieser Halluzination?«

»Sie sagte, sie hätte neben ihrem Bett ein Baby schreien gehört. Das musst natürlich du gewesen sein, aber aufgrund ihres Erschöpfungszustands glaubte sie, es sei der Geist eines Babys gewesen, das vor langer, langer Zeit gelebt hatte. Außerdem meinte sie, jemand hätte von außen an das Fenster geklopft. Sicherlich war das nur ein Ast, aber sie glaubte, es sei die Mutter des Babys gewesen.«

»Hat sie … gesehen, wer an das Fenster geklopft hat?«

Anna starrte mich ungläubig an. »Evi, meine Wohnung liegt im zweiten Stock. Wie kann da jemand von außen ans Fenster klopfen? Es war nur ein Ast, der im Wind gegen die Scheibe geschlagen hat.«

»Aber ist sie zum Fenster gegangen und hat nachgeschaut?«

»Nein, dazu war sie viel zu verängstigt. Sie kam in mein Zimmer gelaufen, mit dir im Arm. Sie war völlig hysterisch. Sie sagte, sie könne keine Sekunde mehr in diesem Zimmer bleiben.«

»Um welche Uhrzeit ist sie aus dem Zimmer gerannt?«

Anna lachte. »Evi, das ist dreizehn Jahre her! So genau weiß ich die Einzelheiten nicht mehr.«

Aber ich musste es erfahren, unbedingt!

»War es vor oder nach Mitternacht?«

»Ich weiß wirklich nicht mehr …« Sie unterbrach sich mitten im Satz. »Doch, komischerweise fällt es mir wieder ein. Sie erzählte mir hinterher, es hätte gerade Mitternacht geschlagen, als das Klopfen begann. Ich glaube, das Schlagen der Uhr hatte sie geweckt, und sie war danach in diesen eigenartigen Zustand zwischen Wachsein und Traum geraten. Jedenfalls weigerte sie sich standhaft, in das Zimmer zurückzukehren, und so habe ich mit ihr getauscht.«

»Hattest du ihr von Sophia Fane erzählt? Hatte sie gesehen, was in die Glasscheibe geritzt war?«

Anna schüttelte den Kopf. »Nein, ich glaube nicht, dass ihr die Inschrift aufgefallen ist. Dazu war sie nicht lange genug in dem Zimmer und außerdem war sie vollauf mit dir beschäftigt.«

»Und nachdem ihr die Zimmer getauscht hattet … Hast du da …? Hast du da irgendetwas gehört? Oder gesehen?«

»Nein, überhaupt nichts. Ich habe in dem Zimmer tief und fest geschlafen. Im Laufe der Jahre hatte ich öfters Übernachtungsbesuch und keiner hat sich jemals beklagt.

Die arme Lara! Später hat sie mir geschrieben und sich entschuldigt. Sie meinte, sie verstehe selbst nicht mehr, warum sie sich da so hineingesteigert hatte.« Besorgt schaute Anna mich an. »Evi, du siehst erschüttert aus. Besser, du denkst da nicht mehr drüber nach. Es war wirklich nur ein Traum.«

Zweimal Mitternacht

Vor dem Friedhof verabschiedete ich mich von Anna und ging allein in Richtung Dorf weiter. Ich lief sehr langsam, den Blick auf den Boden gesenkt, und dachte nach.

Der Geist erschien also um Mitternacht. Zu unserer Mitternacht, genauer gesagt, wenn Annas Uhr zwölf schlug. Zu diesem Zeitpunkt war er mir letzte Nacht erschienen, und als Mum das Klopfen am Fenster gehört hatte, hatte Annas Uhr ebenfalls zwölfmal geschlagen. Doch Mum hatte, anders als ich, keine Zeitreise unternommen.

War Mum vielleicht aus dem Zimmer gerannt, bevor sie die andere Uhr Mitternacht hatte schlagen hören? Jene Uhr, die heutzutage offenbar nicht mehr funktionierte, die vor zweihundert Jahren aber die genaue Uhrzeit angegeben hatte? War es diese zweite, geisterhafte Mitternacht, die das Haus in seinen früheren Zustand zurückverwandelte? War das die Erklärung dafür, dass Mum zwar gehört hatte, wie der Geist ans Fenster geklopft hatte, aber dennoch nicht in die Vergangenheit gereist war? Oder lag es daran, dass Mum nicht zum Fenster gegangen war und deshalb den Geist nicht gesehen hatte, sodass dieser sie nicht in die Vergangenheit hatte locken können?

Überrascht stellte ich fest, wie wichtig es mir geworden war zu erfahren, was dahintersteckte. Heute Nacht, beschloss ich, würde ich bis Mitternacht aufbleiben, um zu sehen, ob sich das Haus wieder verwandelte.

Zwar hatte ich Angst davor, die kommende Mitternacht allein in diesem Zimmer zu erleben, und bei dem Gedanken, wieder dasselbe durchmachen zu müssen wie am Vorabend, wurde mir beinahe schlecht. Doch jetzt, da ich wusste, dass Mum dieselbe Erfahrung gemacht hatte, war mir die ganze Geschichte nicht mehr so unheimlich. Und ich hatte jetzt die Bestätigung, dass ich keine Spinnerin war, die sich das alles nur eingebildet hatte.

Außerdem wollte ich unbedingt mehr von dem alten Haus sehen. Ich wollte wissen, wie es vor zweihundert Jahren ausgesehen hatte und wie die Menschen darin gelebt hatten.

Vor allem aber wollte ich mehr über Sophia Fane herausfinden.

Denn ein Gedanke ging mir nicht mehr aus dem Sinn:

Sophia hatte mich um Hilfe gebeten. Wenn ich in der Lage war, in die Vergangenheit zurückzureisen, konnte ich dann auch in der Lage sein, diese Vergangenheit zu verändern?

Es ist unglaublich, wie viel Junkfood man in einem kleinen Dorfladen bekommen kann. Wenn Mum den Inhalt meines Einkaufskorbs gesehen hätte, wäre sie wohl vor Schreck umgekippt.

Anna hatte mir Geld für Lebensmittel gegeben, sodass ich nichts von meinem Notfallbudget hätte ausgeben müssen. Dennoch opferte ich etwas davon. Polly hatte zwar gesagt, dass ich normalerweise nicht abwaschen musste, doch besorgte ich mir trotzdem für alle Fälle ein Paar Gummihandschuhe. Falls ich wirklich nicht mehr den Abwasch machen musste, konnte ich sie ja dem armen Mädchen schenken, das normalerweise in der Spülküche arbeitete. Ich wollte mir gar nicht vorstellen, wie wund *ihre* Hände waren.

Außerdem kaufte ich Schokolade für Polly. Sobald ich wieder in Annas Wohnung war, versteckte ich Handschuhe und Schokolade, damit Anna sie nicht sah und peinliche Fragen stellte.

Mein Smartphone funktionierte immer noch nicht. Ich fand die Stille in der Wohnung unheimlich und fühlte mich sehr einsam. Deshalb holte ich mir das Küchenradio ins Zimmer, bevor ich mich mit Block und Stiften auf das Bett setzte.

Zeichnen ist meine Lieblingsbeschäftigung und war es auch schon immer. Manche Lehrer ärgern sich, wenn sie sehen, wie ich die Seitenränder meiner Bücher mit Kritzeleien vollmale. Sie verstehen es nicht, wenn ich ihnen erkläre, dass ich gar nicht anders kann. Wenn ein Kuli oder ein Bleistift in meiner Reichweite liegt, muss ich ihn mir schnappen und damit herumkritzeln, es ist wie ein Zwang.

Ich zeichnete Sophia Fane in ihrem schönen weißen Kleid. Danach zeichnete ich ihren Vater mit einem vor Wut rot angelaufenen Gesicht. Ich zeichnete Polly und George, die dicke Köchin und die garstige Mrs Hardwick. Am meisten Spaß machte es mir, Charles Ellerdale mit seinem dicken Bauch zu zeichnen.

Alice zeichnete ich nicht. Der hasserfüllte Blick, mit dem sie mich bedacht hatte, hatte mich wirklich schockiert.

Ich kochte mir nichts zu essen, und als Anna nach Hause kam, bot sie mir auch nichts an. Später aß ich einen der vielen Snacks, die ich mir gekauft hatte.

Je dunkler es draußen wurde, desto nervöser wurde ich. Immer wenn ich an Mitternacht dachte, verkrampfte sich mein Magen.

Niemand zwingt dich, rief ich mir in Erinnerung. Du

musst das nicht machen. Ich hätte Anna auch bitten können, mit mir das Zimmer zu tauschen, dann würden wir beide eine ganz normale Nacht verbringen.

Aber aus irgendeinem verrückten Grund wollte ich unbedingt in die Vergangenheit zurückkehren. Jetzt, wo ich wusste, dass ich wieder in der Gegenwart aufwachen würde, wenn ich in der Vergangenheit eingeschlafen war, fühlte ich mich ziemlich sicher. Ich konnte jede Nacht in ein früheres Jahrhundert reisen und das gefiel mir besser, als mich hier weitere drei Tage lang zu Tode zu langweilen. Ich würde nachts in der Vergangenheit leben und mich tagsüber in Annas öder Wohnung ausschlafen.

Und dazu brauchte ich nichts weiter zu tun, als in meinem Zimmer zu bleiben, bis die zweite Uhr Mitternacht geschlagen hatte.

Dann würde ich dem Geist entgegentreten müssen.

Es lief ganz genauso ab wie in der vorangegangenen Nacht. Ich hatte geglaubt, dieses Mal darauf vorbereitet zu sein, doch fand ich das Heulen im Kamin so unheimlich wie beim ersten Mal. Als das Klopfen am Fenster begann, setzte mein Herz einen Schlag lang aus. Doch dieses Mal wusste ich bereits, was mich erwartete, wenn ich zum Fenster ging.

Ich zog die Vorhänge auf. Und wieder stand Sophia

Fane vor mir, mit demselben verzweifelten Ausdruck in den Augen.

Die zweite Uhr begann zu schlagen.

Sophia hob die Hand und winkte mich näher.

»Hilf mir«, sagte sie lautlos.

Ich war ganz krank vor Angst und dennoch zwang ich mich, ihr meine Hand entgegenzustrecken. Ich legte meine Handfläche flach auf die Fensterscheibe. Sophias Hand bewegte sich nicht, doch sie schaute mich immer noch eindringlich an.

»Ich werde dir helfen«, sagte ich. »Das verspreche ich dir. Ich komme in deine Zeit und werde es irgendwie schaffen, dass ihr, du und dein Kind, zusammenbleiben könnt. Ganz sicher.«

Sophia starrte mich weiterhin unverwandt an. Ich löste meine Hand von dem kalten Glas und ging auf die Schlafzimmertür zu. Mein Herz klopfte so heftig, dass mir die Brust wehtat.

Als ich über die Schwelle trat, hatte ich wieder das eigenartige Gefühl, mich aufzulösen. Erst nachdem die Tür zugeschlagen war, fühlte ich mich wieder vollständig und normal. Ich trug dieselbe Kleidung wie am Vorabend und spürte das einengende Korsett ebenso wie die kratzigen Wollstrümpfe. Ich war in Sophia Fanes Haus mit den geschnitzten Türen, den blauen Wänden und den gemusterten Läufern zurückgekehrt und die glänzend polierten Fußbodendielen schimmerten im Licht der Wandleuchter.

Meine Angst hatte sich in Begeisterung verwandelt. Ich war tatsächlich durch die Zeit gereist und konnte jede Nacht wieder hierher zurückkehren!

Plötzlich aber ergriff Panik von mir Besitz: Ich würde nur noch drei Tage bei Anna wohnen. Also hatte ich auch nur drei Tage Zeit, Sophia zu helfen.

Oder? Denn bis jetzt wusste ich nicht einmal, wie meine Zeitreisen eigentlich funktionierten. War während meiner Abwesenheit die Zeit in der Vergangenheit weitergelaufen oder würde sich der vergangene Abend einfach nur wiederholen?

Eines wusste ich allerdings gewiss: Sophia Fane war am 27. April 1814 in ihrem Zimmer eingesperrt worden. Also musste ich als Allererstes das Datum dieses heutigen Tages herausfinden. Und das dürfte ja nicht so schwer sein.

Ich wollte gerade die Treppe hinuntergehen, als ich merkte, dass ich vergessen hatte, die Spülhandschuhe und die Schokolade mitzunehmen. Wenn ich jetzt in mein Schlafzimmer zurückkehrte, würden meine Sachen dort sein?

Behutsam drehte ich den Türknauf aus poliertem Messing und schob die Tür ein paar Zentimeter weit auf.

In dem dunklen Zimmer waren leise, gleichmäßige

Atemzüge zu hören. Wenn das tatsächlich Sophias Zimmer war, dann lag sie gerade darin im Bett und schlief. Ich konnte das Bett von der Tür aus nicht sehen und ich wagte auch nicht, die Tür weiter zu öffnen.

Lange geschlossene Vorhänge verdeckten das Fenster. Ich erkannte einen offenen Kamin. Das musste die Stelle in Annas Gästezimmer sein, an der hinter einer Rigipsplatte der Wind im Kaminschacht heulte. Auf dem Fußboden lag ein dicker Teppich und ich konnte schwere, ausladende Möbel sehen. An den Wänden hingen gerahmte Gemälde.

Meine Sachen waren verschwunden. Alles war anders geworden. Vermutlich hätte ich die Spülhandschuhe und die Schokolade ohnehin nicht auf meine Zeitreise mitnehmen können. Schließlich trug ich nicht einmal meine eigene Kleidung. Offenbar konnten Dinge nicht durch die Zeit reisen.

Nur ich allein konnte es.

Teil zwei

Zweites Hausmädchen

Durch die Fenster im Treppenhaus drang helles Tageslicht herein. Ich hörte Vögel singen. Es musste früh am Morgen sein.

Als ich den Gang erreichte, der in die Küche führte, hörte ich auf der Treppe über mir Schritte. Ich drehte mich um und sah Polly. Überrascht riss sie ihre Augen auf.

»Da bist du ja!«, sagte sie. »Wo hast du gesteckt? Ich dachte, du hättest dich in der Nacht aus dem Staub gemacht!«

»Äh … ich bin früh aufgewacht«, log ich.

»Ach, das ist mir an meinem ersten Morgen hier auch passiert. Warte ein paar Tage und du wirst jede Sekunde Schlaf ausnutzen, die du kriegen kannst.«

An der Hintertür war ein Mann, der sich gerade seine Jacke zuknöpfte. Quer vor der Tür stand ein schmales Feldbett.

»George schläft hier«, erklärte Polly. »William schläft vor der vorderen Haustür, George vor der Hintertür.«

George? Das konnte doch nicht derselbe George sein, den ich letzte Nacht getroffen hatte? Dieser Mann hier hatte kurze dunkle Haare und trug eine einfache braune Jacke. Als er merkte, dass ich ihn anstarrte, lachte er.

»Ohne Perücke und Livree erkennst du mich gar nicht, was?«

»Sie sehen vollkommen anders aus«, erwiderte ich. »Warum schlafen Sie vor der Hintertür? Damit keiner einbricht?«

»Richtig.« Er klappte das Feldbett zusammen und hob etwas auf, das daruntergelegen hatte.

Ich erstarrte vor Schreck. »Ist das eine Waffe?«

»Ja, genau. Eine Muskete.«

»Schlafen Sie immer mit einer Waffe unter dem Bett?«

Er packte sein Bettzeug und die Muskete in einen hohen Wandschrank. »Natürlich. Auf Befehl unseres Herrn.«

»Ist denn schon jemals eingebrochen worden?«

»Nicht seit ich hier bin. Doch vor ein paar Jahren waren einmal Einbrecher da. William und der damalige Hausdiener – John hieß er – überwältigten die Männer und sperrten sie in die Anrichtekammer. Sir Henry ließ sie vor den Richter bringen.«

»Was ist dann mit ihnen geschehen?«

George öffnete den oberen Riegel der Hintertür. »Sie wurden aufgehängt, alle drei. Es waren Brüder, der jüngste war noch nicht mal zwölf Jahre alt.«

Ich starrte ihn ungläubig an. »Aufgehängt? Einen Elfjährigen?«

»Hier, Evi«, sagte Polly ungerührt. Sie reichte mir eine Holzkiste voller Bürsten und einen Blecheimer voller Stöcke und Putzlumpen. Dann holte sie noch einen Besen und eine zweite Holzkiste.

Sie führte mich in den Ballsaal, in dem letzte Nacht das Fest stattgefunden hatte. Die Fensterläden waren geschlossen, sodass der Raum im Dunkeln lag. Spuren der gestrigen Gerüche hingen noch in der Luft.

Polly stellte ihre Kiste neben dem offenen Kamin ab und ich tat es ihr nach.

»Du bist das zweite Hausmädchen«, sagte sie, »und deshalb kümmerst du dich um die Feuerstellen. Ich bin zuständig fürs Staubwischen, für die Vorhänge und die Teppiche.«

Sie ging zu einem der riesigen Fenster und hob die Eisenstange hoch, die wie ein Riegel die Fensterläden fixierte. Sie klappte die Fensterläden auf und Licht flutete herein. Ich schaute zu der Uhr auf dem Kaminsims. Es war erst halb sechs! Kein Wunder, dass es im Haus noch so ruhig war.

»Polly«, fragte ich, »welchen Tag haben wir heute?«

»Den fünfundzwanzigsten April.«

Den fünfundzwanzigsten April. Also hatten wir hier dasselbe Datum wie in meiner Gegenwart.

»Und …« Das würde sich jetzt furchtbar dämlich anhören, aber ich musste es herausfinden. »Und welches Jahr haben wir?«

Polly schaute mich erstaunt an. »Weißt du wirklich nicht, welches Jahr wir haben?«

Ich schüttelte den Kopf. Jetzt stand ich wirklich da wie ein Dorftrottel.

»Wir haben das Jahr 1814, du Dummerchen.«

Der fünfundzwanzigste April 1814.

In zwei Tagen würde Sophia in ihr Zimmer eingesperrt werden – vermutlich für den Rest ihres Lebens.

Es sei denn, ich konnte es irgendwie verhindern.

»Los, beweg dich, Evi«, forderte Polly mich auf. »Du musst endlich anfangen zu arbeiten.«

Ich betrachtete den riesigen, mit Steinen eingefassten Kamin. Auf dem Feuerrost lagen graue Ascheklumpen und die verkohlten Überreste von Holzscheiten. Was sollte ich denn jetzt tun?

In unserer Wohnung in London gab es einen offenen Kamin, aber wir hatten darin nie Feuer gemacht. Er war voller Kiefernzapfen, die ich im Park gesammelt hatte.

»Zeigst du mir bitte, was ich machen soll, Polly?«, bat ich. »Ich habe noch nie zuvor ein Feuer angezündet.«

Polly starrte mich mit offenem Mund an. »Wirklich noch nie?«

»Also nicht so eines«, erwiderte ich hastig. »Unser Kamin sah anders aus. Dieser ist viel … viel größer.«

»In Ordnung«, sagte Polly geschäftig. »Als Erstes rollst du den Kaminvorleger zusammen, damit er aus dem Weg ist, und dann legst du einen Lappen aus, damit der Fußboden vor dem Kamin sauber bleibt. Dann kehrst du die Asche weg, so …«

Sie nahm ein eisernes Gerät von einem Ständer neben dem Kamin und kehrte damit die Asche so über den Feuerrost, dass sie durch den Rost in die Vertiefung darunter fiel.

»Lass die großen Holzkohlebrocken liegen, sie helfen dir nachher, das Feuer in Gang zu bringen. Nimm jetzt die Kienspäne aus dem Eimer und lege sie auf den Rost, dann kehrst du die Asche in den Eimer. Nun bürstest du den Kamin damit sauber«, sagte sie, während sie eine kurzstielige Bürste aus der Holzkiste nahm. »Anschließend reinigst du den Feuerrost, zuerst mit diesem Öl …«, sie holte eine Glasflasche aus der Kiste, »das du auf einen Lappen gegeben hast, und danach mit Schmirgelpapier.« Sie fischte ein Stück graues Sandpapier heraus. »Dann ist das Polierpapier an der Reihe. Das ist das hier. Sir Henry legt sehr großen Wert darauf, dass die Feuerstellen sauber sind. Arbeite also gründlich, denn sonst bekommst du von der Harthexe ein paar saftige Ohrfeigen. Nun bürstest du die Rückseite und die Seiten des Kamins mit Grafit und polierst sie anschließend mit dieser Bürste hier.« Eine weitere Bürste kam zum Vorschein. Sie hatte besonders harte Borsten.

Mir schwirrte der Kopf. So viele Arbeitsgänge, nur um eine einzige Feuerstelle zu reinigen?

Polly hockte sich auf ihre Fersen. »Hast du das alles verstanden? Wenn du fertig bist, legst du die Holzscheite rein und zündest das Feuer an. Hier drin ist deine Zunderbüchse. So, ich muss jetzt mit den Teppichen anfangen, denn sonst zieht mir die Harthexe das Fell über die Ohren.«

Mein Blick wanderte über die vielen Bürsten, Reinigungsmittel, Lappen und Sandpapierstücke. Wie sollte ich mir diesen komplizierten Arbeitsablauf nur merken?

Vielleicht half es, wenn ich mir alle Putzgeräte und Mittel in der Reihenfolge bereitlegte, in der ich sie benutzen würde.

Als ich alles geordnet hatte, rief ich nach Polly, damit sie einen Blick darauf warf.

Kopfschüttelnd ordnete sie die Dinge neu an. »Komm

schon, du Trödelliese«, sagte sie. »Vor dem Frühstück musst du noch acht weitere Feuerstellen sauber machen.«

Mir fiel der Unterkiefer herunter. »Machst du Witze?«

Polly schaute mich verwirrt an. »Wie bitte?«

»Ich soll noch acht weitere Feuerstellen reinigen? Und das alles vor dem Frühstück? Aber nie im Leben!«

»Was hast du denn gedacht? Dass ein Haus dieser Größe nur eine einzige Feuerstelle hat?«, blaffte Polly mich an. Sie betrachtete mich, als versuche sie zu begreifen, wer ich wirklich war. »Du bist vielleicht lustig.« Auf allen vieren begann sie, den großen Kaminvorleger mit Handfeger und Schaufel abzukehren, während ich die Asche vom Feuerrost fegte, dass sie nur so aufstob.

»Doch nicht so, Mädchen!«, sagte eine harsche Stimme.

Mrs Hardwick eilte quer durch den Ballsaal auf mich zu, sie war eindeutig schlecht gelaunt. »Du wirbelst viel zu viel Staub auf. Mach es behutsam, um Himmels willen!«

Sie hob die Hand und verpasste mir wieder mal eine Ohrfeige. Einfach unglaublich! Noch bevor ich reagieren konnte, bekam Polly ebenfalls einen heftigen Schlag aufs Ohr ab. »Und was dich betrifft, du hast ja kaum mit deiner Arbeit angefangen. Zu spät aufgestanden, was?«

Ich sprang auf. »He, Sie dürfen Polly nicht schlagen! Sie ist nur deshalb noch nicht weitergekommen, weil sie mir gezeigt hat, wie ich meine Arbeit machen soll. Sie können doch nicht einfach ständig Leute schlagen. Das ist verboten, wissen Sie das denn nicht? Ich werde Sie anzeigen!«

Ihr Gesicht rötete sich vor Wut und sie schlug mich abermals. »Hüte deine Zunge, Mädchen, oder ich schlage nächstes Mal doppelt so fest zu!« Sie wandte sich um und murmelte dabei vor sich hin: »Ein Mädchen aus London einzustellen, so eine Dummheit! Ich weiß nicht, was sie sich dabei gedacht haben. Hohlköpfe, allesamt. Und so ein frecher kleiner Affe!«

Empört rauschte sie aus dem Saal.

Mir tat mein Ohr weh und ich war außer mir vor Zorn.

»Wie kann sie es wagen?«, fragte ich Polly. »Das ist Kindesmisshandlung. Ich wünschte, ich hätte zurückgeschlagen!«

Zu meiner Verblüffung bekam Polly einen Lachanfall. Sie lachte so sehr, dass sie beinahe umkippte.

»Wie kannst du nur lachen? Sie hat dich gerade geschlagen! Was ist so lustig daran?«

»Du, du bist lustig«, platzte Polly heraus. »Du benimmst dich wie eine feine Dame, so als hättest du noch nie eine Tracht Prügel bekommen.« Sie ahmte meinen Tonfall nach: »Sie können doch nicht einfach ständig Leute schlagen. Ich werde Sie anzeigen!« Und lachte weiter.

Ich war fassungslos. Offenbar war es in dieser Welt vollkommen normal, Kinder zu verprügeln.

Endlich hörte Polly auf zu lachen und schaute mich neugierig an. »Bist du wirklich noch nie geschlagen worden?«

»Nein, noch nie«, antwortete ich wahrheitsgemäß.

»Ehrlich?« Sie schien nicht zu wissen, ob sie mir glauben sollte oder nicht. »Tja, du wirst dich daran gewöhnen müssen. Die Harthexe ist mit Ohrfeigen ziemlich freigiebig, wie dir sicherlich schon aufgefallen ist. So, jetzt mach um Himmels willen mit dieser Feuerstelle weiter oder wir bekommen noch mal Schläge.«

Ich kniete mich vor den Kamin und nahm die erste Bürste in der Reihe zur Hand.

Mir schwante, dass mir die Zimmermädchenarbeit nicht viel Spaß machen würde, und ich hatte keine große Lust darauf, noch viele weitere Stunden kniend zu verbringen. Vermutlich war Sophia bereits mit dem Gärtner verlobt. Ich müsste sie einfach nur finden und vor dem warnen, was ihr Vater mit ihr vorhatte, damit sie schleunigst mit ihrem Verlobten durchbrannte und ich nicht mehr hierherkommen musste.

»Polly«, sagte ich, während ich den Feuerrost mit Öl einrieb, »hast du schon jemals Sophia – Verzeihung, ich meine: Miss Fane – mit jemand anderem gesehen?«

Polly kniete vor dem Vorleger und kämmte dessen Fransen.

»Wie meinst du das?«, fragte sie.

»Scheint sie in jemanden verliebt zu sein? Zum Beispiel in einen der Gärtner?«

Ungläubig starrte Polly mich an. »In einen der Gärtner? Bist du verrückt geworden? Damen wie Miss Fane verlieben sich doch nicht in Gärtner!«

»Nein«, erwiderte ich, »natürlich nicht.«

»Los, Evi, arbeite schneller oder wir kommen nie durch.«

Die Körnchen, die sich beim Schmirgeln aus dem Sandpapier lösten, gerieten in die Wunden an meinen Händen und das tat so weh, dass ich mir auf die Lippen beißen musste, um nicht vor Schmerzen zu schreien. Doch als ich mit der Arbeit fertig war, glänzte die Feuerstelle wie neu.

»Das sieht sehr schön aus«, befand Polly.

»Aber das ist doch egal«, entgegnete ich. »Wozu soll ein offener Kamin blitzsauber sein? Er wird doch sofort wieder schmutzig.«

»Wenn Sir Henry morgens runterkommt, will er, dass alles makellos sauber ist«, erklärte Polly.

»Oh, dann machen wir das doch«, spottete ich, »wenn Sir Henry das so möchte. Was spielt es da schon für eine Rolle, wenn meine Hände bis auf die Knochen wund gescheuert sind.«

»Du kannst jetzt Feuer machen«, sagte Polly. Sie hatte

gar nicht mitbekommen, dass meine Bemerkung ironisch gemeint gewesen war.

Weil ich Nishas Mutter mal beim Feuermachen zugesehen hatte, wusste ich, wie man aus dünnen Stöcken ein Gitter legt und es mit kleinen Kohlestücken bedeckt. Anschließend braucht man es nur noch anzuzünden.

Ich öffnete die Zunderbüchse und fand darin ein kurzes Stück Stahl, einen scharfkantigen Feuerstein, mehrere viereckige Stoffstücke und ein paar Holzspäne. Weil ich annahm, dass es sich bei diesen Spänen um Streichhölzer handelte, rieb ich eines mit Schwung gegen den Stahl, aber nichts passierte.

Ich versuchte es abermals. Wieder nichts.

Ich probierte einen anderen Span aus. Nichts.

»Tut mir leid, Polly, aber ich kann diese Streichhölzer nicht anzünden.«

Polly stand auf, kam zum Kamin und nahm sich den Feuerstein, den Stahl und ein Stoffstück. Sie legte den Stoff auf den Feuerrost und schlug darüber das Stahlstück und den Feuerstein gegeneinander. Vom Feuerstein flogen Funken auf und nach ein paar Versuchen landete einer auf dem Stoffstück. Es begann zu glimmen und eine kleine Flamme flackerte auf. Polly hielt einen Holzspan daran. Den brennenden Span legte sie an dünnes Reisig. Sie blies sachte auf das glimmende Holz und es brannte stärker.

Polly hockte sich auf ihre Fersen. »Du solltest jetzt eigentlich die Kohlenschütte und den Feuerschirm polieren, doch weil es dein erster Tag ist, übernehme ich die Kohlenschütte, sonst kommen wir hier gar nicht mehr weg.«

»Bist du denn mit deiner Arbeit fertig?«, fragte ich. Natürlich freute ich mich über ihre Hilfe, aber ich wollte auf keinen Fall, dass sie wieder Ärger bekam.

»Ich bin mit allem durch«, sagte sie, während sie sich hinkniete und eine weitere Dose mit Reinigungspaste aufschraubte. »Sobald wir hier raus sind, kommen die Hausdiener und kümmern sich um die Möbel, die Dekorationen und die Spiegel.«

»Warum müssen denn so viele verschiedene Leute einen Raum reinigen? Warum machen wir nicht alles? Nicht, dass ich scharf auf mehr Arbeit wäre«, fügte ich hastig hinzu.

»Uns Mädchen können die feineren Arbeiten nicht anvertraut werden«, erklärte Polly. »Das ist Männerarbeit. Mädchen sind für das Grobe da, zum Beispiel für das Schrubben der Töpfe und Pfannen. So wie gestern, als du das übernehmen musstest, während ein Hausdiener das Porzellan und die Gläser abgespült hat.«

»Wie unfair!«, rief ich aus. »Porzellan und Gläser spülen ist wesentlich leichter, als Töpfe mit Sand zu reinigen.«

Polly zuckte die Schultern. »Es ist nun einmal so, wie es ist.«

Ich nahm mir insgeheim vor, mir mal die Hände der Hausdiener anzuschauen. Ich würde darauf wetten, dass sie nicht voller Schrunden und Narben waren.

Sobald auch die Schütte und der Feuerschirm glänzten, stand Polly auf und grinste mich an.

»So, fertig. Nur noch vier weitere Feuerstellen auf dieser Etage und dann gehen wir hoch und machen die Ankleidezimmer.«

»Ich schaffe unmöglich noch acht davon«, sagte ich. »Das geht nicht.«

Polly seufzte. »Weißt du was, ich beeile mich mit dem Saubermachen und dann kann ich noch ein paar Kamine übernehmen. Aber nur ausnahmsweise!«

»Du bist so lieb, Polly!« Ich umarmte sie. »Vielen, vielen Dank!«

Sie wirkte überrascht und gleichzeitig erfreut.

»Um ehrlich zu sein«, sagte sie, »ist es nett, ein bisschen Gesellschaft zu haben. Wenn man alles allein machen muss, ist es eine sehr einsame Arbeit.« Sie ging mir voraus in den Flur und zeigte dort auf eine Tür an dessen Ende. »Also, ich fege hier den Flur, während du dich um den Kamin im Weißen Salon kümmerst.«

Der Junge vor dem Fenster

Im Weißen Salon waren die Fensterläden bereits geöffnet worden. Ich zog die schweren Vorhänge am Fenster neben dem Kamin zurück. Draußen war ein mit Rasen bewachsener sanfter Hang zu sehen, der zu einer dicken Hecke hin abfiel. Im Licht der frühen Morgensonne hüpften Vögel über das Gras. Von den Bäumen drang Vogelgesang herüber. Alles war so unglaublich ruhig und friedlich, ich hätte ewig hier stehen bleiben und den Garten bewundern können, aber ich hörte Polly nebenan herumrumoren. Wenn ich mich nicht schleunigst an die Arbeit machte, musste die arme Polly umso mehr für mich übernehmen. So stellte ich also meine Kiste neben dem Kamin ab, ließ mich auf meine schmerzenden Knie nieder und begann, die Asche abzukehren.

Ich rieb gerade das Kaminbesteck mit Schmirgelpapier ab und dachte sehnsüchtig an die Gummihandschuhe, die ich in meiner Zeit zurückgelassen hatte, als hinter mir plötzlich ein gewaltiger Nieser erklang.

Erschrocken sprang ich auf und ließ dabei den Schürhaken fallen, der laut klirrend auf dem Fußboden aufschlug.

Zwischen den noch zugezogenen Vorhängen des zweiten Fensters des Salons schaute mit entsetzt aufgerissenen Augen Sophia Fane heraus.

Ich starrte sie nicht minder erschrocken an. »Waren Sie schon die ganze Zeit hier drin?«

Sophia legte einen Finger auf ihre Lippen. »Pssst!«

»Tut mir leid«, flüsterte ich. »Sie haben mich erschreckt. Ich wusste nicht, dass außer mir noch jemand hier ist.«

Sophia stand vollkommen reglos da, so als ob sie lauschte. Ich hielt die Luft an und konzentrierte mich auf mein Gehör. Wovor mochte sie wohl Angst haben? Alles, was ich hörte, waren Vogelstimmen und Pollys rhythmisches Fegen im Flur.

Langsam nahm Sophia den Finger von ihren Lippen. Mit gerunzelter Stirn kam sie auf mich zu.

»Du bist neu«, sagte sie leise. »Wie heißt du?«

»Evi«, antwortete ich und fügte dann schnell noch »Miss Fane« hinzu.

Sie schaute mich neugierig an. »Du siehst nicht wie ein Hausmädchen aus«, sagte sie.

»Nein«, gab ich zu. Am liebsten hätte ich ihr erzählt,

dass ich aus der Zukunft gekommen war, um ihr zu helfen, aber gerade noch rechtzeitig fiel mir auf, wie irre das klingen würde. Wenn ich mich so benahm, dass sie mich für verrückt hielt, würde sie meine Warnung natürlich nicht ernst nehmen.

Deshalb sagte ich stattdessen: »Sie sind schon sehr früh auf.«

Sophias Wangen röteten sich. »Ich … ich bin früh aufgestanden, weil ich lesen wollte. Du darfst es niemandem gegenüber erwähnen. Wenn mein Vater es erfahren sollte, würde er furchtbar wütend werden.«

Ich lachte, weil es mir so albern vorkam: Warum sollte jemand Ärger bekommen, nur weil er früh aufstand, um ein Buch zu lesen?

»Sei still!«, zischte Sophia und wedelte ängstlich mit den Händen herum. »Ich meine das ernst. Mein Vater war derart erbost darüber, dass ich gestern Abend während des Balls gelesen habe, dass er mir das Lesen ganz verboten hat. Du wirst unsere Begegnung also niemandem gegenüber erwähnen.«

»Kein Wort, zu niemandem«, versprach ich.

»Und ganz besonders nicht zu Madame Perrault.«

»Wer ist Madame Perrault?«

»Sie war meine Gouvernante, bis ich für so etwas zu alt wurde. Abgesehen davon«, meinte sie mit einem bitteren

Lächeln, »wozu bräuchte ich jetzt, wo ich nicht mehr lesen darf, überhaupt noch eine Gouvernante? Inzwischen nennt man sie meine Kammerzofe, obwohl sie in Wirklichkeit eine Spionin ist. Sie verpetzt mich ständig, jede Kleinigkeit berichtet sie meinem Vater. Das einzig Gute an ihr ist, dass sie viel schläft, weil sie schon so alt ist. Deshalb stehe ich gerne früh auf.«

»Ich werde nichts verraten, versprochen. Sie können mir vertrauen.«

Sophia nickte. »Gut, dann fahre jetzt mit deiner Arbeit fort.«

Ich fand das ziemlich herablassend, beherrschte mich aber, anstatt ihr eine freche Antwort zu geben. Während ich die Feuerstelle reinigte, überlegte ich, wie ich ihr meine Warnung übermitteln sollte.

Und genau in dem Moment, als Sophia die Vorhänge, hinter denen sie kurz zuvor gestanden war, auseinanderzog, bemerkte ich draußen vor dem Fenster etwas.

Oder, besser gesagt: *jemanden.*

Natürlich! Wie hatte ich ihr nur diesen Unsinn abnehmen können? Sie war nicht deshalb so früh nach unten gekommen, weil sie lesen wollte. Das hätte sie ja auch heimlich im Bett tun können.

»Lassen Sie mich diese Vorhänge für Sie öffnen«, bot ich an.

»Nein, nein, ich …«

Ich zog die Vorhänge auf.

Angelehnt an den Stamm eines Baumes, der auf der gegenüberliegenden Seite des Gartenpfads wuchs, saß ein ungefähr achtzehnjähriger Junge. Auf seine Oberschenkel hatte er ein Brett gelegt, auf dem ein Blatt Papier lag, und er zeichnete etwas mit einer Gänsefeder. Neben sich hatte er ein kleines Tintenfass stehen.

Sophias Blick war auf ihr Buch geheftet, aber mich täuschte sie nicht. Sie war so stark errötet, dass ihre Wangen förmlich leuchteten.

»Danke«, sagte sie, ohne von ihrem Buch aufzusehen, und an dem Ton, in dem sie es sagte, erkannte ich eindeutig, dass ich jetzt besser an meine Arbeit zurückkehren sollte.

Ich ölte den Feuerrost ein. Der Junge muss der Gärtner sein, mit dem sie sich heimlich verlobt hat, dachte ich.

Ohne meine Arbeit zu unterbrechen, drehte ich mich kurz zu Sophia um. Sie hatte sich auf den Fenstersitz gesetzt und schaute aus dem Fenster, mit dem aufgeschlagenen Buch auf dem Schoß. Um ihre Mundwinkel spielte ein leises Lächeln.

Vorsichtig schob ich meine Putzmittelkiste nach und nach vor mir her, bis die Kiste und ich in der Nähe des anderen Fensters angelangt waren. Aber ich hätte mir gar nicht so viel Mühe geben müssen, denn Sophia hätte ohnehin nichts von dem mitbekommen, was sich in diesem Zimmer abspielte.

Ich tat, als müsse ich eine Bürste aus der Kiste nehmen, und stand auf, um einen Blick aus dem Fenster zu riskieren. Der Junge war mit seiner Zeichnung fertig und hielt sie hoch, damit Sophia sie sehen konnte.

Er verstand wirklich etwas vom Zeichnen, denn sein Bild war eine perfekte Karikatur von Mrs Hardwick. Die knochige Figur der Hausdame war ebenso gut getroffen wie ihre geschäftige Betriebsamkeit.

Sophia lachte. Dann legte sie sich schnell eine Hand auf den Mund und schaute zu mir herüber. Ich griff mir irgendeine Bürste, kniete mich vor die Feuerstelle und bürstete Rückseite und Seiten des offenen Kamins mit Grafit. Dann legte ich das Holz zurecht und versuchte, es in Brand zu setzen, doch gelang es mir nicht, dem Feuerstein Funken zu entlocken. Ich würde Polly holen müssen. Zuerst aber musste ich Sophia warnen, solange wir noch allein waren.

Ich stand auf. Mein Rücken tat mir weh. So fühlte es sich wohl an, wenn man alt war.

Inzwischen hatte Sophia ein Skizzenbuch in der Hand und sie und der Junge zeichneten gleichzeitig. Wie mochten sie einander kennengelernt haben, fragte ich mich. Ob es die Kunst gewesen war, die sie zusammengebracht hatte?

Ich ging zum Rand des Fensters, damit mich der Junge nicht bemerkte, falls er wieder hinaufschaute. Von hier aus konnte ich sehen, was Sophia zeichnete.

Beinahe hätte ich laut aufgelacht. Es war eine Karikatur von Charles Ellerdale, mit seiner über dem dicken Bauch zum Zerreißen gespannten Weste, den vorstehenden Froschaugen und der arroganten Positur, die er offenbar gern einnahm. Voller Bewunderung sah ich zu, wie Sophias Feder über das Papier flog. Ich wusste, sie würde sehr böse auf mich sein, wenn sie merkte, dass ich ihr über die Schulter schaute, doch sie schien meine Anwesenheit vollkommen vergessen zu haben.

Als sie fertig war, hielt sie das Skizzenbuch ans Fenster und klopfte leicht gegen die Glasscheibe.

Ich wich schnell zurück, doch dabei stieß ich gegen ein Möbelstück. Irgendetwas klirrte.

Sophia sprang auf. »Was tust du da?«, fauchte sie mich mit hochrotem Gesicht an. »Wie kannst du es wagen, mich auszuspionieren?«

»Ich spioniere nicht. Ich bin nur gerade vorbeigekommen. Ich wollte Polly holen, damit sie mir hilft, das Feuer anzuzünden. Ich werde zu niemandem ein Wort sagen, das schwöre ich!«

Sophia hob rasch die Sachen auf, die neben ihr auf dem Fenstersitz lagen. Ich musste sie warnen, jetzt gleich, vielleicht würde sich heute keine andere Gelegenheit mehr ergeben, mit ihr allein zu sein. Und einen weiteren Tag als Hausmädchen würde ich nicht überleben.

»Miss Fane«, sagte ich und machte einen kleinen Knicks, in der Hoffnung, dadurch nicht allzu vorlaut zu wirken. »Ich muss Sie vor etwas warnen.«

Mit ihren fest an die Brust gedrückten Zeichensachen schaute sie mich halb ängstlich, halb wütend an.

»Äh, Miss Fane«, stammelte ich. »Hat Ihr Vater Ihnen irgendetwas darüber gesagt, wen Sie seiner Ansicht nach heiraten sollten?«

Ganz kurz machte Sophia ein entsetztes Gesicht. Doch dann siegte ihre Wut. Sie richtete sich zu voller Größe auf und lief auf mich zu.

Ich ahnte, dass sie mich gleich aus dem Zimmer werfen würde, und deshalb sagte ich, noch bevor sie den Mund aufmachte: »Entschuldigen Sie bitte, dass ich so unhöflich bin. Ich weiß, dass Sie mich überhaupt nicht kennen«, quasselte ich drauflos, »aber ich habe zufällig herausgefunden, dass er Sie zwingen will, Mr Ellerdale zu heiraten. Wenn Sie das nicht wollen, dann sollten Sie und der Junge da draußen schleunigst miteinander durchbrennen oder … *Aua!* Was tun Sie denn da?«

Fassungslos starrte ich Sophia an, die mir gerade eine sehr schmerzhafte Ohrfeige verpasst hatte.

»Wie *kannst* du es wagen, so mit mir zu reden?«, zischte sie. Sie war völlig außer sich vor Wut. »Geh mir sofort aus den Augen! Sprich mich ja nie wieder an! Und wenn du zu irgendjemandem auch nur ein Wort von diesem Blödsinn sagst, dann lasse ich dich auspeitschen! Hast du mich verstanden?«

Während sie das sagte, ging sie immer weiter auf mich zu und ich wich zurück, sodass ich schließlich mit dem Rücken zur Tür stand. Sie scheuchte mich zur Seite, riss die Tür auf und rauschte hinaus.

Na großartig! Womit hatte ich es verdient, so behandelt zu werden? War es nicht schon schlimm genug, dass ich gezwungen worden war, bei einer verrückten, in Skelette vernarrten alten Frau zu wohnen, die nicht einmal ein Fernsehgerät besaß? Hatte ich zusätzlich auch noch zweihundert Jahre weit in die Vergangenheit reisen müssen? Ich meine, da will doch sowieso keiner hin.

Es wäre alles nicht so schlimm gewesen, wenn ich eine von den reichen Frauen gewesen wäre, die gestern auf dem Fest waren. Aber nein, ich musste vor Feuerstellen hocken und den Ruß wegschrubben. Es war wie ein gigantischer kosmischer Witz. Aber was hatte ich dem Universum jemals getan?

Ich hatte eine gute Tat vollbringen und Sophia davor warnen wollen, dass sie kurz davor stand, lebenslänglich eingesperrt zu werden. Und was war der Dank dafür? Eine Ohrfeige und die Drohung, mich auspeitschen zu lassen. Wirklich sehr nett.

Gut, wenn sie meinte, mich derart behandeln zu müssen, dann konnte sie sich meinetwegen einsperren lassen. Dann hatte sie es nicht anders verdient.

Alice

Fertig! Ich legte das letzte Bündel Reisig auf meinen letzten Feuerholzstapel dieses Vormittags. Mir tat alles weh. Mich schmerzten Muskeln, von deren Existenz ich bis jetzt nichts geahnt hatte. Anschließend versuchte ich, wenigstens dieses Feuer selbst anzuzünden. Ich holte die Zunderbüchse heraus, legte das Stoffstückchen auf den Kaminboden und schlug mit dem Feuerstein gegen das Metallstück, ohne mir allerdings wirklich Hoffnungen zu machen. Doch sofort flogen Funken und zu meiner großen Überraschung landete einer davon auf dem Stoff, der zu glühen begann.

»Es hat Feuer gefangen!«, rief ich zu Polly hinüber, die gerade den Frisiertisch abstaubte.

»Halte schnell einen Span daran«, riet sie mir.

Polly hatte mir vorhin erklärt, dass die Holzspäne in Schwefel getaucht worden waren. Ich hielt einen davon an das schwelende Stoffstück und sah entzückt zu, wie am Ende des Spans eine kleine Flamme aufflackerte. Behutsam hielt ich sie an einen dünnen Zweig, der orangerot aufglühte.

»Oh, komm schon, los!«, murmelte ich, über die winzige Flamme gebeugt.

Der glühende Zweig krümmte sich und wurde schwarz. Ich blies ganz sachte darauf, wie ich es bei Polly gesehen hatte, doch nichts tat sich mehr.

Seufzend lehnte ich mich zurück. »Es tut mir leid, Polly, aber ich habe es wieder nicht geschafft.«

»Bloß gut, dass heute nicht Dienstag ist«, sagte Polly, als sie zu mir kam. »Am Dienstag werden die Teppiche gereinigt.«

»Aber du hast die Teppiche doch gereinigt!«

»Nein, ich habe sie nur gefegt. Dienstags müssen wir sie immer mit nassen Teeblättern besprenkeln und die dann abkehren.«

»Mit Teeblättern?«

»Weil die den Staub binden. Einmal im Monat machen wir dasselbe mit feuchtem Salz, und du kannst dir gar nicht vorstellen, wie schwarz das Salz dabei wird. Ich glaube, das Salz wirkt ohnehin besser, aber Salz ist teuer, während die Teeblätter ja schon benutzt sind und sie damit sonst nur die Schweine füttern.«

Wir befanden uns gerade in Sophias Ankleidezimmer, das später zu Annas Schlafzimmer werden sollte. Es war völlig verrückt, dass ich als Hausmädchen an genau der Stelle arbeitete, an der meine Patentante in einer zweihundert Jahre entfernten Zukunft in ihrem Bett schlief.

»Gut«, meinte Polly, als das Feuer im Kamin endlich brannte, »das haben wir erledigt. Jetzt kommt das Wasser dran.«

»Oh ja, bitte«, sagte ich, weil ich jetzt erst spürte, wie durstig ich war.

Polly sah mich komisch an. »Du schleppst *gerne* Wasser?«

»Wasser schleppen? Wie meinst du das? Warum sollen wir Wasser schleppen?«

»Selbstverständlich damit sich die Familie waschen kann. Sicher hattest du früher Dienstboten, die es für dich geholt haben, bevor du so tief gefallen bist?«

»Oh ja, natürlich.«

»Du nimmst die Schüssel da.« Polly zeigte auf einen Tisch mit Marmorplatte, auf der eine große Porzellanschüssel und ein dazu passender Krug standen. Die Schüssel war halb voll mit Seifenlauge, auf der oben ein wenig Schaum schwamm.

»Ich hole die von Sir Henry«, sagte Polly. »Wir leeren sie in den Ausguss der Spülküche und waschen sie dort auch aus.«

»Stell dir vor, wie es wäre, wenn das Wasser in Rohren durch das Haus fließen würde und man in jedem Zimmer einfach nur einen Hahn aufzudrehen bräuchte, um sofort frisches Wasser zu haben«, sagte ich, während wir die schweren Schüsseln die Treppe hinuntertrugen.

»In Rohren durch das Haus fließen?«, echote Polly. »Wovon redest du?«

»Nichts, nicht wichtig. Ich habe nur laut gedacht.«

Was machte ich hier eigentlich? Warum trug ich Sophia Fanes schmutziges Waschwasser durch das Haus? Das war doch der reine Wahnsinn! Aber die Zeitreisen schienen nur nachts vonstattenzugehen. Also musste ich mich damit abfinden, für den Rest des Tages ein Dienstmädchen zu sein. Großartig!

Wir gingen durch einen riesigen Keller mit Ziegelsteinwänden, in dem Hunderte von Holzfässern standen.

»Das ist der Bierkeller«, erklärte Polly.

»Ist ja irre! Hier wird ganz schön viel Bier getrunken!«

Weiter ging es einen Gang entlang und an einer Reihe von Türen vorbei, hinter denen sich, wie Polly mir erklärte, die Dienstbotenstube, die Milchkammer, die Wildbretkammer und die Speisekammer verbargen. Polly grüßte ein Mädchen, das in der Milchkammer zu tun hatte. Ich hätte gern gesehen, was sie da tat, doch Polly lief so eilig weiter, dass ich es nicht wagte, stehen zu bleiben.

Gerade als wir die Spülküche erreichten, in der ich letzte Nacht abgewaschen hatte, kam uns Alice mit einem Stapel schmutziger Pfannen entgegen.

Wir hörten, wie die Köchin ihr nachrief: »Und dann kehrst du sofort zurück und schälst die Karotten, du nutzlose kleine Schlampe.«

Alice warf mir einen hasserfüllten Blick zu. Am Spülbecken arbeitete ein Mädchen, das so klein war, dass es auf einer Holzkiste stehen musste, um abwaschen zu können. Vermutlich war das Nell, die Spülmagd, die am Abend zuvor einen Schwächeanfall erlitten hatte. Ach, wenn ich nur die Gummihandschuhe dabeigehabt hätte, wie gerne hätte ich sie ihr geschenkt!

Alice knallte die Pfannen auf die Arbeitsfläche. Sie trat einen Schritt zurück, um Polly in die Spülküche zu lassen, machte mir aber keinen Platz, sondern stürmte an mir vorbei hinaus und schubste mich dabei so heftig, dass das schmutzige Seifenwasser aus meiner Schüssel auf den Fußboden schwappte.

»He!«, protestierte ich. »Warum hast du das getan?«

»Ungeschickte Idiotin«, sagte sie mit einem boshaften Glitzern in den Augen. »Schau nur, was du wieder angestellt hast!« Sie kehrte in die Küche zurück und knallte die Tür hinter sich zu.

Als Polly aus der Spülküche zu mir zurückkam, wich

ihre bis dahin heitere Miene einem Stirnrunzeln. »Ach, Evi, wie hast du das denn jetzt wieder hingekriegt?«

»Ich war das gar nicht. Alice hat mich geschubst, und zwar absichtlich. Sie hasst mich. Sie hat mich vom ersten Augenblick an gehasst.«

Polly erwiderte nichts. Sie holte aus der Spülküche zwei Putzlappen und reichte mir einen davon.

»Warum hasst sie mich denn?«, fragte ich, während wir aufwischten. »Ich habe ihr doch nichts getan.«

»Sie ist eifersüchtig«, antwortete Polly.

»Auf mich? Wieso denn?«

Polly lachte. »Keine Ahnung. Du kannst ja nicht mal ein Feuer anzünden.«

Ich konnte nicht anders, ich musste mitlachen. Polly schaffte es wirklich immer, mir die schlechte Laune zu vertreiben.

»Alice hasst es, Küchenmagd zu sein«, erklärte Polly.

»Aber warum hasst sie deshalb mich?«

»Weil sie deine Stelle haben wollte.«

»Sie wollte *diese* Stelle? Warum ist das denn besser, als Küchenmagd zu sein?«

»Stell dir vor, du musst den ganzen Tag in der Küche für diese gemeine Köchin arbeiten. Die alte Mrs Winter kann alle Küchenmägde nicht ausstehen und macht ihnen das Leben zur Hölle.«

»Aber uns geht es doch nicht viel besser«, meinte ich. »Ich bin schon dreimal von Mrs Hardwick geschlagen worden.«

»Aber die Harthexe schaut uns nicht den lieben langen Tag über die Schulter«, entgegnete Polly. »Meistens arbeiten wir selbstständig. Und natürlich wollte Alice gern mit mir zusammenarbeiten. Wer würde sich das nicht wünschen?« Sie grinste mich an. »Aber Alice kann nicht nähen und als Hausmädchen muss man das können. Ich hatte Glück, wir haben als Kinder alle Nähen gelernt.«

»Bist du hier in der Nähe aufgewachsen?«, fragte ich und wrang meinen Putzlappen über der Schüssel aus.

»Am Dorfrand«, antwortete Polly. »Im Armenhaus.«

»Oh.«

Die Armenhäuser hatten wir im Geschichtsunterricht durchgenommen, als das neunzehnte Jahrhundert dran gewesen war. Ich konnte mich noch gut erinnern, dass es furchtbare Anstalten waren, in die Leute nur gingen, wenn es keinen anderen Ausweg für sie gab.

Ich wischte weiter den nassen Boden auf. »Bist du denn … ein Waisenkind?«

»Ich weiß es nicht. Meine Mutter starb, als ich noch ein Baby war. Jedenfalls haben sie mir das erzählt. Ich wurde eines Morgens auf den Stufen des Armenhauses gefunden. Man nimmt an, dass mein Vater mich dort abgelegt und dann das Dorf verlassen hat. Wahrscheinlich ist er losgezogen, um Arbeit zu finden.«

»Er hat dich ausgesetzt? Wie furchtbar!«

Polly zuckte nur die Schultern. »Das passiert vielen. Die Zeiten sind hart und schuld daran ist dieser verflixte Krieg.«

Krieg? War England 1814 an einem Krieg beteiligt gewesen? Beinahe hätte ich gefragt, welcher Krieg das denn sei, aber ich klappte gerade noch rechtzeitig den Mund wieder zu. Ich wollte nicht, dass Polly mich für noch dümmer hielt, als sie es ohnehin schon tat.

»Wenigstens hat er mich zum Armenhaus gebracht«, sagte sie. »Also habe ich ihm etwas bedeutet. Er hätte mich ja auch einfach sterben lassen können. Stattdessen bin ich hier und lebe und es geht mir gut.«

»Wie lange arbeitest du denn schon hier?«

»Jetzt sind es bald zwei Jahre. Die vom Armenhaus zwangen mich Tag für Tag, in einer Seidenfabrik zu arbeiten, das war eine entsetzliche Schinderei und dann hat mir jemand erzählt, dass hier ein Mädchen für die Hausarbeit gesucht wird. Deshalb bin ich eines Tages ausgerissen und hierhergekommen. Ich habe gesagt, dass ich fleißig bin und nähen kann, und die alte Harthexe hat eingewilligt und mich auf Probe genommen. Ich hatte Glück, weil gerade ein Mädchen gegangen war und sie dringend zwei fleißige Hände brauchten. Die alte Harthexe ist eine sture Kuh, doch im Grunde ist sie anständig. Sie hat eine harte Schale, doch ganz tief drinnen steckt ein gutes Herz.« Polly stand auf. »So, jetzt sind wir fertig. Gieß das Wasser aus und wasch dir die Hände, die Kamine sind ja inzwischen auch erledigt.«

Ich goss das schmutzige Wasser in das Spülbecken, das Nell gerade nicht benutzte. Danach stöpselte Polly es zu. Ich sagte zu Nell »Hallo«, bekam aber nur einen verängstigten Blick zurück. Das arme kleine Ding war höchstens zehn Jahre alt.

Während Polly nun aus einem Eimer Wasser in das Becken goss, öffnete ich die Küchentür einen kleinen Spalt weit und spähte hinein. Bei Tag wirkte die Küche wesentlich freundlicher. Mrs Winter, die Köchin, watschelte gerade zum Backofen, bückte sich und zog ein großes Blech perfekt geformter Brötchen heraus. Vielleicht war sie ja wirklich ein böser Mensch, aber sie war eindeutig auch eine gute Köchin. Als ich die frischen Brötchen roch, lief mir das Wasser im Mund zusammen und ich merkte, wie leer mein Magen war.

»Komm schon, Evi, wasch dir endlich die Hände«, drängte Polly.

Ich nahm das Seifenstück und tauchte meine Hände in das kalte Wasser. Polly hielt mir eine Bürste hin.

Ich wich zurück. »Bist du verrückt? Die Seife brennt schon schlimm genug. Wie hältst du das nur aus?«

Polly lächelte mitfühlend. »Ja, am Anfang ist es furchtbar. Doch mit der Zeit wird die Haut fester und nicht mehr so leicht wund.«

»Warum tragt ihr denn keine Handschuhe?«

»Letztes Jahr hat ein Mädchen das probiert. Sie hat sich Lederhandschuhe gekauft, doch schon nach ein paar Tagen waren sie völlig hin. Ich gebe doch nicht mein sauer verdientes Geld für Lederhandschuhe aus und mache sie mir in kürzester Zeit kaputt. Es ist besser, Hornhaut zu bekommen. Findest du nicht auch, Nell?«

Nell antwortete mit einem nervösen kleinen Lächeln.

Folglich waren Gummihandschuhe 1814 noch nicht erfunden worden. Ich stellte mir vor, wie auffällig meine leuchtend gelben Spülhandschuhe gewesen wären.

»Die arme Nell hat am Anfang furchtbare Schmerzen an den Händen gehabt«, sagte Polly, »aber jetzt geht es ihren Händen besser, nicht wahr, Nell?«

Sie zerzauste Nells Haar mit ihren abgearbeiteten Händen. »Gut«, sagte sie dann. »Jetzt spülen wir die Schüsseln aus und bringen sie wieder hoch.«

Ich hatte noch nie zuvor darüber nachgedacht, wie es wäre, in einem Haus ohne fließendes Wasser zu leben. Inzwischen wusste ich, dass es der reinste Albtraum war.

Nachdem wir die Waschschüsseln oben abgestellt hatten, mussten wir schwere Kannen mit heißem Wasser aus dem großen Kupferkessel in der Küche füllen und sie in die Ankleidezimmer tragen. Dummerweise machte ich meine Kanne viel zu voll, sodass unterwegs immer wieder heißes Wasser herausschwappte und ich mich verbrühte. Ich musste die Kanne alle paar Schritte absetzen. Als auch diese Aufgabe erledigt war, schmerzten meine Hände und mein Rücken stärker als jemals zuvor.

Ich verließ Sir Henrys Ankleidezimmer und traf auf dem Flur mit Polly zusammen. »Bereit für das Frühstück?«, fragte sie mich.

Misstrauisch fragte ich zurück: »Frühstück essen oder anderen Leuten Frühstück bringen?«

Polly lachte. »Natürlich essen!«

»Oh, ja bitte, ich verhungere sonst!«

Sofort bereute ich meine Worte. Polly war so dünn, dass sich unter ihrer Haut deutlich die Knochen abzeichneten. Sicherlich war sie ebenfalls hungrig, hatte es aber mit keinem Wort erwähnt.

Sie ging mir voraus die Treppe hinunter. Auf der Uhr im Flur des ersten Stocks war es halb neun.

Erst halb neun! Ich hatte an diesem Morgen schon mehr Hausarbeit gemacht als in meinem ganzen bisherigen Leben.

Eigentlich hätte ich zu dieser Uhrzeit noch gemütlich im Bett liegen sollen! Wenn ich den ganzen weiteren Tag so hart arbeiten musste, würde ich vermutlich noch vor dem Abend tot sein.

Frühstück

»Wir nehmen alle Mahlzeiten in der Dienstbotenstube ein«, erklärte Polly.

Es war ein einfach eingerichteter Raum mit einem langen Holztisch, der bereits mit Tellern und Messern gedeckt war. An den beiden langen Seiten des Tisches standen Holzbänke, an den Tischenden zwei Stühle. Mitten auf dem Tisch befanden sich ein großer Brotlaib und ein Teller mit Butter.

George und ein weiterer Mann kamen herein und setzten sich, ohne ihre Unterhaltung zu unterbrechen, auf eine der Bänke. Über ihren Jacken trugen sie braune Lederschürzen.

»William, das hier ist Evi, das neue Hausmädchen«, stellte Polly mich vor. »William ist der andere Hausdiener, Evi.«

Ich sagte Hallo. Die Männer nickten mir zu und setzten

ihr Gespräch fort. Es hatte irgendetwas mit einem Pferd zu tun, das Sir Henry kaufen wollte. William war ebenso groß wie George und sah ungefähr gleich alt aus, war aber dünner und blasser.

Polly und ich setzten uns auf die andere Bank. Plötzlich hatte ich eine Idee. Vielleicht frühstückten die Gärtner ebenfalls hier. Wenn Sophia nicht auf mich hörte, konnte ich vielleicht den Gärtner warnen, in den sie verliebt war. Schließlich gehörte er ebenso wie ich zum Personal. Er würde mich nicht gleich schlagen, wenn ich ihn ansprach.

Gerade wollte ich Polly danach fragen, als die Tür aufging und zwei kichernde Mädchen eintraten. Sie waren älter als Polly und ich, vielleicht fünfzehn oder sechzehn. Die eine war groß und mager mit dunklen Augen und dunklem Haar, die andere war kleiner, mollig und sommersprossig und unter ihrer Haube schaute rotes Haar hervor. Sie war das Mädchen, das ich vorhin in der Milchkammer gesehen hatte. Die beiden setzten sich uns gegenüber an den Tisch und beäugten mich neugierig.

»Das hier ist Evi, das neue Hausmädchen«, erklärte Polly. »Sie ist aus London hergekommen.«

»Nett, dich kennenzulernen, Evi«, sagte das rothaarige Mädchen.

»Hallo«, erwiderte ich.

»Evi, das hier ist Betty«, sagte Polly und zeigte auf die

Rothaarige. »Sie ist die Milchmagd. Und sie ist in Dan Greenwood verliebt, den Sohn des Bauern auf der Home Farm.«

»Polly!«, rief Betty. »Wie kannst du so was sagen!« Aber sie wirkte geschmeichelt.

»Das ist Mary, die Wäschemagd«, fuhr Polly fort und zeigte auf das dunkelhaarige Mädchen.

»Und sie ist in niemanden verliebt«, ergänzte Mary.

»Mary mag sich selbst am liebsten«, neckte Betty sie und Mary kicherte. Ihre Hände sahen noch röter und wunder aus als meine.

»Kümmer du dich mal um diesen Laib da, George«, forderte Mary den Jungen auf. »Ich bin völlig ausgehungert.«

George schnitt den sehr festen Brotlaib in Scheiben.

»Frühstücken denn auch die Gärtner hier?«, fragte ich Polly leise. Weil sich die anderen miteinander unterhielten, dachte ich, dass sie das nicht mitbekommen würden, doch Mary hatte es gehört.

»Ach, sie interessiert sich für die Gärtner!«

Betty stöhnte: »Du hast dich doch wohl nicht in Robbie verguckt, was, Evi?«

»Alle vergucken sich in Robbie«, stellte Mary fest.

»Alle außer Alice«, meinte Betty, »denn die zieht aus unerklärlichen Gründen Jacob vor.«

»Wer ist Robbie?«, fragte ich.

»Seht ihr, Evi weiß nicht mal, wer Robbie ist«, sagte Polly. »Also hört auf, euch über sie lustig zu machen.« Sie wandte sich mir zu. »Robbie ist der Gärtnergehilfe. *Manche Leute*«, dabei schaute sie mit hochgezogenen Augenbrauen Mary an, »halten ihn für sehr gut aussehend.«

»Hat er lockiges braunes Haar?«, fragte ich. »Und trägt er einen schwarzen Hut?«

»Woher weißt du das?«, fragte Polly überrascht.

»Ich habe ihn durch das Fenster im Weißen Salon gesehen, als ich dort den Kamin gereinigt habe«, erwiderte ich. »Also, kommen die Gärtner zum Frühstücken hierher?«

»Nein, die Gärtner essen im Bauernhaus«, erklärte Betty. »Also wirst du dich beim Frühstück nicht an Robbies Anblick ergötzen können.«

Na ja, wenigstens kannte ich jetzt seinen Namen, das war schon mal ein kleiner Fortschritt. Und ich konnte im Garten nach ihm suchen, falls es mir gelingen würde, das Haus zu verlassen.

»Verlieb dich bloß nicht in ihn«, warnte mich Mary. »Es heißt, dass er schon ein Herzliebchen hat, wer auch immer das sein mag. Wir haben sie noch nicht gesehen.«

»Wie war denn der Ball, George?«, erkundigte sich Betty. »War unser Herr zufrieden damit?«

»Schwer zu sagen«, antwortete George, während er die Brotscheiben weiterreichte. »Die Trinkerei hat seine Laune jedenfalls nicht verbessert. Miss Fane musste ordentlich was einstecken, sobald die Gäste aus dem Haus waren.«

»Das arme Ding«, sagte Betty. »Ich sehe sie dieser Tage gar nicht mehr.«

»Das liegt daran, dass er ihr verboten hat, hier runterzukommen«, erklärte George. »Sie soll von der Dienerschaft keine schlechten Angewohnheiten übernehmen. Er will, dass sie sich wie eine Dame benimmt, jetzt, wo sie bald heiraten soll.«

Mary erschauerte. »Diese fette alte Speckschwarte?«

»Vergiss nicht, dass es eine reiche fette alte Speckschwarte ist«, erinnerte George sie. »Eine köstliche Butter ist das heute übrigens, Betty. Besser als das gammelige Zeug, das du uns am Dienstag vorgesetzt hast.«

»He, du frecher Lümmel«, schimpfte Betty. »Hüte deine Zunge oder du bekommst morgen gar keine.«

Mittlerweile war ich derartig hungrig, dass mir wohl alles geschmeckt hätte. Ich fand dieses Brot und die Butter köstlicher als alles, was ich jemals gegessen hatte.

»Ich würde den alten Ellerdale nicht mal dann heiraten, wenn er so reich wie der König wäre«, sagte Mary mit vollem Mund.

»Ich schon«, widersprach Polly. »Ich würde wie eine Königin leben und müsste nie wieder Fußböden scheuern. Meine Hände wären so weich und glatt wie Seide und ich wäre so dick wie eine Kaiserin. Und ich würde mich von Kopf bis Fuß in Seide und Spitze kleiden.«

William schaute Polly ernst an. »Nicht für alle Schätze der Welt sollte man sich an diesen Mann binden«, sagte er. »Er ist ein fieser Kerl. Ich habe gehört, dass er seine verstorbene Frau immer furchtbar geschlagen hat.«

»Er hat seine Frau geschlagen?«, rief ich erstaunt aus. »Und Sir Henry will, dass seine Tochter ihn heiratet?«

George schnaufte verächtlich. »Das stört Sir Henry nicht. Er teilt ja selbst gern aus.«

»Aber wenn Miss Fane ihn nicht heiraten will, was wird dann aus uns?«, fragte Mary. »Unser Herr wird Charlbury nicht länger halten können, wenn Miss Fane keine gute Partie macht.«

»Vielleicht kann sie ja einen anderen reichen Mann heiraten«, meinte Betty.

»Na klar«, entgegnete George. »Wie viele reiche Witwer laufen denn hier in der Gegend herum? Unser Herr plant diese Verbindung seit Jahren. Wenn Miss Fane Mr Ellerdale einen Korb gibt, sind wir alle verloren. In den Schatztruhen unseres Herrn ist kein Penny mehr und die Leute sagen, dass er überall in der Grafschaft Schulden hat.«

»Sie wird ihn am Ende doch heiraten«, prophezeite William. »Dafür sorgt unser Herr schon.«

Bald drehte sich das Gespräch um andere Themen,

doch ich hörte nicht mehr hin. Sophias Vater wollte sie zwingen, einen gewalttätigen Mann zu heiraten, und wenn sie sich weigerte, würde er sie für den Rest ihres Lebens einsperren. Sie musste durchbrennen, und zwar so schnell wie möglich!

Plötzlich verstummten die anderen, und als ich aufschaute, sah ich Mrs Hardwick, die sich auf den leeren Stuhl am Kopfende des Tisches setzte. William reichte ihr eine Brotscheibe. Stellte das Brot unser ganzes Frühstück dar? Verzweifelt sehnte ich mich nach einem Glas Wasser.

»Wie geht es deiner Mutter, William?«, fragte Mrs Hardwick in einem überraschend freundlichen Ton.

»Nicht so gut, Mistress«, antwortete William traurig. »Aber wir hoffen, dass sie durchkommen wird.«

»Und deine Geschwister?«

Williams Miene hellte sich wieder ein bisschen auf. »Denen geht es gut, habe ich gehört. Sie arbeiten jetzt alle in der Spinnerei im Dorf.«

»Sogar der kleine Thomas?«, fragte Mrs Hardwick. »Wie alt ist er inzwischen?«

»Gerade vier geworden, Mistress. Er soll sehr fleißig sein, heißt es.«

Alice betrat den Raum mit einem Tablett, auf dem ein Krug und mehrere Becher aus grauem Metall standen. Sie stellte das Tablett auf den Tisch. Dem Himmel sei Dank!

William goss das honigfarbene Getränk in die Becher und Alice verteilte sie. Einen davon knallte sie vor mich hin und warf mir dabei einen bitterbösen Blick zu.

»Uäääh!« Ich spuckte meinen ersten Schluck wieder aus. Das Getränk schmeckte bitter und eklig, ich hatte so etwas noch nie getrunken. Hatte Alice womöglich Gift in meinen Becher getan?

Alle starrten mich an.

»Es tut mir leid«, murmelte ich und wischte die Flüssigkeit mit meiner Serviette auf.

»Was stimmt denn mit dem Bier nicht, Mädchen?«, fragte Mrs Hardwick mit eisiger Stimme. »Bist du etwa Besseres gewohnt?«

Bier? Zum Frühstück?

»Es ist nur, weil … normalerweise trinke ich Wasser«, sagte ich.

»Du trinkst *Wasser?* In London?«, wunderte sich Mary.

»Ich nehme an, dass sie in der Nähe einer Quelle wohnte«, vermutete George. »In London gibt es an einigen Stellen tatsächlich Quellen.«

Mrs Hardwick schüttelte sich vor Ekel. »Eine furchtbar dreckige Stadt, dieses London. Ich würde nichts anrühren, was von dort kommt. Das ganze Essen ist dort vergiftet.«

»Trink dein Bier aus«, forderte William mich auf. »Es wird dir Kraft geben.«

Ich nahm einen zweiten Schluck. Es schmeckte wirklich grauenhaft. Aber ich war furchtbar durstig, ich musste irgendetwas trinken. Dann erinnerte ich mich, dass Polly von Teeblättern gesprochen hatte.

»Entschuldigen Sie bitte, Mrs Hardwick«, sagte ich ausgesucht höflich, »könnte ich vielleicht stattdessen eine Tasse Tee bekommen?«

Die beiden Hausdiener unterbrachen ihr Gespräch und starrten mich mit offenem Mund an. Die Mädchen kicherten. Mrs Hardwick kniff ihre Lippen fest zusammen.

»Ich weiß ja nicht, aus was für einem Haushalt du kommst«, sagte sie, »aber hier in diesem Haus ist der Tee ausschließlich der Familie vorbehalten. Er wird der Dienerschaft nicht zur Verfügung gestellt.«

»Mrs Hardwick«, sagte George mit hoher verstellter Stimme. »Dieses Bier mundet mir nicht. Könnte ich stattdessen bitte ein Glas von Ihrem feinsten Champagner bekommen?«

Betty und Mary schüttelten sich vor Lachen. Sogar der ernsthafte William musste grinsen.

»Leute, hört damit auf«, schaltete sich Polly ein. »Evi ist tief gefallen. Es ist nicht ihre Schuld, dass sie Besseres gewohnt ist.« Sie wandte sich mir zu. »Beachte sie nicht weiter, Evi. Iss dein Butterbrot. Du hast noch einen langen Vormittag vor dir.«

»Pass gut auf sie auf, Polly«, mahnte Mrs Hardwick. »Und erkläre ihr ganz genau, wie wir hier in diesem Haus arbeiten.«

»Ja, Mrs Hardwick«, erwiderte Polly. »Ich werde sie in kürzester Zeit ausgebildet haben, machen Sie sich mal keine Sorgen.«

Kohlenschütten und Nachttöpfe

Der Kohleneimer war so schwer, dass ich auf der Treppe immer wieder stehen bleiben und mich ausruhen musste. Beim Treppensteigen schlug er mir ständig gegen die Beine.

»Beeil dich!«, sagte Polly. »Wir kriegen Ärger, wenn sie uns sehen.«

»Wer?«

Polly seufzte ungeduldig und nahm mir meinen Kohleneimer ab. »Natürlich die Gentlemen. Wir dürfen uns nicht sehen lassen. Es ist ihnen peinlich.«

»Warum denn?«

»Weil sie sonst das Gefühl bekommen, sie müssten uns helfen. Sie werden dazu erzogen, zu Frauen höflich zu sein. Deshalb werden sie nicht gerne daran erinnert, dass es Frauen sind, die ihre Kohlen hochschleppen.«

»Was? Wir sollen also heimlich arbeiten, um den faulen

reichen Männern, die wir bedienen, Peinlichkeiten zu ersparen?«

Polly schaute mich erschrocken an. »Du darfst nicht so reden, Evi. Sie sind es, die unseren Lohn bezahlen.«

»Sie sollten daran erinnert werden, was wir für sie tun. Warum sollen wir unsichtbar bleiben?«

»Hör mal, Evi«, sagte Polly, setzte die beiden Kohleneimer auf dem Treppenabsatz ab und drehte sich zu mir um. »Du bist vielleicht ein besseres Leben gewohnt, aber jetzt gehörst du zur Dienerschaft, genau wie wir alle. Deshalb lässt du diese Allüren besser bleiben und erledigst deine Arbeit, wenn dir etwas an dieser Stelle liegt.«

Ich hatte nicht die Absicht, meine Stelle länger als einen Tag zu behalten, aber ich mochte Polly wirklich gern und wollte sie nicht verärgern. Also nickte ich stumm, auf eine unterwürfige, hausmädchenhafte Art, und nahm wieder meinen Kohleneimer.

Die Kohlen wurden in kupferne Kohlenschütten gekippt. Anschließend mussten wir diese Kohlenschütten mit einer weiteren körnigen Paste polieren, die an den Händen brannte und mir die letzten Fleckchen heiler Haut wund scheuerte. Auch mussten wir in den Kaminen nachlegen. Ich schaffte es, gleich das allererste Feuer, bei dem ich nachlegte, zu löschen, indem ich zu viel Kohle draufschüttete.

»Ach, Evi«, seufzte Polly. »Pass auf, du kümmerst dich um die Kohlenschütten und ich kümmere mich um die Feuer. Geh jetzt in den Großen Salon. Sobald ich hier fertig bin, komme ich und lege dort nach.«

Der Große Salon … Ich erinnerte mich, dass ich dort früher am Morgen den Kamin gereinigt hatte. Ich schleppte meinen Kohleneimer eine Treppe tiefer.

Die Tür zum Großen Salon stand halb offen. Am Klirren von Besteck und dem Geruch von Kaffee erkannte ich, dass die Familie dort frühstückte. Ich stellte mich hinter die Tür und riskierte einen Blick ins Zimmer.

An dem Tisch in der Raummitte saß Sophia gemeinsam mit ihrem Zeitung lesenden Vater und ihrer Tante Mrs Bailey beim Frühstück. George, jetzt mit seiner hochherrschaftlichen Livree angetan, stand reglos wie eine Statue nahe der Wand. Ein schneeweißes Tischtuch bedeckte den Tisch, auf dem Tee- und Kaffeekannen sowie eine Unmenge von Kuchen und Broten arrangiert waren. Mir lief das Wasser im Mund zusammen.

»Und Madame Perrault hat mich informiert«, sagte Mrs Bailey gerade zu Sophia, »dass dein Unterrock gestern *über und über* mit Schlamm verschmiert war. Und deine Stiefeletten, sagte sie, seien praktisch ruiniert.«

»Nur ein paar Schlammspritzer, das war alles«, entgegnete Sophia. »Ich habe einen Waldspaziergang gemacht.

Die Hasenglöckchen blühen so schön und haben nach dem Regen einfach himmlisch geduftet. Und weil sie bald wieder welken, wollte ich ihren Anblick nicht verpassen.«

Ihre Tante schüttelte den Kopf. »Ich kann diese einsamen Spaziergänge und Ausritte einfach nicht gutheißen. Ich wundere mich, dass Sie Ihrer Tochter derartige Zerstreuungen erlauben, Sir Henry. Es ist nicht schicklich, dass sie unbegleitet durch die Landschaft streift!«

Sophias Vater hatte nicht zugehört, denn er war viel zu beschäftigt damit, Kaffee zu schlürfen, sich mit Toastscheiben vollzustopfen und bei der Zeitungslektüre vor sich hin zu murmeln. Diese Zeitung war riesig groß, mit unzähligen, in sehr kleiner Schrift geschriebenen Spalten bedruckt und ohne eine einzige Abbildung.

Sophia sah ihre Tante wütend an. »Mir wurde bereits das Lesen verboten und Sie haben mir untersagt, mit den Dienstboten zu sprechen. Soll ich jetzt auch noch daran gehindert werden, auf meinem eigenen Grund und Boden spazieren zu gehen?«

Sir Henry schaute von seiner Zeitung auf. »Mehr Toast«, blaffte er George an.

Als George zur Anrichte hinüberging, sah er mich hinter der Tür stehen. Er war darüber so schockiert, dass auch ich erschrak und in Panik mitsamt meinem Kohleneimer in den Raum hineinstolperte.

»Polly hat gesagt, ich soll die Kohlenschütte nachfüllen«, platzte ich heraus.

Tödliches Schweigen. Mrs Bailey war entsetzt. Sophia wirkte zuerst verblüfft und dann erschrocken. Glaubte sie, ich hätte vor, ihrem Vater zu erzählen, was ich in der Frühe gesehen hatte?

»Was hat die Magd hier zu suchen?«, herrschte Sir Henry George an.

George wedelte mit den Händen herum, um mich aus dem Raum zu scheuchen. Ich taumelte in den Flur, wobei mir der Kohleneimer immer wieder gegen das Schienbein schlug. Ich schleppte ihn wieder die Treppe hinauf und den Flur des ersten Stocks entlang, bis ich Polly fand, die vor einem Kamin kniend auf die Flammen blies.

»Warum hast du gesagt, ich soll in den Großen Salon gehen?«, fragte ich aufgebracht. »Sie haben darin gefrühstückt und mich hinausgetrieben, als wäre ich eine verlauste Ratte. Wolltest du mir einen Streich spielen?«

»Oh!«, rief Polly aus. »Du dumme Liese! Du bist nicht zum *Großen Salon* gegangen, sondern zum *Großen Zimmer*. Oje! Hast du Ärger bekommen?«

»Ach was«, erwiderte ich sarkastisch. »Sie waren entzückt, mich zu sehen. Sir Henry nannte mich eine Magd und seine Schwester guckte mich an, als wäre ich Ungeziefer.«

»So schaut sie uns alle an«, meinte Polly. »Ärgere dich nicht mehr darüber.«

»Wie kannst du es bloß aushalten?«

»Was aushalten?«

»So hart für Leute zu arbeiten, die dich so sehr verachten.«

»Man muss einfach damit leben«, antwortete Polly, »und darf nicht zu viel darüber nachdenken. Es gibt sehr viele Menschen, denen es schlechter geht.«

Als sie meinen ungläubigen Gesichtsausdruck bemerkte, sagte sie: »Ich weiß auch, dass wir den ganzen Tag nur schuften, aber wenigstens werden wir dafür bezahlt. Und jeder hat sein eigenes Bett. Im Armenhaus mussten wir zu viert in einem Bett schlafen, in dem noch dazu jede Menge Läuse waren. Allerdings wärmen vier Körper ein Bett auch ordentlich auf. Ich habe noch nie so sehr gefroren wie im letzten Winter. Und wir bekommen hier auch zu essen. Ich werde meine erste Mahlzeit in diesem Haus niemals vergessen. Als ich sah, dass auf meinem Teller Fleisch lag, fielen mir beinahe die Augen raus. Davor hatte ich Fleisch zwar mal gerochen, aber noch nie selbst gegessen. Das war das beste Essen, das ich je bekommen hatte. Und als mich Mrs Hardwick fragte, ob ich einen Nachschlag wollte, bin ich beinahe vom Stuhl gefallen. Im Armenhaus hatte man Glück, wenn man überhaupt etwas bekam.«

»Es muss grauenhaft gewesen sein.«

»Schön war es nicht. Ich bin froh, dass ich den Mut hatte, wegzulaufen.«

Nachdem wir mit allen Wohnzimmern durch waren, folgte ich Polly müde die Treppe hinauf, die zu den Schlafzimmern führte.

»Das hier ist Mrs Baileys Schlafzimmer«, erklärte Polly und öffnete die Tür zu einem großen dämmrigen, muffig riechenden Raum. »Als Erstes öffnest du die Fenster und schlägst die Decken zurück, um das Bett zu lüften.«

Sie ging zu dem Fenster weiter hinten im Raum und ich zog die Vorhänge des anderen Fensters auf.

»Oh!«, rief ich erstaunt.

Ich öffnete das Fenster und lehnte mich hinaus. Unter einem strahlend blauen Himmel glitzerte der vom Tau benetzte Rasen in der Vormittagssonne. Er wurde von hohen Bäumen gesäumt, die gerade ihre Blätter austrieben. Hinter den Bäumen sah ich Blumenbeete, in geometrische Formen geschnittene Sträucher und Wege, die zu Bogendurchgängen in hohen Hecken und bunt gestrichenen Holztüren in Ziegelwänden führten. Außerdem gab es noch tausend andere Dinge, die ich mir gern aus der Nähe angeschaut hätte. Jenseits des Gartens erstreckten sich Wiesen und Felder, Wälder, Hügel und Täler und immer so weiter bis zum Horizont, wo die Formen der Landschaft in bläulichen Dunst übergingen. Und von allen Seiten klang Vogelgesang: Es zwitscherte, rief, trillerte und zirpte in allen Tonlagen.

Moment mal? Hatte ich gerade richtig gehört? Ich hatte in meinem ganzen Leben noch nie einen rufen hören.

»Polly, ist das ein Kuckuck?«, fragte ich.

Polly lauschte. Der Ruf wiederholte sich. »Ja, das ist einer«, antwortete Polly. »Es ist der erste, den ich dieses Jahr höre. Dann hat der Frühling jetzt wirklich angefangen.«

»Sie rufen tatsächlich *Kuckuck*, das ist ja unglaublich!«

»Komm und hilf mir, die Bettdecke aufzuschlagen. Wenn du herumtrödelst, werden wir niemals fertig.«

»Dürfen wir hinunter in den Garten gehen?«

»Wir haben am Nachmittag eine Stunde frei«, erwiderte Polly. »Wenn die Familie dann nicht gerade den Garten nutzt, dürfen wir im Küchengarten und dem Obstgarten spazieren gehen. Aber nicht im Barockgarten, merk dir das. Den darf die Dienerschaft nicht betreten.«

Das war ja klar, dachte ich, wir könnten schließlich den Rasen beschmutzen.

Auf einem von Bäumen gesäumten Weg liefen zwei mit Gartengeräten beladene Männer. Bei dem jüngeren Mann war ich mir sicher, dass er der Junge von heute Morgen war, der an den Baum gelehnt gezeichnet hatte.

»Ist das Robbie?«, fragte ich.

Seufzend kam Polly zu mir ans Fenster. »Ja, das ist er. Der andere ist Mr Masters, der Obergärtner. Kommst du jetzt bitte und hilfst mir mit dem Bett?«

Während wir an der überraschend schweren Bettdecke herumzerrten, beschloss ich, dass ich heute in meiner freien Stunde versuchen würde, Kontakt mit Robbie aufzunehmen. Ich ging davon aus, dass er eher auf meine Warnung hören würde als Sophia.

»Das hätten wir geschafft«, sagte Polly, als wir mit dem Bett fertig waren. »Jetzt sind die Nachttöpfe dran.«

»Was ist ein ...?«, wollte ich fragen. Dann dämmerte es mir. Misstrauisch schaute ich Polly an. »Was genau meinst du?«

»Unter jedem Bett steht ein Nachttopf. Du trägst ihn in die Waschküche hinunter – ich zeige dir, wo die ist – leerst ihn aus, wäschst ihn und bringst ihn wieder hoch.«

»Auf *gar* keinen Fall werde ich das tun!«

Polly lachte. »Du hast doch wohl nicht gedacht, dass sie ihre Nachttöpfe selbst ausleeren?«

»Aber das ist widerlich! Das mach ich nicht. Ich kann das einfach nicht. Mir würde nur schlecht werden.«

»Also soll ich sie alle allein ausleeren?«, fragte Polly unfreundlich.

»Nein, natürlich nicht. Ich … Es ist nur …«

»Oder sollen sie durch Zauberei geleert werden? Glaubst

du, irgendeine gute Fee fliegt herbei und nimmt dir diese Arbeit ab?«

»Nein«, murmelte ich. Ich wünschte, ich hätte nichts gesagt. Polly war die einzige Freundin, die ich in dieser Welt hatte, und jetzt hasste auch sie mich.

Polly seufzte. »Schau mal, ich weiß, dass du früher ein besseres Leben gehabt hast, Evi, und ich kann mir vorstellen, wie furchtbar das jetzt für dich ist. Du bist es gewohnt, bedient zu werden, und nicht, andere zu bedienen. Aber nun bist du ein Hausmädchen und das ist eben unsere Aufgabe. Jetzt nimm diesen Nachttopf, ich hole den von Sir Henry und dann gehen wir gemeinsam nach unten.«

Es ärgerte mich, dass sie dachte, ich wäre eine verwöhnte Göre. Ich wünschte, ich könnte ihr erzählen, dass ich niemals Dienstboten gehabt hatte und dass unsere Londoner Wohnung kleiner war als dieses Zimmer. Doch das würde für sie keinen Sinn ergeben.

Deshalb entschuldigte ich mich einfach nur bei ihr. »Okay. Es tut mir leid, Polly.«

»Okay?«, wiederholte sie. »Was bedeutet dieses Wort?«

»Ach, das ist nur so ein Londoner Ausdruck. Man sagt es anstelle von ›alles in Ordnung‹.«

Ich atmete tief durch, um mich für die bevorstehende Aufgabe zu wappnen. Dann schaute ich unter das Bett.

Dem Himmel sei Dank! Mrs Baileys Nachttopf hatte einen Deckel. Noch nie in meinem ganzen Leben war ich für etwas derartig dankbar gewesen. Als wir wieder die Treppen hinuntergingen, versuchte ich mir vorzumachen, dass wir gerade etwas vollkommen Normales taten, vor dem ich mich nicht im Geringsten ekelte. Unten angekommen öffnete Polly eine Tür und endlich waren wir draußen, im Sonnenschein.

Wir standen auf einem Kiesweg, der auf einen schönen gepflasterten Hof führte. Ein braunes Pferd schaute aus einem Fenster heraus. Weiter entfernt hörte man Hühner gackern und Schafe blöken. Mitten im Hof befand sich ein von einer niedrigen Mauer eingefasster Ziehbrunnen.

Ein Junge mit struppigem blonden Haar und verkniffenen Gesichtszügen, der nur ein paar Jahre älter als ich zu sein schien, kam um die Ecke. Er trug ein Strohbündel und schaute mich neugierig an.

»Jacob«, flüsterte Polly, als wir außer Hörweite waren. »Stallbursche. Ein übler Kerl.«

Ich drehte mich zu dem Jungen um und stellte überrascht fest, dass er mich immer noch anstarrte. Schnell schaute ich wieder weg. Irgendetwas an ihm bewirkte, dass ich mich unwohl fühlte. Ich war froh, als wir das Gebäude auf der gegenüberliegenden Seite des Hofs erreicht hatten.

»Das hier ist die Waschküche«, sagte Polly.

Die Waschküche war ein lang gestrecktes niedriges Gebäude. Drinnen war es sehr warm, weil in einer Ecke ein Kohlenfeuer brannte. Neben der Feuerstelle stand ein großer Kupfertopf, ähnlich dem in der Küche. Auf der anderen Seite befand sich eine glatte Arbeitsplatte aus Metall, auf der fünf vorsintflutliche Bügeleisen aufgereiht waren. Ein großes Steinbecken mit langen Abtropfbrettern aus Holz stand unter dem Fenster. In zwei riesigen Holztrögen wurde Wäsche eingeweicht.

Vom Hof her drang eine singende Mädchenstimme herüber.

Die Tür ging auf und Mary trat ein, schwer mit einem Korb voller schlammverschmierter Kleidungsstücke beladen. Als sie uns sah, hörte sie zu singen auf und lächelte uns an.

»Gießt das Zeug hier rein, Mädchen«, sagte sie und zeigte auf einen Eimer in der Ecke. »Ich brauche alles, was ich kriegen kann, ich habe so furchtbar viel Wäsche.«

»Wie meinst du das?«, fragte ich.

Polly grinste. »Der Familie erzählen wir das nicht, aber es gibt nichts Besseres als alte Pisse, um den Dreck aus Reitsachen rauszubekommen.«

Mary bekam einen Lachanfall und zeigte dabei auf mich. »Schau dir nur ihr Gesicht an!«

Ich wollte nicht, dass auch Mary dachte, ich wäre eine verwöhnte Göre, und versuchte deshalb so auszusehen, als hielte ich es für vollkommen normal, Kleidung mit abgestandenem Urin zu reinigen.

Plötzlich aber kam mir etwas Furchtbares in den Sinn. »Aber was ist, wenn … ihr wisst schon … wenn nicht nur Pipi im Nachttopf ist?«

»Dann kommt es auf den Misthaufen im Garten«, erklärte Polly.

Bei der Vorstellung, den Inhalt von Nachttöpfen auf einen mit menschlichem Kot bestückten Misthaufen zu kippen, wurde mir übel. Mit weggedrehtem Kopf, um nicht mehr als nötig zu sehen und zu riechen, nahm ich den Deckel von Mrs Baileys Nachttopf und goss den Inhalt in den bereits halb vollen Eimer. Als Polly und ich die Waschküche verließen, sang Mary schon wieder, und zwar an genau der Stelle, wo sie kurz zuvor unterbrochen worden war.

»Sie singt den ganzen Tag«, bemerkte Polly. »Sie sagt, auf diese Weise vergeht die Zeit schneller.«

»Arbeitet sie denn immer allein da drinnen? Das muss doch sehr einsam sein.«

»Na, so einsam nun auch wieder nicht«, meinte Polly zwinkernd, »die Stallburschen und Gärtner laufen ja ständig vor der Waschküche vorbei und außerdem gibt es hier draußen keine Haushälterin, die ständig aufpasst.«

Jacob putzte ein vor dem Stall angebundenes Pferd und

ich bemerkte, dass er mich nicht aus den Augen ließ. Sogar nachdem wir an ihm vorbeigegangen waren, spürte ich, dass sein Blick immer noch an mir haftete. Ich war erleichtert, als ich ins Haus zurückkehren und die Tür hinter mir schließen konnte.

In der Besenkammer

Nachdem wir sämtliche Nachttöpfe geleert, sauber geschrubbt und in die Schlafzimmer zurückgestellt hatten, mussten die Ankleidezimmer erneut in Ordnung gebracht werden. Die inzwischen wieder benutzten Waschschüsseln wurden geleert und gereinigt, die Feuerstellen in den Schlaf- und den Ankleidezimmern mussten gesäubert und mit frischem Holz bestückt werden, damit sie am Abend angezündet werden konnten. Meine Handgelenke brannten, in meinen Knien pochte der Schmerz und meine Hände fühlten sich an, als hätte ich daran gar keine Haut mehr.

»Ich kann nicht glauben, dass wir die Feuerstellen *schon wieder* säubern müssen«, sagte ich.

»Ich verstehe überhaupt nicht, warum sie bei diesem Wetter immer noch Feuer haben wollen«, erwiderte Polly. »Wir warten jeden Tag darauf, dass der Herr endlich sagt, dass damit Schluss ist. Sobald sie keine Feuer mehr brauchen, wird alles einfacher.«

Eine kleine Uhr auf dem Kaminsims schlug die halbe Stunde. Es war erst halb elf Uhr vormittags, aber mir kam es vor, als läge bereits ein langes arbeitsreiches Leben hinter mir.

»Jetzt müssen wir unsere Schürzen wechseln und die Schlafzimmer sauber machen«, sagte Polly.

»Aber wir haben die Schlafzimmer doch schon sauber gemacht!«

Polly brüllte vor Lachen. »Ich wünschte, ich könnte ihre Gesichter sehen, wenn wir die Zimmer in diesem Zustand lassen würden.«

Wir stiegen hinauf in unsere Kammer unter dem Dach. Zu meiner großen Überraschung stand vor dem Tisch mit der Waschschüssel eine Kupferkanne mit heißem Wasser.

»Hast du die hier raufgetragen?«, fragte ich Polly.

»Nein, für die Dienstbotenzimmer ist Nell zuständig.«

Also musste die arme Nell die schweren Wasserkannen vier Stockwerke hochtragen, vom Keller bis hinauf zu den Dachkammern.

»Versuch dir mal eine Welt vorzustellen, in der niemand Feuerstellen schrubben oder Kohlen und Wasser durchs Haus tragen muss«, sagte ich. »Eine Welt, in der Wasser wie durch Zauberei aus dem Hahn kommt und man nur an einem Schalter zu drehen braucht, damit es im ganzen Haus warm wird.«

Polly langte nach einem Handtuch. »Ja, das wäre wirklich schön. Und stell du dir mal eine Welt vor, in der Schweine fliegen können.«

Nachdem wir uns Hände und Gesicht gewaschen hatten, hängten wir unsere von Kohlenstaub verschmutzten Schürzen an Haken hinter der Tür und legten saubere weiße Schürzen an. Danach ging es zurück in die Schlaf- und Ankleidezimmer, wo sämtliche Teppiche kniend abgebürstet, alle Fußböden gekehrt und alle Betten gemacht werden mussten. Als wir ins letzte Zimmer kamen, tat mir jeder einzelne Knochen im Leib weh und ich fühlte mich schon wieder ganz schwach vor Hunger.

Wir stellten uns zu beiden Seiten des Bettes, um die Laken und schweren Bettdecken glatt zu ziehen.

Polly schaute mich besorgt an. »Du siehst aus, als ob du gleich umkippst.«

»Nein, es geht schon«, widersprach ich. Falls ich jetzt zusammenklappte, würde Polly außer ihrer eigenen Arbeit auch noch zusätzlich meine erledigen müssen. Abgesehen davon war ich ja nur für einen Tag hier. Einen Tag lang konnte ich das wohl durchstehen. Polly dagegen würde es morgen ertragen müssen und übermorgen und jeden einzelnen Tag danach.

»Zuerst ist es immer hart«, sagte sie. »Als ich hier anfing, dachte ich, ich würde das nicht überleben. Manchmal wollte ich am liebsten sterben. Ich konnte mir nichts Schöneres vorstellen, als bis in alle Ewigkeit zu schlafen.«

»Darfst du denn am Wochenende ausschlafen?«, fragte ich.

»Wochenende?« Polly klang verwirrt. Vielleicht verwendeten sie dieses Wort damals noch nicht.

»Du weißt schon, samstags und sonntags. Hast du an diesen Tagen denn nicht frei?«

Sie schaute mich an, als wäre ich verrückt geworden. »Frei? Nein. Wer würde denn dann all die Arbeit machen? Außerdem ist heute Sonntag. Kommt es dir so vor, als ob wir heute einen freien Tag hätten?«

»Aber du musst doch ab und zu mal freihaben, oder?«

»Manchmal gehen wir am Sonntagvormittag in die Kirche. Ich schlafe bei der Predigt immer ein, doch die alte Harthexe pikst mich dann wach mit ihrem fiesen spitzen Ellbogen.«

»Aber hast du denn nie frei? Was ist mit den Feiertagen?«

Pollys Miene hellte sich auf. »Letzten Sommer durften wir an einem Abend alle zum Jahrmarkt nach Lambton gehen. Das war furchtbar lustig. Vier Männer traten bei einem Wettlauf an und zwei von ihnen trugen dabei keine Hemden. Einer hatte seine Reithose an und der andere nur einen ganz dünnen Baumwollschlüpfer«, erinnerte sich Polly grinsend. »Na ja, die anderen Frauen fanden es geschmacklos. Sie wollten nicht mehr zuschauen und sind weggegangen, aber Eliza und ich sind geblieben. Wir hätten um nichts in der Welt auf diesen Spaß verzichten wollen. Die vier rannten dann los und mittendrin platzte dem einen der Schlüpfer auf. Der Mann lief immer weiter und schrie dabei: ›Oh Gott, mir hängt alles raus, mir hängt alles raus!‹ Die Damen waren angewidert und haben sich in ihre Kutschen zurückgezogen. Eliza und ich wären vor Lachen beinahe gestorben und ein paar Herren kamen zu uns und sagten, wir sollten uns schämen. Das machte es natürlich noch lustiger. Danach haben wir uns noch die Ringkämpfe angeschaut, aber das war nicht halb so amüsant.«

»Willst du damit sagen, dass dein Lieblingsaugenblick des ganzen Jahres der war, als ein Mann auf einem Jahrmarkt seine Unterhose verloren hat?«

Polly machte ein nachdenkliches Gesicht. Dann sagte sie: »Ja«, und wir mussten so lachen, dass wir kaum noch stehen konnten.

»In Ordnung«, befand sie schließlich und strich mit der Hand über die Bettdecke. »Du kannst die Hintertreppe kehren, ich übernehme die vordere. Danach fegen wir alle Flure und schrubben die Eingangsstufen.«

»Denkst du jemals daran«, fragte ich sie, als wir unsere Putzkisten holten, »dass es eines Tages Maschinen geben könnte, die all das machen?«

»Wie meinst du das?«

»Na ja, stell dir vor, es gäbe Maschinen, die Schmutz und Staub vom Boden aufsaugen, sodass wir nicht auf Knien mit Handbesen und Kehrblech fegen müssen.«

»Ach ja, das wäre wirklich nett«, antwortete Polly. »Aber da es diese Maschinen leider nicht gibt, solltest du jetzt besser die Hintertreppe kehren. Fang im Dachgeschoss an und arbeite dich hinunter bis zum Keller.«

Schmerzende Knie waren ein Problem, das ich bisher nur vom Hörensagen gekannt hatte. Inzwischen aber taten mir meine Knie derartig weh, dass ich gar nicht mehr knien konnte. Stattdessen setzte ich mich auf jede einzelne Stufe und verdrehte meinen Rücken so, dass ich die Stufe über mir auskehren konnte. Als ich mich auf diese Weise nach unten arbeitete, drang das Geräusch leichter Schritte aus der Eingangshalle zu mir herauf. In der Erwartung, Polly kommen zu sehen, wandte ich mich um, doch wer kam, war Alice. Mit einem eigenartigen Gesichtsausdruck ging sie direkt auf mich zu.

»Was willst du?«, fragte ich.

Sie stieg die Treppe hinauf, als hätte sie mich nicht gehört.

Ich rutschte zur Seite, um sie durchzulassen.

Als sie an mir vorbeikam, kickte sie mit ihrem linken Fuß die gefüllte Kehrschaufel die Treppe hinunter, sodass sich der ganze Schmutz über die Stufen unter mir verteilte und eine riesige Staubwolke aufstob.

Empört sprang ich auf. »Was fällt dir ein?«

Alice blieb auf dem Treppenabsatz stehen und grinste mich hämisch an. »Oje, was für eine furchtbare Schweinerei du da angerichtet hast! Jetzt musst du alles noch mal auffegen!«

»Wie kannst du es wagen?«, hörte ich Sir Henry in der Bibliothek brüllen.

Alice zuckte zusammen und wurde leichenblass. Dann flitzte sie die Treppe wieder hinunter und verschwand so schnell in der Küche, als wäre ein Wolfsrudel hinter ihr her.

Das geschieht ihr recht, dachte ich. Ich glaubte nicht, dass Sir Henry sie gemeint hatte, doch ich fand es gut, dass sie sich erschreckt hatte. Irgendwie musste ich sie für das, was sie soeben getan hatte, drankriegen, ich konnte diese Sache nicht auf sich beruhen lassen.

Ich setzte mich auf die oberste Stufe, um sie von Neuem zu fegen. Doch ich hatte kaum damit angefangen, als ich innehielt, weil aus der Bibliothek aufgebrachte Stimmen ins Treppenhaus drangen. Dieses Mal hörte ich auch Sophias Stimme. Es klang, als würden sie und ihr Vater sich streiten, aber ich war zu weit weg, um zu verstehen, was sie sagten.

Mit Kehrschaufel und Handfeger in der Hand schlich ich auf Zehenspitzen bis zur Tür der Bibliothek.

»In zwei Wochen heiraten?«, sagte Sophia gerade. Ihre Stimme war schrill und angsterfüllt. »Aber, Vater, das ist viel zu früh. Lassen Sie mir bitte noch ein wenig Zeit. Ich bin noch viel zu jung dafür.«

»Zu jung?«, blaffte Sir Henry sie an. »Du bist sechzehn und damit alt genug. Glaubst du, ich will, dass du mir noch länger zur Last fällst? Deine Mutter hat schließlich mit vierzehn geheiratet.«

»Genau«, entgegnete Sophia, die jetzt kalt und gefasst klang.

»Was zum Teufel meinst du damit?«

»Überlegen Sie mal, wie glücklich sie in ihrer Ehe war«, sagte Sophia.

»Glück! Was in aller Welt soll Glück damit zu tun haben?«

Sophia erwiderte etwas, aber so leise, dass ich es nicht verstand.

Wutentbrannt brüllte Sir Henry sie daraufhin an: »Du vorlautes kleines … Komm sofort wieder her!«

Die Tür wurde aufgerissen. Ich sprang schnell weg und

das war gut so, denn die Tür krachte gegen die Wand. Sophia rannte aus der Bibliothek und warf mir im Vorbeilaufen einen erschrockenen Blick zu.

Ich sauste zu meiner obersten Treppenstufe zurück und fuhr mit dem Fegen fort. Gerade noch sah ich Sophia hinter der Besenkammertür im Erdgeschoss verschwinden, als Sir Henry an mir vorbei die Treppe hinunterpolterte und mich beinahe umstieß. Unten angekommen rannte er an der Besenkammer vorbei und riss die Hintertür auf. Er schrie irgendetwas in den Hof hinein, knallte die Tür zu und stapfte zurück, den Flur entlang und die Treppe hinauf.

Als er mich sah, schnauzte er mich an: »Wo ist sie hin?« Sein Atem roch nach Wein.

»Wer, Sir?«, fragte ich und versuchte, dabei so beschränkt wie möglich auszusehen.

Sein Gesicht wurde vor Wut zusehends röter und ich machte mich schon auf eine kräftige Ohrfeige gefasst.

»Meine verfluchte Tochter, du Schwachsinnige! Wo ist sie hin?«

»In diese Richtung, Sir«, sagte ich und zeigte in die der Besenkammer entgegengesetzte Richtung. »Ich glaube, sie wollte nach oben, Sir.«

Er schnaubte wie ein Pferd und galoppierte auf die Vordertreppe am anderen Ende des Flurs zu.

Ich ging die Hintertreppe hinunter und klopfte leise gegen die Besenkammertür. Keine Antwort. Ich wartete ein paar Sekunden, dann öffnete ich die Tür.

Sophias rotes Samtkleid passte so gar nicht in diesen Verschlag voller Eimer und Besen. Als sie mich wiedererkannte, wurde aus Angst Wut.

»Du?«, fauchte sie mich an. »Habe ich dir nicht deutlich genug zu verstehen gegeben, dass du dich nie wieder in meine Nähe wagen sollst?«

Ich musste mich wirklich beherrschen, denn im ersten Moment hätte ich liebend gern geantwortet, dass sie sich meinetwegen einsperren lassen konnte, wenn sie mich weiterhin so behandelte. Aber wenn ich das sagte, würde sie mir keinesfalls weiter zuhören, und ich musste ihr unbedingt meine Nachricht überbringen, um hier rauszukommen. Ich würde es keinen weiteren Tag mehr ertragen, ein Hausmädchen zu sein.

»Ich habe Ihrem Vater gesagt, Sie seien die Vordertreppe hinaufgegangen«, sagte ich höflich. »Sie können also wieder rauskommen, die Luft ist rein.«

Sie reagierte nicht, sondern schaute mich nur mit zusammengekniffenen Augen an, als versuche sie, sich ein Bild von mir zu machen.

»Wer bist du?«, fragte sie schließlich flüsternd. »Hat mein Vater dich eingestellt, damit du mir nachspionierst?«

»Nein!«, protestierte ich. »Ich bin einfach nur ein Hausmädchen. Ich kam vor zwei Tagen aus London hierher, um zu arbeiten.«

Schweigend betrachtete sie mich eine Weile, dann meinte sie leise: »Warum hast du das heute Morgen im Weißen Salon zu mir gesagt? Dass mein Vater mich zwingen würde, Mr Ellerdale zu heiraten?«

»Ich … ich habe es einfach nur gehört. Hausmädchen hören viel, wissen Sie.«

»Und … und das andere, was du gesagt hast?« Jetzt hörte sie sich nur noch verängstigt an.

»Dass Sie mit Robbie von hier weglaufen sollten?«, fragte ich.

Sophia machte einen Satz auf mich zu und presste mir eine Hand auf den Mund. »Sei still!«, zischte sie. In ihren Augen stand Entsetzen und sie zitterte am ganzen Körper. »Sprich nie wieder diesen Namen aus. Wenn mein Vater das herausbekommt, wird er ihn auf der Stelle erschießen!«

»Es tut mir leid«, sagte ich und das stimmte auch. Sie tat mir furchtbar leid, weil sie solche Angst ausstehen musste. Ich ging in den Raum hinein und schloss die Tür hinter mir, sodass es vollkommen finster wurde. »Es tut mir leid«, wiederholte ich leise, »aber ich versuche, Sie zu warnen. Sie müssen zusammen von hier weglaufen. Wenn Sie sich weigern, Mr Ellerdale zu heiraten, wird Ihr Vater …«

Auf der Treppe erklangen Schritte. Ich hielt die Luft an. Jemand blieb vor der Tür der Besenkammer stehen.

»Evi?« Es war Pollys Stimme.

Sophia und ich erstarrten. Dann schnappte ich mir die Putzschürzen, die ich vorhin an einem Haken hatte hängen sehen, und warf sie über Sophia, die vor Schreck scharf die Luft einzog.

»Ich komm schon, Polly!«, rief ich, öffnete die Tür einen schmalen Spalt weit, schlüpfte hindurch und schloss die Tür energisch hinter mir.

Polly war genervt. »Evi, du Trampel, überall auf der Treppe liegt Schmutz und du hast Handfeger und Kehrschaufel einfach so herumliegen lassen. Wenn die Harthexe das sieht, dann prügelt sie dich windelweich und mich gleich hinterher. Ich kann nicht den ganzen Tag hinter dir herputzen, ich habe auch so schon genug Arbeit. Also reiß dich zusammen!«

Polly lief den Flur entlang und verschwand in der Küche. Sobald die Küchentür hinter ihr zugeschlagen war, schlich sich Sophia aus der Besenkammer und durch die Hintertür nach draußen, ohne sich auch nur nach mir umzudrehen.

Ich wollte aufstehen und ihr folgen, um endlich ausführlicher mit ihr zu sprechen, doch gerade in diesem Moment kam Mrs Hardwick aus der Küche. Sie sah gefährlicher aus als sonst und ich kniete mich rasch auf meine Stufe.

Es sah ganz so aus, als würde es mir nie gelingen, meine Nachricht zu überbringen. In meiner freien Stunde, schwor ich mir, würde ich im Garten nach Robbie suchen. Vielleicht hatte ich bei ihm mehr Erfolg als bei Sophia.

Pollys Traum

Als die Standuhr in der Eingangshalle zwölf schlug, kam Polly mit ihrer Putzkiste zum Vorschein. Ich wischte gerade den Boden auf und die Seifenlauge brannte höllisch in den Abschürfungen an meinen Händen.

Polly schenkte mir ein Lächeln. »Gut so, das reicht. Essenszeit.«

Essenszeit! Mir war, als würde ich vor Hunger gleich in Ohnmacht fallen. Im Flur hatte es schon seit Längerem nach Essen gerochen und mein Magen knurrte vor sich hin.

Doch kaum hatte ich mich in der Dienstbotenstube an den Tisch gesetzt, als mich meine Erschöpfung wie eine Welle überkam. Ich wollte nur noch meinen Kopf auf den Tisch legen und schlafen. Mir fielen die Augen zu, meine Muskeln waren erschlafft und ich konnte nicht mehr klar denken.

Etwas wurde auf den Tisch geknallt und ich fuhr zusammen. Alice hatte einen Blechteller vor mich gestellt, auf dem Braten mit Soße, Kartoffelstampf und ein Berg Kohl vor sich hin dampften. Der Anblick und der Geruch des gefüllten Tellers weckten mich auf. Ich war als Letzte bedient worden und alle am Tisch aßen schweigend. Offensichtlich waren sie ebenso hungrig wie ich.

Jetzt kam Alice mit dem Tablett voller Bierbecher. Mit einem hässlichen Grinsen stellte sie vor mir ein Glas Wasser ab. Misstrauisch betrachtete ich das Glas. Es war ihr durchaus zuzutrauen, dass sie heimlich hineingespuckt hatte.

George bemerkte meinen Gesichtsausdruck und zwinkerte mir zu.

»Würde Mylady ein Glas von Sir Henrys altem Portwein vorziehen?«, fragte er mit vollem Mund und lachte laut über seinen eigenen Witz.

Ich nahm einen Schluck. Das Wasser schmeckte ganz normal und ich hatte furchtbaren Durst, also beschloss ich, es zu riskieren, und trank das Glas in einem Zug aus.

Allmählich kam am Tisch eine Unterhaltung auf, doch ich war viel zu müde, um zuzuhören, geschweige denn, um mich daran zu beteiligen. Vom Essen war ich wieder schläfrig geworden und mir fielen gerade die Augen zu, als Mrs Hardwick den Raum betrat.

»Nicht trödeln, ihr zwei«, sagte sie. »Ein großer Stapel Stopfwäsche wartet auf euch.«

Meine Laune besserte sich. Stopfen bedeutete möglicherweise nähen und beim Nähen saß man gewöhnlich.

Allerdings gab es da ein Problem. Ich arbeitete jetzt schon seit halb sechs Uhr morgens und musste dringend zur Toilette. Ich musste schon länger, aber mir graute vor dem, was hier damit verbunden war. Doch jetzt konnte ich nicht mehr länger warten. Aber wie drückte man dieses Bedürfnis korrekt aus?

Dann fiel es mir wieder ein – das Wort, das Polly gestern Abend gesagt hatte.

»Polly?«, flüsterte ich, als ich ihr den Flur entlang folgte. »Wo ist der Abtritt?«

Polly wies mit dem Daumen über ihre Schulter. »Der kleine Holzverschlag hinter dem Hof.«

Im Hof putzten zwei Jungen, die etwa gleich alt wie ich zu sein schienen, Pferde. Sie sagten Hallo und ich grüßte zurück. Suchend schaute ich mich nach Robbie um, konnte ihn aber nirgends entdecken. Ich würde herausfinden müssen, wo er arbeitete, damit ich in meiner freien Stunde zu ihm gehen und mit ihm reden konnte.

Ich sprach die Jungen an: »Entschuldigung, wisst ihr, wo Robbie heute Nachmittag arbeitet?«

Sie starrten mich nur an. Ich wiederholte die Frage.

»Spricht sie ausländisch?«, fragte einer der beiden den anderen. Und, an mich gewandt: »Bist du hier fremd?«

Ich verdrehte die Augen. Warum verstanden sie mich nicht? Ich sprach doch ganz normales Englisch!

»Robbie«, versuchte ich es noch einmal. »Wo ist er?«

»Ach, Robbie«, sagte der eine Junge. Er nickte ein paar Sekunden lang, doch dann schüttelte er den Kopf. »Keine Ahnung.«

»Danke«, erwiderte ich. »Du warst mir eine große Hilfe.«

Ich ging zwischen den Ställen und der Waschküche hindurch und konnte weiter hinten, auf einem ungepflegten Teil des Grundstücks, eine schiefe Bretterbude ausmachen, vor der ein Erdhaufen aufgetürmt war. Je näher ich kam, desto schlimmer stank es.

Ich hielt die Luft an und öffnete die Tür. Drinnen lag auf zwei Strohballen ein Holzbrett. In die Mitte des Bretts war ein Loch hineingesägt worden und unter dem Loch befand sich eine mehrere Meter tiefe Grube. Es gab keinen richtigen Fußboden, nur gestampfte Erde.

Es war eine widerwärtige Erfahrung und ich beeilte mich, um die Bude schleunigst wieder verlassen zu können. Niemals wieder werde ich Spülklosetts als selbstverständlich ansehen, schwor ich mir.

Jacob kehrte den Hof. Er schaute auf, als ich näher kam,

und verschwand dann schnell in einem Stall. Als ich den Hof überquerte, kam er mit einem alten Hufeisen in der Hand wieder zum Vorschein.

»Ich dachte, das könnte dir gefallen«, sagte er. »Sie bringen Glück, weißt du?«

Ich schaute ihn misstrauisch an, denn ich befürchtete, dass er sich in mich verknallt hatte. Dennoch fand ich die Geste nett. Vorausgesetzt, er erwartete dafür keine Gegenleistung.

»Du musst es so herum aufhängen, das ist wichtig«, sagte er und hielt das Hufeisen wie ein U. »Wenn du es verkehrt herum aufhängst, fällt das ganze Glück hinaus.«

»Danke«, sagte ich und nahm das Hufeisen.

Er nickte und kehrte weiter. Das Hufeisen passte nicht in meine Tasche und ich wusste nicht, wo ich es aufbewahren sollte. Deshalb versteckte ich es vorläufig hinter einem Blumentopf am Rand des Hofs. Als ich mich wieder aufrichtete, bemerkte ich, dass mich Alice durch das Fenster der Spülküche beobachtete. Ihr Blick war hasserfüllt. Doch als ich in die Spülküche kam, um sie zu fragen, was sie eigentlich gegen mich hatte, war sie verschwunden.

Wir sollten die Stopfarbeit in einem kleinen Raum im Erdgeschoss neben dem Wohnzimmer der Haushälterin erledigen. Polly musste Risse in Unterröcken und Hemden reparieren, mir gab Mrs Hardwick ein großes Baumwolllaken zum Säumen. Ich nähe gerne, doch meine wunden Finger machten mir auch diese Arbeit zu einer Qual. Am schlimmsten war es, wenn sich der Nähfaden an den Abschürfungen verfing. Andererseits hielten diese Schmerzen mich wach. Die Schmerzen und die Sorge darüber, ob es mir gelingen würde, Robbie zu warnen.

Mrs Hardwick nahm ihre Arbeit in ihr Wohnzimmer mit.

»Sie hat da ein großes Feuer«, murmelte Polly, »und kann so viel vom Tee der Familie trinken, wie sie will.«

Der Ton, in dem Polly das sagte, machte mich neugierig.

»Wärst du eines Tages auch gerne Haushälterin?«, fragte ich sie.

Polly lachte. »Jetzt sprechen wir wieder von fliegenden Schweinen.«

»Aber warum? Warum solltest du nicht Haushälterin werden können?«

»Also, zum einen muss man dafür lesen und schreiben können.«

Mit offenem Mund starrte ich sie an. Ich war ganz selbstverständlich davon ausgegangen, dass Polly lesen und schreiben konnte, obwohl ich im Geschichtsunterricht gelernt hatte, dass arme Kinder in jener Zeit selten die Möglichkeit hatten, Schulen zu besuchen.

»Haben sie es dir im Armenhaus denn nicht beigebracht?«

»Sie haben keine Zeit mit überflüssigem Zeug vergeudet«, erwiderte Polly. »Wir mussten unseren Unterhalt verdienen.« Neugierig schaute sie mich an. »Du kannst lesen und schreiben, stimmt's?«

»Ja«, antwortete ich und überlegte, welche Erklärung am besten hierherpassen würde. »Meine Mutter hat es mir beigebracht.« Und während ich es noch sagte, hatte ich eine Idee.

»Ich könnte es dir beibringen«, sagte ich.

Polly sah beinahe erschrocken aus. Sie schüttelte den Kopf. »Oh nein, ich kann das alles niemals lernen.«

»Natürlich lernst du es. Jeden Tag ein bisschen. Und wenn du es beherrschst, kannst du eines Tages Haushälterin werden. Und ein eigenes Wohnzimmer haben und so viel vom Tee der Familie trinken, wie du willst.«

Polly lächelte. »Und ich bräuchte keine Nachttöpfe mehr zu schrubben und keine Treppen mehr zu kehren. Ich wäre aber immer nett zu den Hausmädchen.«

»Du wärst eine wunderbare Chefin«, sagte ich.

»Chefin?«, echote Polly verwirrt.

»Ach, tut mir leid, das ist auch so ein Londoner Ausdruck. Ich meine … Arbeitgeberin?«

Polly lehnte sich lachend zurück. »Ich werde niemals

eine Arbeitgeberin sein, Evi. Mrs Hardwick ist nicht unsere Arbeitgeberin. Unser Arbeitgeber ist Sir Henry.«

Ich gab die Suche nach dem passenden Wort auf. »Auf jeden Fall wirst du eine tolle Haushälterin sein. Und ich wette, dass Mrs Hardwick wesentlich mehr verdient als du.«

»Oh ja«, bestätigte Polly. »Wenn ich Haushälterin wäre, hätte ich für jeden Wochentag ein anderes Kleid.«

»Wie viel bekommen wir eigentlich bezahlt?«, fragte ich. Zwar hatte ich nicht vor, so lange hier zu bleiben, bis ich Lohn bekam, aber ich war doch neugierig, wie viel es wäre.

Polly wirkte überrascht. »Hat die Harthexe es dir denn nicht gesagt? Es sind acht Pfund.«

»Acht Pfund pro Woche?«, fragte ich, denn offensichtlich konnten es keine acht Pfund pro Stunde sein, und vermutlich auch nicht acht Pfund pro Tag.

Pollys Miene verriet mir, dass ich einen Fehler gemacht hatte.

Ich fing an zu lachen und konnte nur hoffen, dass es einigermaßen überzeugend wirkte.

»Das war nur ein Witz«, sagte ich. »Ich wünschte mir, dass wir acht Pfund pro Woche bekämen.«

Dann mussten es acht Pfund im Monat sein, dachte ich, wagte aber nicht mehr nachzufragen. Stattdessen erkundigte ich mich: »Bekommt man sein Geld denn am Monatsende?«

Polly schüttelte den Kopf. »Zweimal im Jahr. Vier Pfund an Mariä Verkündigung, vier Pfund an Michaelis.«

Acht Pfund *im Jahr?*

»Du hast wirklich Pech, dass du Mariä Verkündigung verpasst hast«, sagte Polly. »Jetzt musst du bis September warten, damit du dir ein neues Kleid kaufen kannst.«

Robbie

Um drei Uhr öffnete Mrs Hardwick die Tür zwischen ihrem Wohnzimmer und unserem Raum.

»Ihr beiden habt jetzt eine Stunde frei«, sagte sie. »Und danach geht es in die Ankleidezimmer.«

»Was machst du jetzt?«, fragte ich Polly.

»Schlafen«, antwortete sie. »Nell weckt mich um vier Uhr auf. Kommst du mit rauf?«

Eine ganze Stunde Schlaf hörte sich himmlisch an. Doch ich musste unbedingt Robbie finden und ihn warnen.

»Ich glaube, ich gehe mal raus, ein bisschen frische Luft schnappen«, meinte ich.

»Ich zeige dir, wo du gehen darfst«, sagte Polly, »und dann lege ich mich ein Weilchen hin.«

Wir verließen das Haus durch eine Seitentür. Ein herrlicher Duft hing in der Luft und überall sangen Vögel.

»Ich zeige dir den Obstgarten«, verkündete Polly. »Jetzt, wo die Bäume blühen, ist es dort wunderschön.«

Hinter dem Haus befand sich eine hohe Ziegelmauer mit einer blau gestrichenen Tür. Polly öffnete den Riegel.

»Oh!«, staunte ich. »Ist das schön!«

Wir standen in einem von Mauern gesäumten Garten mit Obstbäumen voller duftiger weißer und rosafarbener Blüten. Einzelne Blütenblätter schwebten im Wind und landeten sacht zwischen blühenden Narzissen.

Ich zog den Ast eines Baumes zu mir heran, um die vielen cremeweißen Blüten daran zu bewundern. Ich wünschte mir, ich hätte mein Skizzenbuch und dazu noch die Zeit, mich hinzusetzen und zu zeichnen.

»Das sind Apfelblüten«, erklärte Polly. »Das da drüben sind Birnbäume und die rosafarbenen sind Kirschblüten. Es gibt auch noch Pflaumen, Zwetschgen und Quitten. Und dahinten, das ist eine Magnolie.«

Auf einem hohen Ast saß ein Amselmännchen und schmetterte sein Lied. Ein Rotkehlchen hockte auf der Mauer und beobachtete mich mit seinem kreisrunden schwarzen Auge.

»Das ist der schönste Ort, den ich jemals gesehen habe«, sagte ich.

Mir fiel ein Gewächs auf, das ganz andere Blätter hatte als der Apfelbaum.

»Das sind Misteln«, sagte Polly, als ich sie danach fragte. »An Weihnachten schmücken wir damit das Haus.«

Misteln! Ich hatte noch nie gesehen, wie sie wuchsen.

Hinten an der Mauer bewegte sich etwas. Ein braunes Kaninchen mit einem weißen Puschelschwanz knabberte an Gräsern. Gleich darauf erblickte ich dicht dahinter ein zweites. Und auch noch ein Kaninchenbaby! Bezaubert schaute ich ihnen zu.

»Kaninchen«, flüsterte ich.

Polly musste lachen. »Du bist wirklich durch und durch ein Londoner Mädchen.«

Ein winziges rostrotes Wesen mit einem langen buschigen Schwanz sprang von einem Baum auf die Mauer und lief darauf entlang. Plötzlich stoppte es, stellte sich auf die Hinterbeine und schaute mich mit seinen glänzenden schwarzen Augen an. Es war wesentlich kleiner als die grauen Eichhörnchen, die ich aus Londoner Parks kannte, doch mit viel längerem Schwanz.

»Ist das ein echtes Rotes Eichhörnchen?«, fragte ich Polly flüsternd.

»Hast du denn noch nie ein Eichhörnchen gesehen?«

»Nur graue. Noch nie ein rotes. Sie sind so hübsch!«

»*Graue* Eichhörnchen?«, wunderte sich Polly und erst jetzt fiel mir ein, dass es die Grauhörnchen in Großbritannien noch gar nicht so lange gab.

»Das liegt am Ruß«, sagte ich schnell. »Du weißt schon, in London ist einfach alles grau.«

Ich setzte mich ins Gras. Neben mir lag ein trockener Zweig. Ich brach ihn in Stücke und legte daraus den Buchstaben P.

»Schau mal, Polly. Weißt du, was diese Form bedeutet?«

Polly schaute hin und lächelte. »Das ist ein P für Polly. Das weiß ich von einem der großen Mädchen in der Seidenspinnerei. Na ja, jedenfalls war sie damals für mich groß. Sie muss ungefähr neun Jahre alt gewesen sein.«

Ich brach noch mehr Zweige in Stücke und legte daraus die übrigen Buchstaben ihres Namens.

»Weißt du, was da steht?«

Polly schüttelte den Kopf.

»Dein Name: P-O-L-L-Y.«

Polly beugte sich vor und zog die Buchstaben mit ihrem Zeigefinger nach. »Das ist mein Name?«

»Ja.« Ich zerbrach weitere Zweige. »Jetzt bist du dran. Schreibe deinen Namen mit Zweigen.«

Polly arbeitete schnell.

»Jetzt kennst du schon diese Buchstaben«, sagte ich. »Und wenn du den ersten auswechselst, erhältst du einen anderen Namen.« Ich legte die Zweigstückchen ihres P anders hin. »Das ist ein M. Jetzt steht da ›Molly‹.«

Polly überlegte. »Und wenn wir da einen anderen Anfangsbuchstaben hinmachen, könnten wir ›Holly‹ schreiben.«

»Genau.« Ich legte aus den Holzstückchen ein H.

»Glaubst du, du könntest mir Lesen und Schreiben beibringen?«, fragte sie.

»Auf jeden Fall. Du lernst schnell.« Doch da fiel mir ein, dass ich ja heute Nacht von hier verschwinden und nie mehr zurückkehren wollte. Und so schnell konnte niemand lernen.

Polly gähnte. »Jeden Tag ein bisschen. Jetzt muss ich ins Bett. Wenn ich in meiner freien Stunde nicht schlafe, wird der Rest des Tages eine einzige Qual. Kommst du mit?«

Ich schüttelte den Kopf. »Ich will mich lieber noch ein bisschen umschauen. Ach, Polly?«

»Ja?«

Ich scheute mich davor, diese Frage zu stellen, weil ich wusste, wie sie sich anhören würde. Aber ich musste unbedingt eine Antwort darauf haben.

»Äh, Polly … weißt du, wo die Gärtner gerade arbeiten?«

Misstrauisch schaute sie mich an. »Halte dich von den männlichen Dienstboten fern, Evi. Du bringst dich sonst in Schwierigkeiten.«

»Nein, es ist nicht … also, ehrlich … Ich will … Ich will ihnen einfach nur aus dem Weg gehen.«

Sie wirkte nicht überzeugt. »Ich weiß nicht, wo sie um diese Tageszeit sind. Achte vor allem darauf, dass du nicht in den Barockgarten gehst.« Sie zeigte auf eine Tür in der gegenüberliegenden Mauer. »Durch die gelangst du in den Wald. Dorthin darfst du auch gehen und da blühen gerade die Hasenglöckchen und es ist sehr schön. Aber wohin du auch gehst: Du musst unbedingt um vier wieder zurück sein.«

Ich schritt über das mit Blütenblättern übersäte Gras, sog den Blütenduft ein und plötzlich wurde mir klar, warum in diesem Garten trotz der Vogelstimmen eine besondere Ruhe herrschte, die ich so noch nie wahrgenommen hatte.

Es gab keine Verkehrsgeräusche.

In meinem ganzen bisherigen Leben hatte ich, wenn ich draußen war, Verkehrslärm gehört. Das hatte mich nie gestört, weil ich es ja gar nicht anders kannte. Doch eine Welt ohne diese Geräuschkulisse war einfach überwältigend. Über allem lag ein tiefer Friede und es war, als ob die Erde nicht den Menschen und den Gebäuden und den Fahrzeugen gehörte, sondern den Vögeln und den Bäumen und dem Gras.

Ich öffnete die Tür zum Wald. Der Anblick, der sich mir bot, war unglaublich schön: Eine schimmernde blaue Wolke überzog den Boden, wie ein mystischer, magischer

See. Ein riesiger See, der sich bis zum Horizont erstreckte. Aus ihm ragten schlanke silbrig weiße Birkenstämme. Ein umgestürzter, mit Moos überbewachsener Baumstamm sah aus, als würde er auf dem blauen See treiben. Ein kleiner Vogel flatterte aus einem Gebüsch auf mich zu und landete mit steil aufgerichtetem Schwänzchen vor mir im Gras.

Ich hatte Wälder mit blühenden Hasenglöckchen bisher nur auf Fotos gesehen. Nie hätte ich gedacht, dass sie in Wirklichkeit so überwältigend schön sein konnten.

Ich wünschte mir, ich könnte den Rest meiner freien Stunde an diesem herrlichen Ort verbringen, mich an den moosbewachsenen Stamm gelehnt in diesen duftigen blauen See hineinlegen und den süßen, erdigen Geruch der Hasenglöckchen atmen. Doch ich musste unbedingt nach Robbie suchen.

Am Waldrand angelangt, schlüpfte ich in den engen Gang zwischen den Stallgebäuden und der Waschküche und trat in den sonnenbeschienenen Hof. Die leichte Brise, die hier wehte, trug mir den Duft von Minze zu. Das erinnerte mich an zu Hause, denn Mum hatte in der Küche stets einen Topf mit Minze auf dem Fensterbrett stehen.

Eindringlich wurde mir bewusst, wie weit ich von meinem Zuhause weg war.

Ich schaute mich um und sah eine Pfefferminzstaude,

die in einem Beet vor der Spülküche wuchs. Ich ging hin, pflückte einen kleinen Zweig und zerrieb ihn zwischen meinen Fingern.

Die Pflanze daneben roch ebenfalls gut. Und die übernächste war eine Thymianstaude. Auch Thymian stand in unserer Küche immer auf dem Fensterbrett.

Ich pflückte von jeder Pflanze ein Zweiglein und steckte sie in meine Tasche. Dann konnte ich später daran riechen, wenn ich von weniger angenehmen Gerüchen umgeben war.

Ich stand auf … und sprang erschrocken zurück, weil ich im Fenster der Spülküche ein Gesicht sah. Es war schon wieder Alice. Dieses Mal aber sprach aus ihrem Blick nicht Hass, sondern nackte Angst.

Ich drehte mich um, weil ich sehen wollte, was sie erschreckt hatte, doch da war nichts. Auf dem Hof war niemand außer mir und einem Jungen mit einem schwarzen Hut, der auf der anderen Seite des Hofs Sämlinge in ein Beet pflanzte.

Während ich noch zu ihm hinschaute, drehte er sich um und ich sah, dass es Robbie war. Was für ein glücklicher Zufall!

Robbie zog etwas aus der Erde, legte es auf seine Handfläche und betrachtete es aufmerksam.

War es eine Münze? Oder vielleicht Schmuck, den einer der Festgäste gestern Abend verloren hatte? Neugierig ging ich zu ihm. Er stand gerade auf.

»Hallo«, sagte ich. »Ich bin Evi, das neue Hausmädchen.«

Er lächelte mich an. Seine Augen waren grün, mit kleinen braunen Einsprengseln. »Nett, dich kennenzulernen, Evi. Ich bin Robbie, Mr Masters' Gehilfe.«

»Mr Masters?«

»Das ist der Obergärtner.«

»Ach so.« Ich schaute auf seine halb geschlossene Hand. »Hast du etwas gefunden?«

Er öffnete sie.

»Iiih!« Ich wich zurück.

Robbie lachte. »Du brauchst keine Angst davor zu haben.«

»Ich habe keine Angst. Es ist nur … Ich dachte, du hättest ein Schmuckstück gefunden oder so was in der Art.«

»Das hier ist ein Schmuckstück.«

»Was?«

»Schau sie dir mal genauer an und sage mir dann, ob du sie nicht wunderschön findest.«

»Machst du Witze?«

Doch er schien das ernst gemeint zu haben. Er streckte mir seine Hand entgegen. Die Schnecke kroch auf einer Schleimspur über seine Handfläche.

»Siehst du das Muster auf ihrem Haus? Ist es nicht herrlich gezeichnet? Als hätte es jemand mit einem feinen Pinsel aufgemalt. Und schau dir nur die zart marmorierte Haut an. Und die Fühler: so zierlich und gleichzeitig so perfekt.«

»Warum wedelt sie so mit den Fühlern herum?«

»Ich glaube, dass sie damit auch leiseste Luftbewegungen spürt ... wie etwa das Flattern von Vogelflügeln. Dann zieht sie sich in ihr Haus zurück und ist in Sicherheit.«

Ich hatte bisher geglaubt, eine gute Beobachtungsgabe zu besitzen, doch jetzt, als ich die komplexen Muster auf der Haut und dem Haus der Schnecke bewunderte, wurde mir klar, dass ich bisher noch nie etwas wirklich bewusst betrachtet hatte.

»Schnecken sind perfekte Geschöpfe«, fuhr Robbie fort. »Sie können sich selbst schützen und ...« Er unterbrach sich mitten im Satz und schloss schnell seine Hand, weil sich Schritte näherten.

Es war Jacob, der einen Eimer Wasser über den Hof trug. Er blieb in unserer Nähe stehen und setzte den Eimer ab. Er verströmte starken Körper- und Stallgeruch.

»Was hast du denn da in der Hand, Spatzenhirn?«

»Jacob, hau ab«, entgegnete Robbie.

Jacob bog Robbies Finger auf und lachte ihn aus. Dabei schlug mir sein unangenehmer Mundgeruch entgegen.

»Willst du die Schnecke dressieren? Bei dir stimmt es wirklich nicht im Oberstübchen.«

Blitzschnell schnappte er sich die Schnecke, schmiss sie auf den Boden und zertrat sie auf den Pflastersteinen. Gleich darauf schlug er Robbie ins Gesicht.

»Hör auf!«, schrie ich.

»Du hältst dich für so schlau, du Lausebengel«, sagte Jacob und hielt sein Gesicht dicht vor Robbies, »du mit deinen Büchern und deiner Zeichnerei und deinem Geschreibsel. Du glaubst, du wärst etwas Besseres als wir, dabei hast du nur einen Sprung in der Schüssel.« Er tippte sich an die Schläfe. »Nicht alle Tassen im Schrank. Letzte Nacht hast du wieder im Schlaf gesprochen. Dich auf deiner Matratze herumgewälzt und nach deiner Mutter gerufen. Dich sollten sie lieber ins Irrenhaus sperren!«

Mit einer schnellen Bewegung zog er ein kleines abgestoßenes Buch aus Robbies Jackentasche.

»Gib das sofort zurück!«, rief Robbie. Er versuchte, an das Buch zu kommen, doch Jacob hielt es hoch über seinem Kopf.

Ein großer schwarzer Hund kam laut bellend und mit wedelndem Schwanz in den Hof gelaufen. Er sprang Robbie an und warf dabei Jacobs Eimer um. Das Wasser ergoss sich über Jacobs Beine und lief in seine Lederstiefel. Jacob gab einen wütenden Schrei von sich, schleuderte Robbies

Buch ins Gebüsch, ergriff einen Stock, der an der Stalltür lehnte, und machte sich damit über den Hund her. Er packte ihn mit einer Hand am Nacken und schlug ihm mit dem Stock in der anderen Hand auf den Rücken. Der Hund jaulte und wand sich, doch Jacob hielt ihn mit eisernem Griff fest.

»Hör auf!«, kreischte ich, doch Jacob erhob abermals den Stock.

Robbie warf sich zwischen den Stalljungen und den wimmernden Hund und versuchte, den Stock zu fassen zu kriegen. »Hör auf!«, schrie er. »Her mit dem Stock!«

Doch Jacob war größer als Robbie und hielt den Stock außerhalb von dessen Reichweite. »Lass mich in Ruhe, sonst bekommst du auch eine Tracht Prügel«, drohte er.

»Versuch es doch, du Feigling«, schrie Robbie zurück.

Jacob erhob den Arm.

»Nein«, schrie ich und sprang hoch, um an den Stock zu kommen.

Pferdegetrappel erklang. Die lange Lederschnur einer Peitsche pfiff durch die Luft und traf Jacob am Hintern.

Jacob ließ den Hund schreiend los und hielt sich seine Kehrseite.

Hoch über ihm, im Sattel eines Rappen mit schimmerndem Fell saß Sophia. In ihren Augen blitzte Wut auf.

Sie stieg schwungvoll ab und reichte einem soeben herbeigeeilten Stallburschen die Zügel. In ihrem samtenen weinroten Reitkleid sah sie wie eine Märchenkönigin aus. Jacob und Robbie nahmen beide ihre Hüte ab und verbeugten sich vor ihr.

Sophia trat auf Jacob zu, riss ihm den Stock aus der Hand und schleuderte ihn in einen Stechpalmenstrauch. Dann bückte sie sich, um den immer noch wimmernden Hund zu trösten. Sie richtete sich wieder auf und wandte sich Jacob zu, der mit gesenktem Kopf vor ihr stand.

»Wie heißt du?«, fragte sie.

»Jacob Weston, Miss«, murmelte er.

»Dann hör mir mal gut zu, Jacob Weston: Wenn ich noch einmal sehe, dass du ein Tier misshandelst, wirst du mit sofortiger Wirkung entlassen. Hast du mich verstanden?«

»Ja, Miss Fane«, grummelte er.

»Jetzt geh wieder an deine Arbeit. Und denke daran, ich lasse dich beobachten.«

»Ja, Miss Fane.«

Er nahm den Eimer und ging damit zum Brunnen. Als er an Robbie vorbeikam, warf er ihm einen hasserfüllten Blick zu. »Warte es nur ab, du kannst was erleben«, sagte er ganz leise.

Ein Brief

Robbie beachtete Jacobs Drohung nicht. Er suchte im Gebüsch nach seinem Buch.

Mit dem Buch in der Hand kam er wieder zum Vorschein und ging auf Sophia zu.

»Vielen Dank, Miss Fane«, sagte er.

Ihre Blicke trafen sich und waren derart intensiv, dass ich mich fehl am Platze fühlte. Ich ging zum Haus zurück und fragte mich, was ich jetzt bloß tun sollte. Zum Glück war Sophia zuerst durch Jacob und dann von Robbie so abgelenkt gewesen, dass sie mich gar nicht bemerkt hatte.

Ich versteckte mich zwischen der Stallwand und den Sträuchern vor der Spülküche und rechtfertigte mich vor mir selbst damit, dass ich die beiden nur zu ihrem Besten belauschte. Um ihnen helfen zu können, musste ich mehr über sie erfahren.

Vermutlich würde Sophia nicht lange auf dem Hof bleiben und mit Robbie reden, denn sie riskierte, von ihrem Vater oder ihrer Tante mit ihm gesehen zu werden. Sobald Sophia wieder weg war, konnte ich Robbie warnen, und vielleicht gelang es ihm dann, zusammen mit Sophia wegzulaufen, bevor es zu spät war.

Am Boden unter den Sträuchern lag ein zusammengefaltetes Blatt Papier. Ich hob es auf und faltete es auseinander.

Es war voller wunderbarer Zeichnungen. Eine Vogelfeder, die so realistisch dargestellt war, dass ich am liebsten mit den Fingerspitzen darübergestrichen hätte. Eine Schnecke mit einem wirklichkeitsgetreu gemusterten Haus. Ein Apfelzweig voller Blüten. Ein aus Gräsern und Moos zusammengefügtes Vogelnest, in dem vier gefleckte Eier lagen.

Auf der anderen Seite des Blattes waren ganz andere Zeichnungen. Zwei kleine Kinder, Junge und Mädchen, klapperdürr und in Lumpen gekleidet, die sich über eine Maschine beugten. Hinter ihnen stand ein riesiger zorniger Mann, der einen Stock schwenkte. Darüber schwebte eine engelsgleiche Gestalt. In einer aus ihrem Mund kommenden Sprechblase stand geschrieben:

Gott und die Engel zürnen dem Mann,
der ein Rotkehlchen einsperren kann.

Hatte Robbie das alles gezeichnet? Ich schaute zu ihm hinüber. Er und Sophia standen einander reglos gegenüber und sahen sich schweigend in die Augen.

Jetzt wanderte Sophias Blick von Robbies Augen zu dem Buch in seiner Hand.

»Dein Shakespeare«, stellte sie fest. »Ich hoffe, das Buch ist nicht beschädigt.«

»Nein«, sagte Robbie. »Es ist alles in Ordnung.« Er blätterte es durch. »Ich habe etwas für dich«, sagte er. »Ein paar Skizzen.«

Stirnrunzelnd suchte er in dem Buch danach. »Das Blatt war hier drin. Ich hatte es in das Buch gesteckt. Es muss herausgefallen sein.«

Ich faltete das Blatt zusammen, ließ es fallen und schob es mit der Fußspitze von mir weg. Dann zog ich schnell den Fuß zurück. Robbie schaute sich auf dem Hof um und entdeckte es.

»Oh, da ist es ja«, sagt er.

Ich schlüpfte tiefer zwischen den Strauch und die Stallwand, als er auf das Blatt zuging, um es aufzuheben.

Er reichte es Sophia und sie studierte eine Weile die Skizzen. Als sie Robbie wieder anschaute, lag Bewunderung in ihrem Blick. »Sie sind exquisit«, sagte sie.

Sie drehte das Blatt um und las die Zeilen über dem Bild mit den armen Kindern.

»Das ist ein Zitat von William Blake«, sagte sie leise. »Mein Vater hat mein Buch mit Blakes Gedichten verbrannt. Er sagt, Mr Blake sei ein wahnsinniger Querulant. Aber das hat mir nichts ausgemacht, denn ich habe seine Gedichte hier«, und sie klopfte mit den Fingerspitzen gegen ihre Schläfe.

Sie zögerte, als wolle sie ihren Mut zusammennehmen, um etwas zu sagen. Dann schaute sie sich im Hof um. Ich drückte mich fester gegen die Wand. Offenbar hatte sich Sophia vergewissert, dass niemand zuschaute, denn nun zog sie ein zusammengefaltetes Blatt Papier aus der Tasche und reichte es Robbie.

»Lies es, sobald du kannst«, sagte sie leise.

Er steckte es schnell in seine Jackentasche, genau in dem Moment, als die Tür der Spülküche aufging und Nell mit einem Eimer voller Gemüseabfällen herauskam. Sophia drehte sich um und ging mit schnellen Schritten zum Vordereingang des Hauses. Die Stalluhr schlug vier. Ich verließ mein Versteck, strich mir die Spinnweben von Kleid und Schürze und kehrte ins Haus zurück.

Auf dem Weg zur Besenkammer, wo ich meine Putzkiste holen wollte, schlug mir das Herz bis zum Hals. Was stand auf dem Blatt? Sophia hatte Robbie gesagt, er solle es so bald wie möglich lesen, also musste es wichtig sein. Hatte sie ihm geschrieben, dass sie zusammen weglaufen mussten? Hatte Sophia das, was ich ihr gesagt hatte, doch ernst genommen?

Ich war so tief in Gedanken versunken, dass ich im Gang beinahe mit Alice zusammenstieß. Dabei erschrak sie furchtbar. Sie presste ihren Körper gegen die Wand und ballte die Fäuste.

»Ist alles in Ordnung?«, fragte ich sie.

»Ja, alles gut, danke«, murmelte sie. Dabei hielt sie den Blick gesenkt und schaute mich nicht an.

Schulterzuckend ging ich weiter.

»Einen guten Tag wünsche ich«, rief sie mir, immer noch an die Wand gedrückt, nach.

»Guten Tag«, grüßte ich zurück und dachte, dass ich in meinem ganzen Leben noch nie jemanden getroffen hatte, der derartig seltsam war.

Polly kam mir aus der anderen Richtung entgegen. »Jetzt müssen wir wieder in die Ankleidezimmer«, sagte sie, öffnete die Tür zur Besenkammer und holte meine Putzkiste heraus. »Feuer machen, Nachttöpfe ausleeren und schrubben, heißes und kaltes Wasser für die Waschschüsseln rauftragen. Während die Herrschaften sich dann für das Abendessen umziehen, reinigen wir alle unteren Räume und schüren dort die Feuer. Wir essen schnell zu Abend, während sie noch bei Tisch sitzen, und gehen dann wieder rauf und machen ihre Schlafzimmer fertig.«

Diese lange Liste von Aufgaben bestärkte mich in dem Entschluss, so schnell wie möglich herauszubekommen, was in dem Brief stand. Wenn Sophia und Robbie wirklich heute oder morgen durchbrennen wollten, war mein Auftrag erfüllt und ich würde nicht wieder hierher zurückkehren und weiterschuften müssen. Perfekt.

Doch ich konnte keinen von beiden nach dem Brief fragen. Wie also sollte ich es herausfinden?

Ich zermarterte mir bei der Arbeit das Gehirn und wurde mehrmals von Polly zur Ordnung gerufen, weil ich nicht wirklich bei der Sache war. Als es Zeit für das Abendessen wurde, war ich zu Tode erschöpft.

»Morgen keine Feuer«, sagte Mrs Hardwick, als Alice die Bierbecher hereintrug.

»Gott sei Dank!«, seufzte Polly. »Das wird unser Leben leichter machen, Evi.«

Mrs Hardwick schüttelte den Kopf. »Freut euch nicht zu früh, ihr zwei. Morgen kommt der Kaminkehrer, deshalb müssen in allen Räumen Staubdecken ausgebreitet werden, und davor werden überall die Teppiche rausgeholt. Während der Kaminkehrer seine Arbeit macht, könnt ihr die Teppiche draußen mal ordentlich durchklopfen.«

Polly zwinkerte mir zu. »Natürlich ist es uns nicht gestattet, uns ein leichteres Leben zu wünschen, da sei der Himmel vor.«

Alice zuckte so stark zusammen, dass die Becher auf dem Tablett schwankten und Bier überschwappte.

»Alice, also wirklich!«, schimpfte Mrs Hardwick. »Was ist denn los?«

Alice war kreidebleich im Gesicht. William sprang auf, nahm ihr das Tablett ab und half ihr, sich auf die Bank zu setzen.

»Was ist mit dir?«, fragte er. »Was ist passiert?«

Alice sah mich angsterfüllt an, doch als sich unsere Blicke trafen, schaute sie sofort weg. Zitternd zeigte sie auf ein Stück Kohle, das zusammen mit den anderen im Kamin vor sich hin glühte. »Es ist aus dem Feuer herausgesprungen«, flüsterte sie. »Genau vor mir. Und schaut euch nur seine Form an. Es sieht aus … wie ein Sarg!« Das letzte Wort kreischte sie schrill.

George lachte. »Du kannst doch nicht so einen Unsinn glauben«, sagte er.

Mary und Betty aber schauten mich besorgt an.

»Was?«, fragte ich. »Was habe ich getan?«

»Nichts«, meinte Polly. »Beachte sie nicht weiter.«

Dennoch war ich mir sicher, dass Polly mir etwas verschwieg. Ich war froh, als das Abendessen vorbei war, auch wenn das bedeutete, dass ich nun wieder arbeiten musste. Die Stimmung im Raum war so eigenartig gewesen und ich konnte mir nicht erklären, wieso. Beinahe kam es mir vor, als hätten sie vor mir Angst. Aber warum in aller Welt sollten sie vor einem ungeschickten Hausmädchen Angst haben?

Wieder mussten wir die Ankleidezimmer reinigen, bei den Feuern nachlegen, die Nachttöpfe leeren und das Waschwasser zum dritten Mal an diesem Tag wechseln. Anschließend galt es, die Schlafzimmer für die Nacht fertig zu machen.

»Also ehrlich«, meinte ich, als Polly mir zeigte, wie man Mrs Baileys Bett perfekt aufschlug, damit sie mühelos unter die Decken schlüpfen konnte, »können diese Leute denn gar nichts selber machen? Ich wundere mich, dass wir sie nicht auch noch ausziehen müssen.«

Polly war schockiert. »Niemals würden sie uns so nahe an sich heranlassen. Nur ihre Zofen und Kammerdiener ziehen sie aus.«

Ich war fassungslos. »Sie haben wirklich Leute, die sie ausziehen? Das sollte ein Witz sein!«

Polly verzog verwundert das Gesicht. »Als du in London gelebt hat, musst du doch auch jemanden gehabt haben, der dich ausgezogen hat.«

»Äh … ja, natürlich«, erwiderte ich. »Aber das … das war nicht ganz dasselbe«, schloss ich etwas lahm.

Polly schaute mich immer noch komisch an und deshalb fragte ich sie: »Wo sind denn diese Zofen und Kammerdiener jetzt? Warum habe ich sie noch nicht zu sehen bekommen? Wo nehmen sie ihre Mahlzeiten ein?«

»Ach, die kommen nicht einmal in die Nähe unserer Dienstbotenstube. Dazu sind sie viel zu vornehm. Wenn Mrs Baileys Zofe im Flur an mir vorbeiläuft, rümpft sie die Nase, als würde ich schlecht riechen. Sie würde mich nicht einmal anschauen, geschweige denn grüßen.«

Ich erinnerte mich an die Frau, die das erste Mal, als ich in die Vergangenheit geraten war, aus Sophias Zimmer gekommen war. Sie musste Sophias Zofe gewesen sein. Diejenige, die Sophia erwähnt hatte, die mit dem französischen Namen.

Als wir um zehn Uhr abends endlich unsere Kerzen anzündeten und in unsere Dachbodenkammer hinaufstiegen, fühlte ich mich wie eine Schlafwandlerin. Ich konnte kaum noch die Arme heben, um mir die Haarnadeln herauszuziehen, und ich versuchte nicht einmal, die Knöpfe an meinem Kleid zu öffnen. Ich zog einfach nur die Schuhe aus und ließ mich auf mein Bett fallen.

Einen ganzen Tag lang nichts als Schinderei, und wofür? Es war mir nicht gelungen, Sophia oder Robbie meine Nachricht zu überbringen. Es sei denn – und das hoffte ich von ganzem Herzen – es sei denn, Sophia hatte meine Warnung doch ernst genommen und in dem Brief, den sie Robbie gegeben hatte, einen Fluchtplan formuliert.

Ich würde morgen Abend hierher zurückkehren müssen, um es herauszufinden. Vielleicht waren sie bis dahin ja schon geflüchtet. Also würde ich nur einen weiteren harten Arbeitstag durchstehen müssen, bevor ich für immer ins einundzwanzigste Jahrhundert zurückkehren konnte. Gut, einen einzigen weiteren Tag würde ich schon noch überleben. Schließlich musste die arme Polly jeden einzelnen Tag ihres Lebens so schwer arbeiten.

Anna hatte mir versprochen, morgen mit mir zum Einwohnermeldeamt von Highfield zu gehen. Ich würde in den alten Dokumenten nach Sophia und Robbie fahnden und versuchen, mehr über sie herauszufinden. Ich war mir nicht sicher, ob mir das weiterhelfen würde, aber vielleicht kam ja etwas Nützliches dabei heraus. Und ich konnte mein Smartphone zum Reparieren bringen, wenn es weiterhin nicht funktionierte.

Und wenn ich dann morgen Abend hierher zurückkam und Sophia und Robbie immer noch nicht weggelaufen waren, würde ich sie irgendwie zur Flucht überreden.

Bevor es zu spät war.

Die Kaminjungen

Jemand rüttelte an meiner Schulter.

»Evi! Evi! Himmel, schläfst du fest. Los, du Faulpelz, es ist schon nach fünf!«

Mein warmes Nest fiel auseinander, als mir jemand die Bettdecke wegriss und kalte Luft über meinen Körper strich. Ich schrie auf und tastete nach der Decke, fand sie aber nicht. Wütend setzte ich mich auf und öffnete die Augen.

Vollständig angezogen stand Polly vor mir. Und lachte.

»Beweg dich, du Schlafmütze, die Arbeit wartet auf uns. Nur gut, dass du deine Sachen gleich anbehalten hast, so sparst du ein paar Minuten. Los, binde dir die Schürze um und wasch dir das Gesicht. Du hast Glück, dass ich dir nicht die Wasserschüssel über den Kopf gegossen habe. Ich habe darüber nachgedacht, aber dann beschlossen, es erst mal langsam angehen zu lassen, weil du ja noch neu bist.«

Ich sah an mir herunter.

Ich war mit diesen Sachen ins Bett gegangen.

Und jetzt war ich in ihnen aufgewacht.

Aber … aber …

»Polly?«

»Hmm?«

»Welcher Tag ist heute?«

Polly lachte. »Ich bin noch nie so einem Einfaltspinsel begegnet. Weil gestern Sonntag war, muss heute ja wohl Montag sein, es sei denn, die Welt spielt vollkommen verrückt.«

»Montag, der sechsundzwanzigste April?«

»Um Himmels willen, ja. Heute Morgen kommt der Kaminkehrer, also beeil dich und zieh dir deine Schuhe an. Wir müssen schnell alles abdecken.«

Ich war wie erstarrt. In meinem Kopf pochte es und mir war, als würde ich in Ohnmacht fallen, sobald ich aufstand.

Warum war ich immer noch in der Vergangenheit? Warum war ich nicht in Annas Wohnung?

»Evi, wenn du nicht augenblicklich aufstehst, kippe ich wirklich noch das Wasser über dir aus!«

Sie griff nach der Waschschüssel. Ich schwang die Beine aus dem Bett und zwängte sie in die Schuhe. Sofort rieb das Leder an meinen Blasen. Ich schnürte die Schuhe zu. Mir war schwindelig.

Warum war ich hier? Warum hatte der Zauber nicht gewirkt?

Polly warf mir die braune Schürze zu. »Evi, los! Willst du deine Anstellung verlieren?«

Ich sprang auf. Nein, ich musste diesen Job unbedingt behalten. Denn wie sollte ich jemals in die Gegenwart zurückkehren können, wenn ich Charlbury verlassen musste?

Die nächsten drei Stunden lang war mein Körper mit verschiedenen Arbeiten beschäftigt (und wurde zweimal von Mrs Hardwick geschlagen, die mit seinen Bemühungen unzufrieden war), während mein Gehirn verzweifelt darüber nachgrübelte, warum ich immer noch in der Vergangenheit festhing.

Die einzige Erklärung, die mir einfiel, war mein Versprechen. Ich hatte Sophias Geist versprochen, dass ich ihr helfen würde. Vielleicht ließ mich der Geist deshalb erst dann in meine eigene Zeit zurückkehren, wenn ich in Sophias Zeit etwas geändert hatte. Vielleicht musste erst Sophia aus Charlbury entkommen, bevor ich aus der Vergangenheit entkommen konnte.

Aber was, wenn Sophia *nicht* die Flucht gelang? Morgen würde ihr Vater sie einsperren lassen. Wenn diese Theorie stimmte, musste Sophia heute aus Charlbury fliehen, damit ich in mein Jahrhundert zurückkehren konnte.

Also musste ich unbedingt dafür sorgen, dass sie mit Robbie durchbrannte, denn sonst …

Nein. Über dieses »sonst« wollte ich auf gar keinen Fall nachdenken.

Als Polly und ich die Dienstbotenstube betraten, um zu frühstücken, standen Alice, Mary und Betty eng zusammengedrängt in einer Ecke. Ganz offensichtlich verkündete Alice den beiden anderen gerade eine schockierende Neuigkeit.

»Und als ich wieder hinschaute«, sagte sie atemlos, »erhob sich der Talg ganz gerade über dem Docht der Kerze.«

Mit gerunzelter Stirn fragte Mary: »Was hat das zu bedeuten?«

»Das steht für ein Leichentuch«, erklärte Betty. »Ein Vorzeichen, dass bald jemand aus der Familie sterben wird.«

»Ich sage euch«, fuhr Alice flüsternd fort, »sie ist …«

Betty bemerkte mich, errötete und stieß Alice an. »Pscht!«

Alle drei starrten mich an und schauten dann schnell wieder weg. Mary und Betty setzten sich mit gesenktem Blick an den Tisch.

»Guten Morgen, Evi«, sagte Alice auf dieselbe übertrieben höfliche Weise, in der sie gestern zu mir gesprochen hatte.

»Guten Morgen«, erwiderte ich.

Mit geballten Fäusten verließ Alice den Raum.

»Was ist denn los?«, fragte ich die beiden anderen.

Sie wechselten verlegene Blicke und konzentrierten sich gleich darauf wieder auf ihre Teller. Ich schaute fragend Polly an, doch auch sie hatte den Blick auf den Tisch geheftet.

Es war furchtbar. Das Verhalten der anderen machte mir wenig aus, aber ich konnte den Gedanken nicht ertragen, dass sich Polly von mir abwandte.

Die Tür des Bierkellers ging auf und Mrs Hardwick kam herein, gefolgt von William und George.

Kritisch beäugte Mrs Hardwick den Tisch.

»Kein Brot? Wo steckt denn diese schlampige Küchenmagd?«

»Hier bin ich, Mrs Hardwick«, rief Alice und lief mit dem Brot und der Butter herbei. Sie stellte beides in die Tischmitte. Dann erstarrte sie und wieder war ihr Gesicht kreidebleich.

»Was ist denn, Mädchen?«, fragte Mrs Hardwick.

»Hören Sie es denn nicht?«

Alle lauschten. Draußen heulte ein Hund.

»Das muss der Hund des Kaminkehrers sein«, meinte George. »Das arme Tier sieht völlig ausgehungert aus. Er hat ihn hinter dem Stall angebunden.«

»Was in aller Welt ist denn mit dir los?«, fragte Mrs Hardwick die bleiche Alice. »Reiß dich zusammen, Mädchen, und mach mit deiner Arbeit weiter.«

Als Alice beim Rausgehen an Mary und Betty vorbeikam, flüsterte sie ihnen zu: »Habt ihr das gehört? Noch ein Vorzeichen.« Sie warf mir einen angsterfüllten Blick zu, bevor sie eilig den Raum verließ.

Ich schaute Betty und Mary an. »Was für ein Vorzeichen?«

Sie hielten immer noch den Blick gesenkt, doch William erklärte: »Manche Leute glauben, dass ein heulender Hund einen Tod in der Familie ankündigt.«

Mary bekreuzigte sich.

George lachte. »So ein Unsinn. Ihr glaubt so etwas hoffentlich nicht?«

»Es ist Unsinn, sehr richtig«, bestätigte Mrs Hardwick. »Ich will von diesem albernen Zeug nichts mehr hören. Woher kommt dieses Gerede nur?«

Nach dem Frühstück mussten Polly und ich hinter den Kaminkehrern herputzen. Wir falteten die schweren Staubdecken zusammen und brachten sie raus, um den Ruß herauszuschütteln. Dann legten wir die Teppiche wieder aus und wischten überall Staub.

Ich hatte Sophia den ganzen Morgen noch nicht zu

Gesicht bekommen. Ich musste eine Gelegenheit finden, sie zu sprechen und zu warnen.

Und wenn ich ihr eine Nachricht schrieb? Eine neue Hoffnung keimte auf: Das könnte vielleicht funktionieren! Selbst wenn sie die Nachricht wütend zerriss, würde sie sie vorher wahrscheinlich lesen.

Ich musste ein Blatt Papier und einen Stift finden, aber das konnte ja wohl nicht so schwer sein.

Immer wieder gingen mir beängstigende Gedanken durch den Kopf. Was, wenn ich für immer in der Vergangenheit feststeckte? Was, wenn der Zauber, der mich hier festhielt, gar nichts mit Sophia zu tun hatte? Was, wenn ich einfach nur durch ein Loch in der Zeit gefallen war und dieses jetzt mein richtiges Leben blieb?

Als ich gerade die Schnitzereien an Mrs Baileys Frisierkommode abstaubte und dabei immer wieder verstohlen aus dem Fenster schaute, kam Mrs Hardwick herein. Draußen unterhielt sich ein großer rußgeschwärzter Mann mit Mr Paxton, dem Butler.

»Sobald du hier fertig bist«, sagte Mrs Hardwick, »wischst du die Kellerböden auf und schrubbst alle Stufen.«

Nachdem sie den Raum verlassen hatte, nutzte ich die Gelegenheit, um in Mrs Baileys Schubladen nach Schreibzeug zu suchen. Doch die Hälfte der Schubladen war abgeschlossen und in den übrigen lag nichts, was ich brauchen konnte.

Langsam ging ich die Treppe hinunter, weil mir davor graute, stundenlang auf den kalten Steinböden knien und meine wunden Hände in eine weitere beißende Seifenlauge halten zu müssen.

Als ich den Flur im Erdgeschoss entlangging, hörte ich ein Kratzen. Ich blieb stehen. Es schien aus dem Eichensalon zu kommen.

Wieder ein Kratzen, dann ein Knall und das Klirren von Metall. Ein erstickter Schrei.

Ich lief in das Zimmer. Im offenen Kamin rappelte sich gerade ein kleiner Junge auf, der buchstäblich von Kopf bis Fuß schwarz von Ruß war. Am ganzen Körper hatte er blutende Wunden. Er trug nur eine kurze Hose und ein Hemd, und beide waren verschlissen und ebenso rußverschmiert wie seine nackte Haut. Seine Augen waren derart stark gereizt, dass sie aus der Entfernung unnatürlich rot aussahen.

Der Junge hustete. »Ist mein Meister gegangen?«, fragte er mit krächzender Stimme. »Ist er weg?«

Mir wurde klar, dass er mir mein Entsetzen am Gesicht ablesen konnte. Ich gab mir Mühe, heiter zu klingen, als ich antwortete: »Ich glaube, er ist nur nach draußen gegangen. Soll ich dich zu ihm bringen?«

Der Junge starrte mich verständnislos an. Vielleicht verstand er mein Englisch nicht. Er selbst sprach einen starken Dialekt, aber inzwischen hatte ich mich daran gewöhnt. Ich wiederholte das Gesagte langsam und deutlich und ahmte dabei, so gut es ging, Pollys Tonfall nach. Dieses Mal schien er mich verstanden zu haben. Er nickte, sah dabei aber noch verängstigter aus als kurz zuvor.

»Ja, Miss, bitte. Er wird furchtbar wütend, wenn ich mich verspäte. Ich bin stecken geblieben, wissen Sie. Der Kamin da …« Er zeigte hinter sich. »Der schlängelt sich wie ein Korkenzieher und ich bin an einer engen Stelle fast nicht mehr rausgekommen. Ich dachte schon, ich müsste für immer drinbleiben, Miss.«

Die Stelle musste wirklich furchtbar eng sein, wenn dieser arme kleine Junge darin stecken geblieben war. Ich hatte noch nie ein so dünnes Kind gesehen.

Ich nahm seine rußgeschwärzte kleine Hand und führte ihn nach draußen. Auf dem Flur begegneten wir Sophia, die gerade aus der Eingangshalle kam.

Als sie den kleinen Jungen sah, erstarrte sie. »Wer ist das?«

»Er ist der Kaminjunge, Miss Fane.«

Ich dachte, sie würde mich wegscheuchen, doch sie schaute mich nicht einmal an, so sehr nahm sie der furchtbare Zustand des Jungen gefangen.

»Wie alt bist du?«, fragte sie ihn.

»Fünf, Madam«, antwortete er und musste wieder husten.

»Du bist so dünn«, stellte Sophia fest. »Hast du Hunger?«

Er nickte.

Im Flur erklangen Schritte und ein zweiter Junge stieß zu uns. Er war ein wenig größer, aber ebenso zerlumpt und rußverdreckt. Er hatte eine Bürste mit kurzem Griff bei sich und eine Art Kratzeisen.

Als er Sophia sah, bekam er Angst. »Es tut mir leid, Madam, aber der Meister wartet und er ist schon ganz schön wütend. Ich muss meinen Bruder zu ihm bringen. Wir gehen noch in ein anderes Haus und bis dahin sind es etliche Meilen zu laufen.«

Sophia hockte sich vor den größeren Jungen.

»Wie heißt du?«, fragte sie freundlich.

»John, Madam.«

»Sag mir, John, gibt euch euer Meister genug zu essen?«

Ängstlich schaute der Junge über die Schulter. »Nein, Madam«, flüsterte er. »Nur ein bisschen trockenes Brot am Morgen und dann wieder abends.«

»Schlägt er euch?«

Wieder schaute er sich um, bevor er flüsterte: »Ja, Madam, ständig.«

»Warum bleibt ihr dann bei ihm?«

»Wir sind seine Lehrlinge, Madam, mein Bruder und ich. Wir sind schon mal weggelaufen, zu unserem Vater. Aber der hat sich nicht getraut, uns zu behalten, denn unser Vertrag bindet uns sieben Jahre lang an unseren Meister. Mein Vater hatte Angst, dass er bestraft wird.«

»Und wo schlaft ihr?«

»Auf einem Haufen Säcke im Keller, Madam.«

Sophia sah sich seine Lumpen an. »Aber im Winter müsst ihr doch frieren.«

»Ja, Madam. Das Schlimmste aber ist, dass uns der Meister nicht erlaubt, uns zu waschen. Dabei brennt der Ruß so. Er frisst sich richtig in unsere Haut, sehen Sie?«

Er hob sein zerrissenes Hemd hoch und darunter kam die mit kleinen eitrigen Wunden übersäte Haut zum Vorschein. Sophia zuckte bei dem Anblick zusammen, ebenso wie ich.

In diesem Augenblick kam Polly mit einem Besen und ihrer Putzkiste die Treppe herunter.

Sophia drehte sich zu ihr um. »Polly, bring diese Jungen in die Küche und hol Mrs Hardwick. Sie soll sich um die beiden kümmern.«

»Oh, entschuldigen Sie bitte, Madam«, sagte der ältere Junge, »aber wir können nicht bleiben. Unser Meister wird sonst böse.«

»Macht euch wegen eures Meisters keine Sorgen«, sagte Sophia, »ich rede mit ihm. Ihr geht jetzt etwas essen.«

»Kommt mit mir mit«, sagte Polly freundlich zu den Kindern und nahm sie an die Hand.

Sophia stand wieder auf. Ihre Wangen waren gerötet und ein entschlossener Zug lag um ihren Mund. Ich folgte ihr hinunter ins Erdgeschoss und freute mich geradezu darüber, dass ich heute Morgen für sie unsichtbar zu sein schien. Ich wollte unbedingt sehen, wie sie den Kaminkehrer herunterputzte.

Ich blieb hinter dem Türrahmen stehen, während Sophia mit energischen Schritten in den Hof hinausging, wo sich der Kaminkehrer immer noch mit Mr Paxton unterhielt. Der Kaminkehrer hatte ein grimmiges Gesicht und war ebenso rußverschmiert wie die kleinen Jungen, aber er trug bedeutend bessere Kleidung.

Weiter hinten bepflanzte Robbie ein Blumenbeet. Als er Sophias Schritte auf den Pflastersteinen hörte, schaute er sich um. Er errötete und wandte sich rasch wieder seiner Arbeit zu.

Konnte ich mich zu Robbie schleichen und mit ihm reden? Aber die anderen standen mitten auf dem Hof und mindestens einer von ihnen würde mich bemerken, bevor ich irgendetwas ausrichten konnte.

Sophia trat zu dem Kaminkehrer.

»Sind Sie für diese beiden beklagenswerten Kinder da drinnen verantwortlich?«

Sein Gesicht verfinsterte sich. »Haben die beiden Sie gestört, Madam? Wo sind sie? Ich habe den Älteren beauftragt, seinen Bruder zu suchen, und jetzt sind beide verschwunden. Ich werde den Bengeln zeigen, was ich von ihrer Faulheit halte.«

Sophias dunkle Augen blitzten vor Zorn.

»Sie werden beide nicht anrühren«, sagte sie wütend. »Denn Sie werden sie nie wieder sehen.«

Fassungslos starrte er sie an. »Die beiden Jungen sind meine Lehrlinge.«

»Das sind keine Lehrlinge«, entgegnete Sophia. »Sie sind Ihre Sklaven.«

»Sieben Jahre lang sind sie mein rechtmäßiges Eigentum.«

»Sie werden Ihren Verlust ersetzt bekommen«, sagte Sophia. »Ich kaufe die Kinder frei.«

Robbie erstarrte mitten in der Bewegung. Seine Hand, in der er einen Setzling hielt, schwebte über dem Beet.

»Und was ist mit den Kaminen, die heute noch gekehrt werden sollen?«, knurrte der Kaminkehrer. »Einer davon ist derart gewunden, dass nur so kleine Würmer wie die beiden hindurchkriechen können.«

»Ich werde einen Diener zu dem Haus schicken«, sagte Sophia. »Er wird erklären, dass Sie erst morgen dorthinkommen, allerdings mit einem Satz Bürsten, die die Rauchabzüge ebenso gründlich reinigen werden wie Ihre Kaminjungen. Außerdem kommt Sie das auf Dauer günstiger, weil Bürsten keinen Unterhalt kosten. Allerdings kann Sie der Unterhalt dieser armen Jungen nicht sehr viel gekostet haben, so wie die beiden aussehen.«

»Und wo soll ich das Geld für die Bürsten hernehmen?«

»Ich werde diese Bürsten heute noch bestellen und dann zu Ihnen bringen lassen.«

Der Mann schüttelte den Kopf. »Ich verliere meine Kunden, wenn ich nur mit Bürsten arbeite, Madam. Die Leute wollen kleine Jungen. Die sind besser darin, enge Stellen zu reinigen.«

»Ich werde dafür sorgen, dass Sie Ihre Kundschaft nicht verlieren«, erklärte Sophia hoheitsvoll. »Aber passen Sie auf, Mr Paxton weiß, wo Sie wohnen, und wenn Sie jemals wieder ein Kind einen Kamin hinaufschicken, veranlasse ich, dass keine Familie in der Nachbarschaft jemals wieder Ihre Dienste in Anspruch nimmt. Haben Sie mich verstanden?«

Er wirkte wie betäubt. »Ja, Madam.«

»Gut. Sie können jetzt gehen.«

Er nickte. »Ja, Madam.«

Robbie schaute kurz von seiner Arbeit auf, als Sophia

wieder ins Haus ging. Jetzt kann ich endlich über den Hof laufen und ihn warnen, dachte ich. Doch bevor ich auch nur zwei Schritte weit gegangen war, kam der Obergärtner um die Ecke und rief nach Robbie. Der stand auf und ging gemeinsam mit seinem Vorgesetzten in Richtung Barockgarten.

Verflixt!

Ich kehrte ins Haus zurück und schaute durch die halb offene Tür in die Küche. Mrs Winter, die so schlecht gelaunt wie immer aussah, erschrak, als Sophia in ihrem bestickten Seidenkleid hereinrauschte. Die Köchin knickste so ungeschickt, dass sie dabei beinahe umfiel.

»Guten Morgen, Miss Fane«, sagte Mrs Winter.

»Mrs Winter, könnten Sie bitte ein Lebensmittelpaket zusammenstellen, das wir den Jungen mitgeben?«, sagte Sophia. »Brot, Käse, Eier, kalter Braten und so weiter.«

»Sehr wohl, Miss Fane«, sagte Mrs Winter und wagte abermals einen wackeligen Knicks.

»Wo ist Mrs Hardwick?«, fragte Sophia.

»Sie inspiziert die Milchkammer, Miss.«

Sophia verließ die Küche und ging den Flur entlang. Ich folgte ihr, weil ich nichts verpassen wollte. Zum Glück schien mich niemand zu bemerken, wenn ich mich in Sophias Nähe aufhielt, weil dann immer alle Blicke auf sie gerichtet waren.

Mrs Hardwick kam gerade aus der Milchkammer. »Ach, wie schön, Sie hier zu sehen, Miss Fane«, sagte sie mit einem freundlichen Lächeln. Das war das erste Mal, dass ich sie lächeln sah. Sie sah dadurch vollkommen verwandelt aus.

Zu meiner Verblüffung umarmte Sophia die Haushälterin und drückte sie fest an sich.

»Ich wünschte, ich könnte hier mehr Zeit verbringen«, sagte Sophia. »Aber Sie wissen ja, was los ist.«

»Ja, das weiß ich in der Tat, Miss. Aber Sie sehen sehr gut aus, wenn Sie mir die Bemerkung erlauben.«

»Wie geht es den kleinen Jungen?«, fragte Sophia.

»Kommen Sie und schauen Sie selbst, Madam. Wir haben sie in die Dienstbotenstube gesetzt.«

»Ich danke Ihnen. Und bitte, Mrs Hardwick, erwähnen Sie das meinem Vater gegenüber nicht. Es besteht keine Notwendigkeit dafür, dass er davon erfährt.«

Die Jungen saßen an dem langen Tisch und kauten mit vollen Backen Brot und Käse. Als Sophia auf sie zuging, sprangen sie auf. Mrs Hardwick füllte zwei Becher mit Milch und stellte sie vor die Kinder. Dann erst bemerkte sie mich.

»Was hast du hier zu suchen? Geh sofort an deine Arbeit«, herrschte sie mich an.

Ich verließ den Raum. An der Schwelle blieb ich noch

einmal stehen und schaute mich um. Sophia lächelte den beiden Jungen zu.

»Setzt euch wieder und genießt das Essen«, sagte sie. »Ihr müsst mir nur kurz sagen, wo ihr wohnt.«

Sofort sahen die beiden vollkommen verängstigt aus.

»Nein, ich meine nicht das Haus des Kaminkehrers«, beruhigte Sophia die Kinder. »Ich will wissen, wo euer Vater wohnt. Wenn ihr aufgegessen habt, sorgt Mrs Hardwick dafür, dass ihr gewaschen werdet, und lässt eure Wunden versorgen.« Sie schaute zu Mrs Hardwick hinüber und diese nickte. »Und danach bringen wir euch nach Hause zu eurem Vater.«

Das Spinnennetz

Die Nähstunde dieses Nachmittags verbrachten Polly und ich damit, Kleidung für die Kaminjungen zu nähen. Zwischendrin legte ich immer wieder aus Nähgarnstücken Buchstaben für Polly. Es war besser als gar nichts, aber ziemlich mühselig.

»Eigentlich brauchen wir Papier und Bleistift«, meinte ich. »Wo finden wir so etwas?«

»Papier und Bleistift!«, sagte Polly. »Du bist lustig. Du hast doch sicher nicht mit Papier und Bleistift schreiben gelernt!«

»Nein, natürlich nicht«, log ich und fragte mich gleichzeitig, womit ich es denn sonst gelernt haben sollte.

»Im Hof ist Kreide«, sagte Polly. »Kreide gibt es hier in der Gegend jede Menge. Überall liegen Stückchen davon herum.«

Kreide! Natürlich.

»Kreide wäre gut«, antwortete ich und dachte, zum Schreibenlernen für Polly würde sich Kreide tatsächlich prima eignen, um Sophia einen erklärenden Brief zu schreiben aber eher nicht.

»Wir holen morgen welche«, meinte Polly. »Jetzt muss ich erst mal ein Stündchen schlafen. Kommst du auch mit hoch?«

»Ich gehe erst noch ein paar Schritte spazieren«, sagte ich. »Bis gleich!«

Diese eine Stunde stellte vielleicht meine letzte Chance dar, dafür zu sorgen, dass Robbie und Sophia von Charlbury flohen. Und Robbie war meine letzte Hoffnung. Für ihn war ich nur ein Hausmädchen, vielleicht gab er nichts auf eine Warnung, die von mir kam. Doch einen Versuch war es wert.

Ich lief einmal ums Haus, konnte Robbie aber nirgends entdecken. Kurz bevor ich zu dem Obstgarten kam, fiel mir eine weitere Tür in einer Ziegelmauer auf. Vielleicht führte sie in den Küchengarten, von dem mir Polly erzählt hatte.

Ich entriegelte die Tür und stieß sie auf.

Zwischen längs und quer verlaufenden Graswegen befanden sich Dutzende fein säuberlich umgegrabener Beete, in denen Reihen grüner Triebe aus der Erde schossen. Entlang der seitlichen Mauern standen blühende Obstbäume. Vor der hinteren Mauer war ein lang gezogenes Treibhaus.

Zuerst glaubte ich, allein zu sein, doch dann bemerkte ich ihn. Halb im Gebüsch verborgen kniete er auf dem Pfad vor dem Treibhaus. Sonst war niemand zu sehen.

Ich konnte es kaum glauben: Endlich hatte ich Gelegenheit, mit Robbie zu sprechen.

Ich ging langsam auf ihn zu. Erst jetzt bemerkte ich, dass neben ihm ein offenes Skizzenbuch und ein Tintenfass lagen. Doch er zeichnete nicht, sondern starrte einen kahlen Strauch an.

Als er mich kommen hörte, schaute er auf und lächelte, weil er mich wiedererkannte.

»Komm und sieh dir mal das hier an«, sagte er leise. »Ist es nicht das Schönste, was du jemals gesehen hast?«

Nachdem ich gestern dazu überredet wurde, eine Schnecke zu bewundern, machte ich mich jetzt auf das Schlimmste gefasst. Dieses Mal wies Robbies Finger auf ein riesiges Spinnennetz. Robbie hatte irgendetwas an sich, das in mir den Wunsch weckte, die Welt mit seinen Augen zu sehen. Also hockte ich mich neben ihn und betrachtete das kleine Kunstwerk der Natur.

Das vollkommen regelmäßige Netz schien zwischen den Zweigen des Strauchs zu schweben und an den feinen Fäden hingen Hunderte von Tautropfen. Das Netz schaukelte sachte in der leichten Brise und dabei dehnten die Spinnfäden sich, ohne dass die Tautropfen herunterfielen. Über jeden einzelnen Tautropfen spannte sich ein winziger Regenbogen.

»Perfekt, nicht wahr?«, murmelte Robbie.

»Es ist wirklich erstaunlich.«

»Diese Fäden wirken unglaublich zart und dennoch sind sie so stabil, dass der Wind sie nicht zu zerreißen vermag.«

Schweigend sahen wir zu, wie sich das Spinnennetz in der Brise dehnte und die Tautropfen im Sonnenlicht glitzerten. Es war wunderschön.

»Ich wollte es eigentlich zeichnen«, sagte Robbie, »aber dann habe ich bei seinem Anblick die Zeit vergessen. Und jetzt muss ich weiterarbeiten.«

Ich warf einen Blick auf sein aufgeschlagenes Skizzenbuch. Die Zeichnung war nicht fertig, doch ich erkannte sofort den kleinen Kaminjungen. Robbie hatte den von Hunger und Schmerzen gezeichneten zierlichen Körper und das angsterfüllte Gesicht auf Papier gebannt. Darüber hatte er geschrieben:

Das Weinen des Kaminjungen lässt selbst Kirchen erbeben.
William Blake

Robbie stand auf, krempelte sich die Ärmel hoch und nahm seinen Spaten, den er in die Erde gerammt hatte. Er ging zu einem leeren Beet und grub es um. Ich folgte ihm, blieb vor dem Beet stehen und schaute ihm bei der Arbeit zu.

Seine Arme waren voller Narben und ich fragte mich, woher sie stammten. Sicherlich wäre es unhöflich, ihn danach zu fragen. Doch dann fiel mir ein, dass Robbie heute Charlbury verlassen musste und dass dies meine letzte Gelegenheit war, mit ihm zu sprechen.

»Diese Narben an deinen Armen«, sagte ich. »Was ist da passiert?«

Robbie grub weiter, als hätte er mich nicht gehört.

»Tut mir leid«, meinte ich. »Ich hätte nicht danach fragen sollen.«

»Ich war Lehrling bei einem Bauern«, sagte er nach einer Weile, ohne seine Arbeit zu unterbrechen und ohne mich anzuschauen.

»Ein Lehrling? Wie die Kaminjungen?«

»Ich war schon etwas älter. Ich wurde ihm übergeben, als ich acht war, für die Dauer von sieben Jahren. Ich konnte bei ihm wohnen und bekam zu essen, aber keinen Lohn.«

»Kein Lohn? Sieben Jahre lang?«

»Lehrlinge sind oft kaum besser dran als Sklaven. Das gilt auch für diese armen kleinen Kaminjungen … oder galt für sie, bis Miss Fane sie vorhin freigekauft hat.« Er errötete und verstummte.

»Hattest du denn genug zu essen bekommen?«, fragte ich weiter.

Er rammte wieder den Spaten in den Boden und schüttelte den Kopf. »Ich bekam ein Stückchen hartes Brot zum Frühstück und ein zweites als Abendessen. Ich hatte ständig Hunger.«

»Und was hast du gearbeitet?«

»Ich habe alles getan, was getan werden musste. Das Melken hat mir noch am besten gefallen, obwohl ich dafür im Sommer um halb drei Uhr morgens aufstehen musste, um die Kühe von der Weide in den Stall zu treiben. Beim Melken durfte ich auf einem Hocker sitzen, und wenn keiner hinsah, trank ich ein bisschen Milch aus dem Melkeimer. Sie war köstlich, warm und sahnig. Danach musste ich die Schweine füttern und ausmisten. Nach dem Frühstück ging ich aufs Feld. Ich musste den Pflug führen, Steine einsammeln, Unkraut jäten, Getreide aussäen und ernten und Kartoffeln und Rüben ausgraben. Im Winter bei eisiger Kälte die Rüben aus der Erde zu holen, war das Schlimmste. Meine Finger froren mir beinahe ab, ich hatte den ganzen Winter lang schmerzhafte juckende Frostbeulen. Und ich durfte sie nicht aufkratzen, denn das hätte es nur noch schlimmer gemacht.«

»Das hört sich entsetzlich an«, erwiderte ich. Auch mir taten die Hände weh, aber wenigstens brauchte ich nicht Rüben aus dem gefrorenen Boden zu ziehen. »Und wo hast du geschlafen? Bei der Bauernfamilie im Haus?«

»Oh nein, in das Haus durfte ich nicht. Ich habe auf einem Haufen Säcke auf dem Heuboden geschlafen, über den Ställen.« Eine Weile arbeitete er schweigend weiter, dann sagte er: »Das Schlimmste war die Einsamkeit. Von morgens bis abends hatte ich niemanden, mit dem ich sprechen konnte, nie habe ich ein freundliches Wort gehört. Für ein Kind ist das sehr hart.«

»Hat dich der Bauer denn geschlagen?«

Robbie nickte. »Der Bauer und die Bäuerin waren sehr jähzornig. Mehrmals in der Woche warf mich die Bäuerin zu Boden, hielt mich an den Ohren fest, kniete sich auf mich und prügelte mich, bis ich nur noch schrie.«

»Hast du denn keine Eltern mehr?«, fragte ich, denn ich konnte mir nicht vorstellen, wie Eltern es zuließen, dass ihr Kind sieben Jahre lang derart misshandelt wurde.

»Mein Vater starb, als ich noch klein war. Und meine Mutter und meine Schwestern mussten ebenfalls arbeiten. Meine Schwestern gingen in die Seidenfabrik im Dorf und meine Mutter spann zu Hause Wolle.«

Mir fiel auf, dass er das in der Vergangenheitsform erzählt hatte. »Sind sie … Leben sie immer noch im Dorf?«

Robbie holte tief Luft. »Meine Schwestern haben sich in der Fabrik mit einem Fieber angesteckt. Und dann bekam es auch meine Mutter …« Er hörte auf zu graben und sein Blick wanderte in die Ferne. Seine Augen waren feucht. »Ein Nachbar überbrachte meinem Bauern die Nachricht. Ich durfte nicht zur Beerdigung gehen. Der Bauer sagte, das sei nur Zeitverschwendung und ich solle mich lieber nützlich machen.«

Er fuhr sich mit dem Ärmel über das Gesicht und grub weiter.

»Doch dann hatte ich großes Glück«, erzählte er. »Nach der Beerdigung kam mich meine Tante auf dem Bauernhof besuchen und sie war derartig entsetzt, dass sie mich freikaufte. Sie fand für mich meine erste Anstellung als Gärtnerjunge auf dem Familiensitz von Lord Northbridge.«

»Und wie war es dort?«

»Wie im Himmel«, erzählte Robbie und lächelte dabei beinahe. »Die Leute waren so freundlich. Lord Northbridges Verwalter Mr Allen war ein sehr guter Mensch. Als er merkte, dass ich gerne lernte, lieh er mir eine Schulfibel, damit ich mir selbst das Lesen beibringen konnte. Und er erlaubte mir, die Bibliothek zu nutzen. Diese Bibliothek war für mich das reinste Paradies. Ich studierte die Abbildungen in den Büchern und begann sie abzuzeichnen. Es war, als eröffnete sich mir eine neue Welt. Ich bekam einen regelrechten Wissensdurst. Ich las ein Buch nach dem anderen und konnte gar nicht genug davon bekommen.« Er zögerte. »Aber … aber irgendwann genügte es mir nicht mehr, zu lesen und zu lernen. Ich … ich wollte etwas tun … Dinge verändern.«

»Welche Dinge?«

»Diese Kaminjungen … Es gibt so viele andere Kinder, die ein ähnliches Schicksal erdulden müssen. In Fabriken, in Bergwerken, in der Landwirtschaft …« Er unterbrach sich und errötete erneut. »Ich will dafür kämpfen, dass ihrem Sklavendasein ein Ende bereitet wird. Stell dir eine Welt vor, in der alle Kinder zur Schule gehen dürfen. Stell dir vor, welchen Unterschied es machen würde, wenn Kinder lesen und schreiben lernen könnten, anstatt in Fabriken und Bergwerken zu schuften.«

»Diese Zeit wird eines Tages kommen, da bin ich mir sicher«, sagte ich. Es fühlte sich gut an, etwas mit Bestimmtheit zu wissen. »Dann werden alle Kinder bis zum sechzehnten Lebensjahr in die Schule gehen.«

»Bis sechzehn!«

»Es wird Gesetze geben, die das vorschreiben.«

»Aber wie können ihre Eltern das Geld dafür aufbringen?«

»Die Regierung wird für die Schulbildung zahlen. Mit Steuergeldern.«

Robbie lächelte, während er mit dem Spaten eine dicke Erdscholle umschichtete. »Eine Zeit, in der die Regierung Steuergelder für Bildung ausgibt anstatt für Kriege. Das hört sich ja paradiesisch an!«

Die Vorstellung, Schulen seien Paradiese, war mir neu, aber verglichen mit den Kindern von 1814 lebten wir wohl tatsächlich wie im Paradies.

Die Tür in der Ziegelmauer ging auf und Mr Masters erschien, eine Schubkarre vor sich herschiebend. Wenn ich jetzt nicht sofort meine Botschaft überbrachte, würde Sophia morgen eingesperrt werden. Und wenn Sophia eingesperrt wurde, hatte ich das Versprechen nicht eingehalten, das ich dem Geist gegeben hatte. Und dann ... Würde ich dann für immer in der Vergangenheit bleiben müssen?

»Was ist los, Evi?« Robbie schaute mich besorgt an. »Du siehst aus, als hätte dich etwas erschreckt.«

Ich ging einen Schritt auf ihn zu. »Ich ... ich bin gekommen, um dich zu warnen«, flüsterte ich. »Bitte, Robbie, du musst mir glauben. Du und Sophia ... Miss Fane ... ihr müsst noch heute Nacht von hier fliehen.«

Als er Sophias Namen hörte, wurde Robbie kreidebleich im Gesicht. Mit weit aufgerissenen Augen starrte er mich an.

»Es tut mir leid, dass ich dir Angst gemacht habe«, fuhr ich rasch fort. »Aber ich habe im Haus einiges gehört und weiß, dass sich Miss Fane weigern wird, Mr Ellerdale zu heiraten. Sobald sie das tut, wird ihr Vater sie für den Rest ihres Lebens in ihrem Zimmer einsperren. Das wird sehr bald geschehen. Wenn ihr zusammenbleiben wollt, müsst ihr deshalb noch heute Nacht weggehen, bevor er sie einsperrt.«

Robbie wirkte immer noch wie versteinert. Nach und nach aber breitete sich auf seinem Gesicht ein Ausdruck von Entschlossenheit aus.

»Geh«, sagte er, »und erzähle niemandem davon.«

»Robbie, bitte, vertrau mir«, flehte ich ihn an. »Bitte. Ich weiß, was passieren wird, wenn ...«

»Du!«, rief Mr Masters vom anderen Ende des Küchengartens. Ich wirbelte herum und sah, wie er mich feindselig anstarrte. »Verschwinde sofort aus meinem Garten und geh an deine Arbeit.«

Sein Garten? Ha! Sir Henry hätte ihm sicherlich etwas anderes erzählt, wenn er das gehört hätte. Ich wollte ihm eine entsprechende Antwort geben, hielt mich dann aber doch zurück. Auf keinen Fall sollte er mich aus dem Garten vertreiben, ich brauchte noch etwas mehr Zeit mit Robbie. Deshalb machte ich höflich einen Knicks und sagte: »Ich bin gekommen, um eine Nachricht von Mrs Hardwick zu überbringen, und wollte gleich wieder gehen.«

Ohne seine Reaktion abzuwarten, drehte ich mich noch

einmal zu Robbie um. »Bitte, Robbie«, flüsterte ich. »Ich schwöre, dass ich dir die Wahrheit gesagt habe. Ich habe es von Leuten gehört, die Bescheid wissen. Wie kann ich …«

Er hob die Hand, damit ich zu reden aufhörte.

»Wir … Ich … Wir haben Pläne«, flüsterte er zurück. »Ich danke dir, Evi. Aber jetzt musst du gehen.«

Mr Masters kam mit schnellen Schritten auf mich zu. Vor Wut war er knallrot im Gesicht.

»Beruhigen Sie sich bitte, ich gehe ja«, sagte ich zu ihm.

Zu Robbie gewandt wiederholte ich: »Heute. Es ist dringend. Ihr müsst heute noch weg. Bitte glaube mir.«

Mr Masters war schon gefährlich nahe. Ich raffte meine Röcke zusammen und rannte aus dem Garten, bevor ich in die Reichweite seiner Hände kam. Er sah ganz so aus, als könne er besonders kräftige Ohrfeigen austeilen.

Sobald ich auf der anderen Seite der Küchengartenmauer angelangt war, verlangsamte ich meine Schritte. Vor lauter Aufregung hatte ich Magenkrämpfe. Was hatte Robbie mit »Plänen« gemeint? War ihm inzwischen klar geworden, dass er unbedingt heute noch mit Sophia durchbrennen musste?

Als ich den Hof überquerte, war ich derart in Gedanken, dass ich gar nicht wahrnahm, was um mich herum geschah. Deshalb hörte ich die schnellen Pferdetritte auf dem Kies und das Klirren, Knarzen und Quietschen der

Kutsche erst, als die beiden Schimmel schon um die Kurve galoppiert kamen. Sie zogen eine schwarz lackierte Kutsche, auf deren Bock Charles Ellerdale saß.

»Hooo! Haaalt, langsam!«, rief er und zerrte an den Zügeln.

Doch die Pferde dachten nicht daran, langsamer zu werden, und plötzlich wurde mir klar, dass sie direkt auf mich zurasten.

In allerletzter Sekunde rettete ich mich mit einem Hechtsprung auf den Rasen neben der Auffahrt. Wie vom Blitz getroffen blieben die Pferde unvermittelt stehen und wieherten laut.

Charles Ellerdale sprang vom Bock herunter und landete dabei beinahe auf mir. Ohne mich weiter zu beachten, warf er dem herbeigeeilten Jacob die Zügel zu.

Ich schaute auf und sah über mir Ellerdales aufgeblähten Bauch mit der zum Zerreißen gespannten Weste. Verächtlich blickte er auf mich herab.

»Verschwinde«, blaffte er mich an und holte mit einem Bein aus.

Ich schrie auf, als ich an der Seite einen stechenden Schmerz verspürte. Ellerdale stolzierte auf den Vordereingang zu, während ich ihm fassungslos nachstarrte.

Mit klopfendem Herzen rappelte ich mich auf.

»Hast du das gesehen?«, fragte ich Jacob.

»Was gesehen?«

»Er hat mich getreten! Ich lag auf dem Boden und er hat tatsächlich nach mir getreten!«

Jacob zuckte die Schultern. »Du warst ihm im Weg.«

Einen Augenblick lang starrte ich nun ihn fassungslos an. »Stimmt, wie kann ich auch Mitgefühl von jemandem erwarten, dem es Spaß macht, Hunde zu schlagen.«

Ich drehte mich weg, doch er packte mich am Handgelenk.

»Lass mich los!«, sagte ich und versuchte, seine Hand abzuschütteln.

Doch er griff nur noch fester zu und zog mich so nahe zu sich heran, dass ich seinen abstoßenden Mundgeruch roch.

»Glaub ja nicht, ich hätte es nicht gemerkt«, murmelte er.

Mein Herz klopfte schneller. »Was gemerkt?«, fragte ich und gab mir große Mühe, beiläufig zu klingen.

»Du weißt, was ich meine.«

»Ich habe keine Ahnung, wovon du sprichst.«

»Du hast dich in den Küchengarten geschlichen, um dieses Spatzenhirn zu treffen.«

»Er hat kein Spatzenhirn.«

In Jacobs Augen blitzte Wut auf. Er ließ mein Handgelenk los und ich taumelte rückwärts.

»Du glaubst sicher, er ist besser als ich«, schleuderte er mir entgegen. »Und das nur, weil er lesen und schreiben kann und diese albernen Zeichnungen macht. Mein Hufeisen war nicht gut genug für dich, du hast es einfach auf den Boden gelegt. Aber ihm rennst du hinterher und bist ganz begeistert, weil er dir so eine blöde alte Schnecke zeigt. Aber pass nur auf, die Leute fangen schnell an zu reden und dann giltst du als Flittchen und keiner will dich mehr haben!«

»Kümmere dich um deine eigenen Angelegenheiten, Jacob«, sagte ich. »Was ich in meiner freien Zeit mache, geht dich überhaupt nichts an.«

Ich drehte mich um und ging ins Haus. Ich spürte seine Blicke in meinem Rücken und hoffte inständig, dass er nicht sehen konnte, wie meine Hände zitterten.

Abgelehnt

Ich machte meine Arbeit, doch war mir vor lauter Aufregung den ganzen Abend über schlecht. War Charles Ellerdale gekommen, um Sophia einen Antrag zu machen? Stand sie kurz davor, ihn abzulehnen und in ihrem Zimmer eingesperrt zu werden, ohne dass eine Chance zur Flucht bestand?

Ich lauschte an der Tür zum Weißen Salon, konnte aber nichts hören. Ich versuchte, George auszuhorchen, der beim Mittagessen bei Tisch bedient hatte, doch er hatte keine interessanten Informationen. Das könnte ein gutes Zeichen sein, oder?

Nach dem Abendessen füllte ich gerade die Kohlenschütte in Mrs Baileys Ankleidezimmer nach, als ich Pferdehufe auf der Auffahrt hörte. Ich eilte zum Fenster und sah gerade noch Charles Ellerdales Kutsche davonrasen.

Was hatte das zu bedeuten? Hatte er Sophia einen Antrag gemacht und einen Korb bekommen? Oder hatte er noch gar nicht um ihre Hand angehalten? Mein Herz klopfte bis zum Hals: Lange würde ich diese Spannung nicht mehr aushalten können.

Die Stalluhr schlug neun, als ich mit Mrs Baileys Nachttopf über den Hof ging, um ihn auszuleeren. Irgendwo in der Nähe rief eine Eule, und eine zweite, die weiter weg im Wald zu sein schien, antwortete ihr. Mit abgewandtem Gesicht kippte ich den Inhalt des Nachttopfs auf den Misthaufen. Ich drehte mich um und wollte zum Haus zurück, als ich im Mondlicht Sophia über den Hof schleichen sah. Vor Schreck setzte mein Herz einen Schlag lang aus. Wollte sie Robbie treffen?

Dann erst bemerkte ich die Tasche, die sie bei sich trug, und am liebsten hätte ich einen Freudensprung gemacht. Sie flohen! Sie hatten sich tatsächlich einen Plan ausgedacht. Sie verließen Charlbury und ich konnte ins einundzwanzigste Jahrhundert zurückkehren. In mein wundervolles, faszinierendes einundzwanzigstes Jahrhundert mit seinen Wasserhähnen, seinen Spülklosetts, mit Fernsehen und Internet. Und in meine eigene Wohnung, zu meiner eigenen Mum.

Sie hatten meine Warnungen ernst genommen. Ich konnte es immer noch kaum glauben. Mir war schummrig vor lauter Glück.

Ich schlich gebückt zum Haus zurück, weil ich unbedingt vermeiden wollte, dass mich Sophia entdeckte. Ich schaffte es unbemerkt bis zu der Lücke zwischen Stall und Waschküche und wollte gerade den Hof betreten, als ein Schrei die Stille zerriss.

»Sophia, komm augenblicklich her! Ich befehle es dir!«

Sir Henry polterte so laut auf den Hof hinaus, dass die Krähen krächzend von den Dächern aufflogen.

Ich hielt die Luft an. Wie würde Sophia reagieren? Ich flitzte zum anderen Ende des schmalen Durchgangs.

Sophia rannte in den Wald hinaus. Ihr weißes Kleid bauschte sich hinter ihr auf, als sie zwischen den Bäumen hindurchlief. Doch dann stolperte sie und schrie vor Schmerz auf. Sie schien sich mit einem Fuß im Unterholz verfangen zu haben. Sie versuchte sich zu befreien, doch dabei löste sich einer ihrer zierlichen Abendschuhe. Sie zog ihn rasch wieder an.

»Komm sofort her, du kleines Luder!«, donnerte Sir Henry.

Sophia sprang auf und rannte tiefer in den Wald hinein, doch ihr Kleid blieb an Brombeerranken hängen. Sie zerrte an dem Stoff ihre Rocks.

Von den Ställen her hörte ich Mrs Bailey sagen: »Sir Henry, Sie vergessen sich! Denken Sie doch um Himmels willen an die Dienstboten und beherrschen Sie sich!«

»Ich pfeife auf die Dienstboten!«, rief er und brach hinter Sophia durch das Unterholz.

Sophia schleuderte ihre Tasche ins Gebüsch und versuchte, ihren Rock von den Dornen zu lösen, doch Sir Henry hatte sie bereits erreicht und packte sie am Arm. Sie kämpfte gegen ihn an, doch er griff mit dem zweiten Arm zu und hielt sie fest.

»Du kommst sofort mit ins Haus, hast du mich verstanden?« Seine Stimme bebte vor Wut.

Sophia hob den Kopf, um ihm in die Augen zu schauen, und richtete sich stolz auf.

»Sehr wohl, Vater.«

Ich ließ mich an der Ziegelwand der Waschküche hinuntergleiten, bis ich am Boden hockte, und legte mein Gesicht in meine Hände. Jetzt war alles vorbei. Er würde sie einsperren und ich konnte nie wieder in meine Gegenwart zurück.

Ich schaute auf und sah, wie Sophia ihr Kleid von den Brombeerranken wegriss, sodass kleine Stoffstücke an den Dornen hängen blieben. Sie schien vollkommen aufgegeben zu haben und ließ sich lammfromm von ihrem Vater in den Hof zurückführen. Ich zwang mich, aufzustehen und auf Zehenspitzen zum anderen Ende des Durchlasses zu gehen. Von hier aus sah ich die drei im Mondlicht stehen: Sophia, ihren Vater und ihre Tante.

»Komm ins Haus, Sophia«, sagte ihre Tante in eisigem Ton, »und hör auf, dich hier zur Schau zu stellen. Dein Kleid hängt ja in Fetzen hinunter!«

»Ich will mit diesem Kleid nichts mehr zu tun haben«, erwiderte Sophia. »Ich will mit all dem hier nichts mehr zu tun haben.« Ihre Hand wies zu dem Haus, ihrem Kleid, dem Hof. »Es ist alles beschmutzt und verdorben. Mir wird schlecht, wenn ich es nur anschaue.«

Mrs Bailey warf Sir Henry einen bedeutungsvollen Blick zu. »Sie ist wahnsinnig geworden. So etwas hatte ich mir schon gedacht.«

Sir Henry nahm Sophia bei den Schultern und schüttelte sie grob. »Ich will die Wahrheit wissen, und zwar jetzt sofort. Warum ist Charles Ellerdale so hastig aufgebrochen, nachdem er im Weißen Salon mit dir gesprochen hat, und warum war er so zornig? Warum bist du aus dem Haus gerannt wie eine Mondsüchtige? Sage mir alles, was zwischen euch vorgefallen ist, oder ich lasse dich auspeitschen! Großer Gott, in meinem eigenen Haus derart beschämt zu werden!«

Sophia atmete tief durch und sah ihrem Vater ins Gesicht. »Sir, ich weiß, dass Mr Ellerdale heute Abend bei Ihnen um meine Hand angehalten hat.«

»Hat er dir einen Antrag gemacht? Falls er das getan hat und du ihn abgewiesen hast …«

»Er hat mich noch nicht gebeten, ihn zu heiraten«, antwortete Sophia. »Doch er hat angedeutet, dass er es morgen Abend vorhat. Allerdings muss ich Sie darüber in Kenntnis setzen, Sir, dass ich ablehnen werde, wenn er das tut.«

Mrs Bailey schnappte hörbar nach Luft. Ich ließ meinen Kopf verzweifelt gegen die Wand sinken. Was tat sie da nur? Sie schien es geradezu darauf anzulegen, eingesperrt zu werden.

»*Ablehnen!*«, schrie er außer sich. »Du kleine … Einen Charles Ellerdale *ablehnen*, der über vierhundert Hektar Land besitzt und obendrein ein Haus, das so groß wie ein Palast ist? Was gibt dir das Recht dazu, du undankbarer Balg, einen derartigen Mann abzulehnen?«

»Weißt du denn, wo sein Geld herkommt?«, fragte Sophia zurück. »Er hat es mir erzählt, er hat geradezu damit geprahlt. So stolz ist er darauf, dass er mit Menschen handelt. Seine Schiffe fahren mit Gewehren und Eisenwaren beladen nach Afrika und dort tauscht er diese Waren gegen Menschen ein. Gegen Menschen! Die dann in einen Schiffsbauch gepfercht und in die Karibik verschleppt werden, wo er sie wieder gegen Waren eintauscht, gegen Zucker und andere Dinge.«

»Ja und?«, blaffte Sir Henry sie an. »Auf den Zuckerplantagen werden Arbeiter gebraucht. Was glaubst du denn, wo dein Tee und dein Kaffee herkommen, deine Seide und deine Baumwollstoffe, wenn nicht von den Plantagen der Kolonien?«

»Genau«, entgegnete Sophia, »es ist alles beschmutzt und verdorben. Jetzt, wo ich weiß, wo es herkommt, will ich nichts mehr damit zu tun haben.«

Ihr Vater lachte sie aus. »Und ab jetzt wirst du Sachen aus Wolle tragen, die du selbst gesponnen hast?«

»Ich finde einfach nur, Sir, dass wir Menschen mit Würde und Respekt behandeln sollten. Schließlich ist es ein reiner Zufall, dass die einen in Reichtum hineingeboren werden und die anderen in Armut. Es ist nicht recht und darf nicht recht sein, dass ein Mensch den anderen kaufen und verkaufen kann.«

»Ich wusste es«, tönte Mrs Bailey, »sie hat den Verstand verloren. Sie gibt denselben lächerlichen revolutionären Unsinn von sich wie ihre Mutter.«

Sophia wirbelte herum und sah jetzt ihrer Tante in die Augen. »Wagen Sie es *nie* wieder, derart von meiner Mutter zu sprechen. Ich versichere Ihnen, dass ich ganz und gar bei Verstand bin, ebenso wie meine Mutter es stets war. Ich verdanke meine Ideen dem Umstand, dass ich viel über die Welt gelesen und nachgedacht habe.«

»Ha!«, trumpfte Sir Henry auf. »Lesen! Nachdenken! Ich hätte es dir schon vor langer Zeit verbieten sollen. Genau das passiert, wenn man Frauen das Lesen beibringt.«

»Ich habe in Luxus und Unwissen gelebt«, erwiderte Sophia. »Noch nie zuvor hatte ich mich gefragt, wo denn mein Essen herkommt, wer die Seide für meine Kleider spinnt, wer unter Tage die Kohlen für mein Feuer herausholt, wer die Kamine kehrt. Aber inzwischen weiß ich das alles und ich schäme mich. All diese Dinge werden von Menschen erledigt, Menschen wie wir, die allerdings das Pech hatten, in Armut geboren worden zu sein.«

Ihr Vater schnaubte. »Was für ein gequirlter Blödsinn! Willst du, dass in den Straßen von London das Blut nur so fließt? Denn genau das passiert, wenn Menschen versuchen, gegen die gottgegebene Ordnung der Gesellschaft anzugehen. Schau dir nur an, was in Frankreich los ist. Willst du, dass es hier auch geschieht? Ist dir nicht klar, dass du zu den Ersten gehören würdest, die von der Guillotine einen Kopf kürzer gemacht werden? Denk doch mal darüber nach, warum sich unsere Dienstboten nicht über ihr Schicksal beklagen. Die einen sind eben dazu geboren zu herrschen und die anderen zu dienen. So funktioniert die Welt und Gott helfe uns, wenn die Menschen das vergessen. Glaubst du wirklich, in diesem Land wäre alles besser, wenn es von betrunkenen Dienern und beschränkten Hausmädchen regiert werden würde?«

»Ich finde, es sollte mehr Fairness und Respekt zwischen den sozialen Klassen geben, das ist alles«, sagte Sophia. »Es ist nicht richtig, wenn man Menschen wie Waren behandelt, die man kaufen und verkaufen kann.«

»Irgendjemand muss ihr diesen Unsinn eingetrichtert haben«, sagte ihre Tante und machte einen Schritt auf sie zu. »Wer war das?«

»Ich habe mit verschiedenen Leuten geredet«, antwortete Sophia. »Und ich habe furchtbare Dinge entdeckt. Wusstet ihr, dass sogar in diesem Dorf Kinder, von denen manche nur vier Jahre alt sind, Tag für Tag von fünf Uhr morgens bis abends um sechs in einer Fabrik Seide spinnen müssen? Und für diese Arbeit weniger als zwei Pennys pro Tag erhalten? Und dass hier auf den Feldern – auf *Ihren* Feldern, Sir – kleine Jungen den ganzen Tag lang und bei jedem Wetter arbeiten müssen und dafür keinen anderen Lohn als Prügel und kaum etwas zu essen bekommen?«

Sir Henry packte sie bei den Schultern. »Wer hat dir all diesen Unsinn erzählt?«

Sophia schien mit einem Schlag ihr Mut verlassen zu haben. »Ich … ich habe es … gelesen«, stammelte sie. »In einem Pamphlet.«

»Du lügst. In diesem Haus liegen keine radikalen Pamphlete herum. Du behauptest, mit Leuten gesprochen zu haben. Ich verlange, dass du mir sagst, wer dir diese Flausen in den Kopf gesetzt hat!«

»Nein!«

Ganz unerwartet donnerte es und ich zuckte zusammen.

»Nein?«, wiederholte Sir Henry fassungslos.

»Nein! Ich werde es Ihnen nicht erzählen und ich werde nicht Charles Ellerdale heiraten. Ich werde aus Liebe heiraten oder gar nicht, und das ist mein letztes Wort.«

»Aus Liebe heiraten?«, blaffte Sir Henry. »Aus *Liebe*? Habe ich dich dafür großgezogen, dafür deine Gouvernante bezahlt, dir dafür jeden Luxus ermöglicht? Hast du überhaupt eine Vorstellung davon, wie viel Geld du mich schon gekostet hast? Weißt du, wie viel es kostet, dieses Haus zu erhalten? Du undankbares Ding, du …«

Er holte aus, um Sophia zu schlagen, doch Mrs Bailey griff nach seinem Arm. »Nicht hier in der Öffentlichkeit.«

Ein Wassertropfen landete auf meinem Arm. Es hatte angefangen zu regnen.

Sir Henry schüttelte die Hand seiner Schwester ab und trat noch näher an Sophia heran. »Du wirst deine Pflicht gegenüber deiner Familie erfüllen und Charles Ellerdale heiraten«, sagte er gepresst, »oder ich peitsche dich aus, bis du mir endlich gehorchst.«

»Sie können mich auspeitschen, bis ich tot bin«, erwiderte Sophia, »aber ich werde niemals Charles Ellerdale heiraten.«

Es regnete immer stärker und allmählich wurde mein Kleid nass.

»Bring mir meine Peitsche«, herrschte Sir Henry seine Schwester an.

»Sir Henry«, ermahnte diese ihn, »denken Sie doch um Himmels willen nach, bevor Sie handeln. Wird Charles Ellerdale ein Mädchen haben wollen, dessen Rücken von den Narben Ihrer Peitschenhiebe gezeichnet ist?«

»Wollen Sie mir etwa sagen, dass ich sie nicht bestrafen soll?«

»Natürlich muss sie bestraft werden. Aber besser nicht mit einer Peitsche.«

»Was schlagen Sie stattdessen vor?«

»Fürs Erste sollten Sie sie in ihrem Zimmer einsperren. Dort kann sie in Ruhe über ihre Pflichten gegenüber der Familie nachdenken.«

Sir Henry zögerte, doch schließlich sagte er: »In Ordnung.«

Unvermittelt sprintete Sophia los, quer über den Hof. Mit einem Wutschrei rannte Sir Henry ihr hinterher. Sophia stolperte und verlor abermals ihren Schuh. Ihr Vater bekam sie am Arm zu fassen und schleifte sie hinter sich her auf das Haus zu.

»Du kannst mich bis an mein Lebensende einsperren«, sagte sie. »Aber du kannst mich nicht dazu bringen, meine Meinung zu ändern.«

»Du trotziges, undankbares Geschöpf!«

Er ohrfeigte sie mehrmals.

Bevor ich so richtig wusste, was ich tat, rannte ich auf den Hof hinaus. Irgendwie musste ich verhindern, dass er sie einsperrte.

»He!«, rief ich. Vielleicht konnte Sophia entkommen, wenn ich ihren Vater ablenkte.

Doch er drehte sich nicht einmal nach mir um, sondern schleppte sie in Richtung Vordereingang. Die Tante folgte.

Die Seitentür ging auf und Licht aus dem Haus fiel auf die Pflastersteine.

»Evi!«, rief Polly. »Bist du da draußen? Evi, komm rein!«

Ich lief weiter hinter Sir Henry her und rief nochmals: »He!« Doch Polly erwischte mich und zog mich zur Seitentür.

»Lass mich los!«, schrie ich und versuchte, mich aus ihrem Griff zu winden. »Ich muss ihn aufhalten. Lass mich los!«

Doch Polly hielt meinen Arm fest gepackt. »Ach, Evi«, sagte sie und keuchte vor Anstrengung. »Evi, im Haus herrscht furchtbare Aufregung!«

»Was? Was ist denn passiert?«

»Alice stirbt!«

»Sie stirbt?« Entsetzt starrte ich Polly an.

»Und … ach, Evi!« Polly hatte Tränen in den Augen. »Sie sagt … Sie sagt, du hättest sie umgebracht.«

Hexerei

Verständnislos starrte ich Polly an. »Sie *umgebracht*? Wie meinst du das?«

Polly wollte gerade antworten, als Mrs Hardwick plötzlich neben uns stand und mir eine schallende Ohrfeige verpasste. Ich schrie auf und taumelte zurück.

»Lassen Sie mich in Ruhe!«, kreischte ich. »Hören Sie endlich auf, mich ständig zu schlagen!«

Ihre Reaktion bestand darin, mich an den Schultern zu packen und durchzuschütteln. »Seit du in dieses Haus gekommen bist, machst du nichts als Ärger. Und jetzt bist du schuld daran, dass die Küchenmagd wahnsinnig geworden ist und der ganze Haushalt im Chaos versinkt. Ich befehle dir …«

»Was sagen Sie da? Was soll ich gemacht haben? Ich habe Alice nichts getan.«

Mrs Hardwick schnaubte wütend. »Sie wälzt sich

schreiend auf ihrem Bett herum und behauptet, du hättest sie verhext. Sie ist vollkommen von Sinnen und lässt niemanden an sich heran.«

»Ich soll sie *verhext* haben?«

»Aber das können Sie doch nicht wirklich glauben, Mistress«, warf Polly ein. »Alice sagt das nur, weil sie Evi hasst.«

»Hexerei oder nicht«, entgegnete Mrs Hardwick, »ich will dich hier nicht länger haben. Hol deine Reisetruhe und verschwinde augenblicklich.«

Mir wurde plötzlich eiskalt. »Was? Nein!«

Ich durfte das Haus nicht verlassen, auf gar keinen Fall. Wenn ich nicht in Charlbury blieb, wie konnte ich dann jemals nach Hause zurückkehren?

Mrs Hardwick hob wieder ihren Arm. »Du tust, was ich dir sage, Mädchen, und gibst keine Widerworte!«

»Oh bitte, Mistress«, flehte Polly, »haben Sie Erbarmen! Sie können sie doch nicht mitten in der Nacht wegschicken, hinaus in den Regen. Sie kann nirgendwohin.«

Doch der Blick, mit dem Mrs Hardwick mich bedachte, war gnadenlos. »Geh hinauf in deine Kammer und hol deine Sachen. Ich will, dass du innerhalb von fünf Minuten dieses Haus verlässt.«

Beinahe hätte ich zu ihr gesagt, dass ich keine Sachen besaß, doch dann wurde mir klar, dass mir das einen kleinen Aufschub verschaffte. Wenn Polly mitkam, konnte ich oben in der Kammer mit ihr sprechen.

»Polly, ich muss hierbleiben«, sagte ich ihr, als wir die Hintertreppe hinaufstiegen. »Ich kann dieses Haus nicht verlassen.«

»Ich wünschte mir, du könntest bleiben, aber du kennst ja die Harthexe. Wenn Sie erst einmal etwas beschlossen hat, bringt nichts und niemand sie davon ab.«

Ich hätte Polly so gerne alles erzählt. Ich hätte ihr so gerne verraten, dass mein wirkliches Leben in der Zukunft war und dass der einzige mir bekannte Weg, der dorthin zurückführte, ein mit diesem Haus verbundener Zauber war. Doch wenn ich Polly das erzählte, würde auch sie mich für eine Hexe halten.

Ich musste unbedingt in diesem Haus bleiben. Ich musste Sophia helfen zu entkommen und dann in meine eigene Zeit zurückkehren.

Noch bevor wir unser Stockwerk erreichten, konnte ich Alices hysterisches Schluchzen hören.

»Glaubst du, dass sie wirklich im Sterben liegt?«, fragte ich Polly.

»Keine Ahnung. Ich dachte zunächst, sie tut nur so, um dich loszuwerden. Aber wenn das gespielt ist, ist sie eine sehr begabte Schauspielerin.«

Ich klopfte an Alices Tür. Das Jammern und Schluchzen dahinter ging weiter. Ich klopfte lauter, erhielt aber wieder keine Antwort.

»Alice«, rief ich. »Ich bin es, Evi. Lass mich rein. Ich muss mit dir reden.«

Alice schrie auf.

Ich versuchte, die Tür zu öffnen, doch sie war abgeschlossen. Ich bat und bettelte, doch daraufhin schrie Alice nur noch lauter.

Verzweifelt drehte ich mich zu Polly um. »Ich verstehe das nicht. Wie kann sie plötzlich im Sterben liegen, wo sie doch noch vor ein paar Stunden vollkommen gesund war?«

»Ich weiß es auch nicht«, antwortete Polly. »Aber wenn dir dein Leben lieb ist, solltest du machen, dass du schleunigst dieses Haus verlässt.«

Ich starrte sie an. »Wie meinst du das? Es wird doch wohl niemand glauben, dass ich sie tatsächlich verhext habe?«

Polly wand sich verlegen. »Sie hat gesagt, dass du Kräuter gepflückt und dabei etwas vor dich hin gemurmelt hast.«

»Was?« Ich steckte die Hand in die Tasche und ertastete die verwelkten Kräuterzweige. »Ich habe Küchenkräuter gepflückt, weil sie so gut rochen.« Allmählich begriff ich, was Polly gemeint hatte, und musste lachen, weil es so verrückt war. »Behauptet sie etwa, dass ich einen Hexentrank gebraut habe?«

»Sie behauptet, du hättest sie vergiftet. Und sie sagt, dass sie drei Todesvorzeichen gesehen hat, seit du hierhergekommen bist.«

»Drei *Todesvorzeichen?*«

»Ein Kohlestück sei aus dem Feuer gesprungen und direkt vor ihre Füße gefallen und es habe die Form eines Sargs gehabt.«

»Und das ist ihrer Ansicht nach ein Todesvorzeichen?«

»Außerdem hat sie erzählt, dass an jenem Abend an ihrer Kerze der Talgrand hoch über dem Docht abstand, und das soll einen Todesfall in der Familie ankündigen. Und als der Hund des Kaminkehrers heulte, als wir beim Frühstück saßen, war das das dritte Vorzeichen.«

»Aber die Leute glauben diesen Quatsch doch nicht, oder?«

»Ich nicht, aber manche schon.«

Jetzt fiel mir wieder ein, wie Mary, Betty und Alice in einer Ecke des Dienstbotenzimmers getuschelt hatten und bei meinem Eintreten verstummt waren. Außerdem musste ich an die verschlagenen Blicke denken, die Alice mir immer zugeworfen hatte, und wie sie einmal gegen meine Kehrschaufel getreten war, damit sich deren Inhalt auf der Treppe verteilte.

»Ich denke nicht, dass Alice selbst daran glaubt«, sagte ich. »Sie behauptet das nur, damit ich Schwierigkeiten bekomme und weggejagt werde. Und offenbar hat sie ihr Ziel ja erreicht.«

Wie zur Bestätigung kam jetzt von Alice ein besonders schriller Schrei.

»Oder sie ist wirklich krank«, fuhr ich fort, »und sie denkt, wenn sie mir die Schuld dafür gibt, wird sie mich endlich los. Dann kann sie mit dir zusammenarbeiten, so wie sie es immer wollte.«

»Aber wo willst du hin, Evi? Was wirst du tun?«

»Ich gehe nicht weg«, sagte ich und spürte, wie mich Panik überkam. »Ich kann hier nicht weg. Polly, du musst mir helfen. Überrede Mrs Hardwick, mich bleiben zu lassen. Ich darf nicht weg, ich habe nichts.«

»Ich wünschte, ich könnte dir helfen«, sagte Polly betroffen, »aber ich werde sie nicht umstimmen können. Wenn sie erst einmal einen Entschluss gefasst hat, kann man sie nicht mehr davon abbringen. Du könntest aber in der Seidenfabrik nach Arbeit fragen. Und wenigstens ist es draußen zurzeit nicht allzu kalt. Das ist ein Segen. Es wird nicht so schlimm werden, eine Weile im Freien zu schlafen, bis du deinen ersten Lohn bekommst und dir eine Unterkunft mieten kannst.«

Sprachlos starrte ich Polly an. Ich konnte nicht glauben, dass das hier wirklich geschah. Die Tür am Ende des Ganges wurde geöffnet und Nell kam angelaufen.

»Entschuldige bitte«, sagte sie und wich dabei meinem Blick aus, »aber Mrs Hardwick sagt, du sollst innerhalb von fünf Minuten das Haus verlassen oder sie lässt dich auspeitschen.«

»Evi, du musst gehen«, sagte Polly mit angsterfülltem Blick. »Giftmörder werden aufgehängt.« Sie legte eine Hand auf meinen Rücken und schob mich den Flur entlang. Nell folgte uns.

Ich fühlte mich wie betäubt.

»Ich werde dich vermissen«, sagte Polly. »Schreib mir, sobald du kannst. Ich werde George bitten, es mir vorzulesen. Ich habe noch nie einen Brief bekommen.«

Ausgesperrt

George hatte sein Feldbett bereits quer vor die Hintertür gestellt. Er zog sich gerade seine Jacke aus, als wir kamen.

»Ich habe gehört, dass du gehen musst«, sagte er. »Es tut mir leid. Eine hässliche Sache.« Er schob sein Bett beiseite und entriegelte die Tür. »Wenn du vorne an das Tor kommst, klopfst du an die Tür des Torwächterhauses. Er wird dich dann rauslassen.«

Er schloss die Tür hinter mir und ich hörte, wie er sie verriegelte.

Es war vollkommen finster. Der Regen hatte aufgehört, aber immer noch tropfte Wasser von den Dächern und Bäumen. Ich ging langsam die Auffahrt hinunter und fragte mich, warum ich überhaupt in der Lage war, einen Fuß vor den anderen zu setzen. Ich hatte kein Geld, keine Kleidung zum Wechseln, ich besaß gar nichts und jenseits des großen Tors kannte ich in dieser Welt niemanden.

Ich fühlte mich innerlich leer. Ich war nur noch ein Schatten meines früheren Selbst. Meine Vergangenheit lag in einer anderen Welt und ich ging auf eine ungewisse Zukunft zu.

Ich blieb stehen, drehte mich um und warf einen letzten Blick auf das vom Mond beschienene Haus. Die meisten Fenster waren dunkel oder die Vorhänge dahinter waren zugezogen, sodass nur an den Rändern schmale Lichtschlitze sichtbar waren. Bei einem Fenster im zweiten Stock aber waren die Vorhänge nicht geschlossen worden und eine Gestalt war zu sehen, eine Gestalt in einem weißen Nachthemd mit langem dunklen Haar: die in ihrem Zimmer eingeschlossene Sophia.

Ich hatte ihr nicht helfen können und war jetzt in der Vergangenheit gefangen. Wie sollte ich jemals wieder nach Hause kommen?

Der Torwächter schloss das Tor hinter mir ab und ich ging auf dem schlammigen Weg weiter. War ich der einzige Mensch, der jemals durch die Zeit gereist war, fragte ich mich, oder gab es auf der Welt auch noch andere einsame Zeitreisende, die niemandem erzählen konnten, was mit ihnen geschehen war, weil man sie sonst für verrückt halten würde?

Bedrückt ging ich in Richtung Dorf weiter. Offenbar hatte ich keine andere Alternative, als in der Seidenfabrik um Arbeit zu betteln. Aber wie lange würde es dauern, bis ich Geld für meine Arbeit bekam? Womit sollte ich mir bis dahin etwas zu essen kaufen? Wo sollte ich schlafen? Und was war, wenn ich gar keine Arbeit bekam? Würde ich dann im Armenhaus enden?

Ich war so sehr in meine verzweifelten Gedanken vertieft, dass ich das Pferd gar nicht hörte, das mir hinterhergaloppierte. Als ich es bemerkte, drehte ich mich um und erkannte sofort den Reiter: Es war George.

»Evi!«, rief er.

Neben mir hielt er das Pferd an. »Ich wurde geschickt, dich zu holen. Steig hinter mir auf, du sollst nach Charlbury zurückkommen.«

Zuerst spürte ich eine ungeheure Erleichterung, die jedoch blitzschnell von Angst verdrängt wurde. »Warum? Wer hat dich geschickt? Warum soll ich zurückkommen?«

Sollte ich etwa ausgepeitscht werden? Oder sogar gehängt?

Wenn ich blitzschnell durch die Hecke rannte und weiter in den Wald, würde er mir dann mit dem Pferd folgen können?

»Die Harthexe schickt mich«, sagte George. »Und versuche ja nicht, vor mir wegzulaufen«, fügte er hinzu, als könnte er meine Gedanken lesen. »Ich bin ein hervorragender Läufer und Rufus hier ist auch alles andere als langsam. Komm, setz einen Fuß in den Steigbügel und ich ziehe dich hoch.«

Er griff nach meiner Hand und hielt sie fest. Ich hatte keine andere Wahl.

»Warum sollst du mich holen?«, fragte ich, während ich hinter ihn auf den Pferderücken kletterte.

»Leg deine Arme um meinen Bauch und halte dich fest«, sagte George und trieb das Pferd an. »Ich habe keine Ahnung, warum. Sie hat nur gesagt: ›Geh und hol Evi zurück.‹ Ich habe gelernt, der Harthexe keine Fragen zu stellen.«

»Aber wie hat sie es gesagt? Klang sie verärgert?«

»Genauso verärgert, wie sie es immer ist. Jetzt hör endlich auf, mich mit Fragen zu löchern.«

So mussten die Fragen also in meinem Kopf bleiben, und dort schwirrten sie herum wie lästige Fliegen. Furchtbare, entsetzliche Fragen. War Alice gestorben? Würde ich des Mordes angeklagt werden?

Als wir wieder in dem Hof waren, übergab mich George an William. Der führte mich die Hintertreppe hinauf und klopfte an die Zimmertür der Haushälterin. Mir war, als würden sich meine Innereien auflösen.

Mrs Hardwick stand mit grimmiger Miene am offenen Kamin. Mrs Winter, die Köchin, saß am Tisch und starrte mich böse an.

Ich hielt mich an einer Stuhllehne fest, denn mir zitterten die Knie.

»William, du kannst gehen«, sagte Mrs Hardwick.

Er verließ den Raum.

Die Haushälterin räusperte sich. »Evi«, sagte Mrs Hardwick, »es hat sich herausgestellt, dass es zu einem Missverständnis gekommen ist.«

Sie machte eine bedeutungsvolle Pause. Ich versuchte, das Zittern zu unterdrücken, doch es ging nicht.

Sie räusperte sich abermals und wirkte zum ersten Mal, seit ich sie kannte, verlegen.

»Alice liegt nicht im Sterben«, sagte sie. »Sie dachte, sterben zu müssen, doch in Wirklichkeit hat nur ihre allererste Regel eingesetzt. Ganz offensichtlich kannte sie sich damit nicht aus.«

Ihre Regel?

Ach so, ihre Periode!

»Das dumme Ding redete sich ein, dass sie an der Schwelle des Todes stünde. Und weil sie offenbar aus irgendeinem Grund eine Abneigung gegen dich entwickelt hat, hat sie das Gerücht verbreitet, du würdest Hexenkunst praktizieren.«

Es klopfte an der Tür.

»Herein«, sagte Mrs Hardwick.

Die Tür öffnete sich und auf der Schwelle standen Polly

und Alice. Alice hatte ihren Kopf so tief gesenkt, dass ich ihren Gesichtsausdruck nicht sehen konnte.

»Hier ist Alice, Sie hatten sie herbestellt, Mistress«, sagte Polly, und bevor sie sich umdrehte und aus dem Zimmer ging, schenkte sie mir schnell ein breites Lächeln und zwinkerte mir zu.

Es war, als falle eine gewaltige Last von meinen Schultern. Wenn Polly so grinste, dann musste alles wieder in Ordnung sein. Mir wurde ganz schwach vor Erleichterung und ich packte die Stuhllehne fester, um nicht umzufallen.

Ohne den Blick zu heben, schlurfte Alice in den Raum.

»Nun, was hast du Evi zu sagen?«, fragte Mrs Hardwick barsch.

»Es tut mir sehr leid«, murmelte Alice, den Blick auf den Fußboden geheftet.

»Das will ich auch hoffen«, fauchte Mrs Winter, in die ganz plötzlich Leben gekommen zu sein schien. »Von all den beschränkten Küchenmägden, mit denen mich das Schicksal bestraft hat, bist du die allerschlimmste. Jetzt pack deine Sachen und geh!«

Alice warf der Köchin einen leidvollen Blick zu, dann drehte sie sich wortlos um. »Ach, bitte entlassen Sie sie nicht!«, platzte ich heraus.

Alice wirbelte herum und schaute mich verblüfft an.

Mrs Hardwick schien nicht glauben zu können, was sie

soeben gehört hatte. »Mach dich nicht lächerlich. Selbstverständlich kann ich euch nicht beide hierbehalten, also muss eine von euch gehen.«

»Mrs Hardwick, Mrs Winter, bitte lassen Sie Alice hierbleiben. Es war doch nur ein Missverständnis. Alice weiß jetzt, dass ich nichts Böses gegen sie im Schilde führe, nicht wahr, Alice? Wir beide werden unsere Arbeit ordentlich verrichten und Ihnen keine Scherereien mehr machen.«

Alices Unterkiefer fiel herunter und mit weit aufgerissenen Augen starrte sie mich an.

Mrs Hardwick seufzte ungeduldig. »Was ist Ihre Meinung, Mrs Winter?«, fragte sie die Köchin.

Mrs Winter stöhnte. »Alice ist ein unnützer Faulpelz, aber jede Küchenmagd, die ich bisher hatte, war ein unnützer Faulpelz, und wenigstens war diese hier schon ausgebildet. Ich gehe mal davon aus, dass es besser ist, sie zu behalten, als wieder eine Neue anzulernen.«

Mrs Hardwick ließ ihren erzürnten Blick von mir zu Alice und dann zu Mrs Winter wandern. Schließlich seufzte sie entnervt. »Gut, Alice, dann kannst du bleiben. Doch dieser Zwischenfall wird nie wieder erwähnt werden, habt ihr mich verstanden? Wenn eine von euch auch nur das kleinste bisschen Ärger verursacht, wird sie sofort aus dem Haus gejagt. Ist das klar?«

»Ja, Mistress«, sagten wir beide gleichzeitig.

»So, jetzt ab ins Bett, alle beide. Wir haben mit dieser albernen Angelegenheit schon genug Zeit verschwendet.«

»Das war großzügig, dass du wolltest, dass sie bleibt«, sagte Polly, als sie sich die Haarnadeln herauszog.

Ich saß auf meinem Bett und knüpfte meine Schnürsenkel auf. »Sie hat mir so furchtbar leidgetan. Stell dir mal vor, wie beängstigend es sein muss, wenn man plötzlich zu bluten anfängt und keine Ahnung hat, was da passiert. Als ich sah, wie sie da vor dieser bösen alten Köchin stand, konnte ich nachvollziehen, wie einsam und elend sie sich fühlen muss. Und versuche dir mal vorzustellen, wie es ist, hier rausgeworfen zu werden und keinen Ort zu haben, wohin man gehen kann. Mir ist es ja auch beinahe passiert und ich weiß jetzt, wie entsetzlich das ist. Es ist so schlimm, dass ich es niemand anderem wünsche.«

»Jedenfalls war es sehr nett von dir. Wirklich gut geht es ihr nicht gerade, aber wenigstens hat sie ein Dach über dem Kopf und bekommt etwas zu essen. Sie hätte es viel schlimmer treffen können.«

Ich ließ mich auf mein Bett fallen und war vor Erleichterung geradezu überwältigt. Ich war wieder in Charlbury!

Aber machte ich mir etwas vor, wenn ich glaubte, Sophia zur Flucht verhelfen zu können? Der morgige Tag war der siebenundzwanzigste April, jener Tag, dessen Datum Sophia in das Glas gekratzt hatte. Von diesem Tag an hatte sie bis zu ihrem Tod in dem Zimmer bleiben müssen. War es wirklich möglich, die Vergangenheit zu verändern? Aber wenn es nicht möglich war, warum war ich dann hier?

Auf einmal traf mich ein furchtbarer Gedanke wie ein Schlag gegen die Brust. Konnte dies eine grausame, übernatürliche Bestrafung dafür sein, dass ich in letzter Zeit so hässlich zu meiner Mutter gewesen war? Anna hatte gesagt, diese Dinge würden in Familien weitervererbt. Würde ich für immer von Mum getrennt sein, so wie sie selbst von ihrer Mutter getrennt gewesen war, und Sophias Kind von seiner Mutter?

Der Plan

Als ich aufwachte, war es stockfinster. Obwohl ich nichts erkennen konnte, wusste ich, dass ich mich immer noch mit Polly in der Dachkammer befand, im Jahr 1814.

Ich schloss die Augen und blieb reglos liegen. Die Hoffnungslosigkeit, die mich überkommen hatte, wog so schwer, dass ich mich kaum noch rühren konnte.

Polly, die einen sehr präzisen inneren Wecker zu haben schien, setzte sich genau in dem Augenblick, als die Stalluhr fünf schlug, kerzengrade im Bett auf.

»Aufstehen, Evi!«

Ich öffnete die Augen und sah, dass sie mich anlächelte. »Ich bin so froh, dass diese Geschichte mit Alice bereinigt ist«, sagte sie. »Du bist ein lausiges Hausmädchen, aber wenigstens brauche ich nicht den ganzen Tag lang alleine zu arbeiten. Außerdem kannst du mir wieder ein bisschen Lesen beibringen.«

Während ich ihr noch zuhörte, merkte ich, wie sich Entschlossenheit in mir ausbreitete und meine Hoffnungslosigkeit besiegte. Ich hatte versprochen, Sophia zu helfen, und deshalb musste ich genau das tun. Meine einzige Hoffnung, in mein eigenes Leben, in meine Zeit zurückkehren zu können, bestand in der Lösung dieses Problems. Alles, was damit zu tun hatte, war seltsam und furchterregend und außerdem komplett irrsinnig, aber soweit ich sehen konnte, gab es für mich nur eine einzige Möglichkeit, heil aus diesem Schlamassel herauszukommen: Ich musste Sophia und Robbie zur Flucht und dadurch ihrer gemeinsamen Geschichte zu einem Happy End verhelfen.

Aber wie sollte ich das bewerkstelligen? Ich durfte nicht mehr auffallen, so viel war klar. Mrs Hardwick würde mir keine zweite Chance geben. Deshalb musste ich das perfekte Hausmädchen spielen und gleichzeitig einen genialen Fluchtplan für Sophia aushecken.

Als Polly und ich zum Frühstück in die Dienstbotenstube kamen, saßen alle anderen bereits am Tisch. Die Mädchen schauten mich neugierig an, doch niemand sagte etwas. Ich fragte mich, ob ihnen Mrs Hardwick zuvor eine Predigt gehalten hatte.

Wir hatten kaum Platz genommen, als Alice durch die andere Tür hereinkam. Sie trug ein Tablett, auf dem auf einer weißen Serviette eine Teekanne, eine Tasse mit Untertasse und ein Teller mit zwei Scheiben Brot standen. Alice stellte das Tablett am Kopfende des Tischs ab.

»Du sollst das hier in Miss Fanes Zimmer tragen, Polly«, sagte sie, den Blick auf das Tablett gesenkt.

»Ist das alles, was sie bekommt?«, fragte Polly, während Alice wieder hinausging.

»So hat Mrs Bailey es angeordnet«, antwortete Mrs Hardwick. Aus dem Schlüsselbund, den sie an einem Band trug, suchte sie einen Schlüssel heraus und legte ihn auf das Tablett. »Schließe damit die Tür auf, stelle das Tablett schnell im Zimmer ab und verlasse es unverzüglich. Hinter dir schließt du ab. Den Schlüssel gibst du mir danach sofort wieder.«

»Wann sollen wir das Zimmer reinigen?«

»Niemand darf das Zimmer zu einem anderen Zweck betreten als dazu, ein Tablett oder einen Nachttopf hinein- oder wieder herauszutragen«, sagte Mrs Hardwick und erhob sich. »So lautet Mrs Baileys Befehl.«

Sobald sie die Tür hinter sich geschlossen hatte, zog George die Augenbrauen hoch. »Bei trockenem Brot und Tee im Zimmer eingesperrt? Was hat Miss Fane denn jetzt wieder angestellt?«

»Ich habe gestern Abend etwas mitbekommen«, verriet Polly. »Draußen im Hof. Zuerst dachte ich, der Herr schreit einen der Stalljungen an, aber dann hörte ich auch Frauenstimmen und das kam mir komisch vor. Du warst doch auch dort draußen, Evi. Weißt du Genaueres?«

Ich schüttelte den Kopf. »Nicht wirklich.«

»Mr Ellerdale«, schaltete William sich ein, »unterhielt sich gestern nach dem Abendessen im Weißen Salon mit Miss Fane. Es war irgendwie vertraulich, aber plötzlich sprang er auf und rannte weg. Er sah furchtbar beleidigt aus. Und auch Miss Fane stürzte davon, in großer Eile, und dann lief unser Herr ihr hinterher.«

Er biss ein großes Stück von seinem Brot ab und nahm einen Schluck Bier. Alle starrten ihn erwartungsvoll an.

»Und dann?«, fragte Mary.

»Hä?«, machte William mit vollem Mund.

»Was geschah dann?«

»Woher soll ich das wissen? Ich habe das Geschirr abgeräumt.«

Mary stöhnte genervt.

»Ich weiß jedenfalls, dass unser Herr der Whiskyflasche gestern Abend stark zugesprochen hat«, meinte George. »Ständig hat er geklingelt, um sich nachschenken zu lassen. Er hatte ganz miese Laune.«

»Also hat Miss Fane Mr Ellerdale erzürnt«, schlussfolgerte Betty. »Hat wohl abgelehnt, ihn zu heiraten. Ich kann sie gut verstehen.«

Die Tür ging auf und wir taten sofort alle, als seien wir ausschließlich mit unserem Frühstück beschäftigt. Mrs Hardwick ließ ihren Raubvogelblick über den Tisch kreisen.

»Ich rate euch allen, den Mund zu halten und ja nicht über Höherstehende zu tratschen, wenn ihr nicht im Armenhaus landen wollt. Hast du das Tablett zu Miss Fane hochgetragen, Polly? Beweg dich, um Himmels willen!«

Ich sprang auf. »Ich übernehme das.«

»Mach mal langsam«, protestierte William. »Du hast beinahe mein Bier verschüttet.«

Polly schaute mich neugierig an. »Was ist denn über dich gekommen?«

»Nichts«, erwiderte ich. »Aber du warst schon den ganzen Morgen auf den Beinen. Bleib sitzen und iss zu Ende.«

Ich nahm das Tablett und stieg damit die Treppe hoch. Langsamer als sonst, um mir Zeit zum Nachdenken zu verschaffen.

Sophia lag auf ihrem Bett und starrte zur Decke. Sie reagierte nicht, als ich ihr Zimmer betrat.

Ich stellte das Tablett auf den Tisch. »Ihr Frühstück, Miss Fane.«

Als sie meine Stimme hörte, drehte sie sich abrupt zu mir um.

»Du?«, sagte sie zornig. Gleich darauf aber war der

energische Ausdruck aus ihrem Gesicht verschwunden. Sie drehte den Kopf zur Wand und seufzte.

Ich deutete das als gutes Zeichen. Wenigstens hatte sie mich nicht rausgeworfen. Zumindest noch nicht.

»Wie geht es Ihnen, Miss Fane?«

»Ich werde in meinem eigenen Haus von meinem Vater und meiner Tante wie eine Gefangene gehalten«, erwiderte sie gereizt. »Wie soll es mir da schon gehen?«

Klar, das war eine dumme Frage gewesen.

»Sie müssen fliehen«, sagte ich. »Sie müssen mit Robbie durchbrennen.«

»Pssst!«, machte sie, sprang vom Bett auf, lief zu mir und packte mich an den Schultern. Ihr Gesicht drückte Entsetzen aus, das sich aber schnell in Zorn verwandelte. »Willst du, dass sie uns beide umbringen?«

»Entschuldigung«, sagte ich, »aber könnten Sie bitte meine Schultern loslassen? Sie tun mir wirklich weh.«

Sophias Blick huschte durch den Raum, als erwarte sie, Spione aus ihren Verstecken hervorspringen zu sehen.

»Ich werde seinen Namen nie wieder erwähnen«, flüsterte ich. Und weil sie immer noch meine Schultern umklammerte, fuhr ich fort: »Ich habe doch ganz leise gesprochen und es ist wirklich niemand in der Nähe.«

Endlich ließ sie mich los, setzte sich auf ihr Bett und schaute mich fragend an.

»Wer bist du? Du hast vorhergesagt, was passieren würde, und scheinst mir helfen zu wollen. Warum? Was für einen Grund hast du dafür?«

Vielleicht glaubte sie mir eher, wenn sie dachte, dass ich kein normales Hausmädchen war. Einen Versuch war es wert.

»Ich hatte einen Traum«, sagte ich. »Sie erschienen im Traum an meinem Fenster und baten mich, Ihnen zu helfen.«

Sie starrte mich unangenehm lange an, bevor sie mich nach meinem Namen fragte.

»Evi, Miss.«

Sie schwieg eine Weile. Dann gab sie ein freudloses Lachen von sich.

»Gut, Evi. Ich nehme an, dass ich nichts mehr zu verlieren habe, ich wurde ja schon in mein Zimmer gesperrt. Und es ist niemand anderer hier.«

»Darf ich Ihnen helfen zu fliehen?«

»Wie soll ich denn von hier entkommen?«, fragte sie ungeduldig. »Es ist vollkommen unmöglich. Am Tage wird man es sofort bemerken und mich aufhalten, und nachts gibt es keinerlei Möglichkeit, Charlbury zu verlassen. Sämtliche Türen und Fenster werden verriegelt.«

»Dann müssen Sie in der Dämmerung weggehen, kurz bevor alles abgeschlossen wird.«

Wieder ein freudloses Lachen. »Das habe ich gestern versucht und du siehst, wie weit ich gekommen bin.«

»Ja, aber Sie müssen es raffinierter anstellen. Sie dürfen Ihren Vater nicht verärgern. Wenn Sie beim Abendessen zu Mr Ellerdale nett gewesen wären und anschließend gesagt hätten, Sie wollten ein wenig frische Luft schnappen, hätte niemand Verdacht geschöpft und Sie hätten entkommen können, ohne dass jemand etwas gemerkt hätte.«

»Ja, hinterher ist man immer schlauer«, erwiderte sie verärgert. »Welchen Nutzen bringt mir dein Rat denn jetzt, wo ich das Zimmer nicht mehr verlassen kann?«

Doch ich war schon dabei, mir eine neue Strategie auszudenken. »Ihr Vater und Ihre Tante sagten, Sie würden hier eingesperrt bleiben, bis Sie einwilligen, Mr Ellerdale zu heiraten. Das stimmt doch so, oder?«

»Meine Güte, wie schnell sich Klatsch doch ausbreitet. Ich nehme an, dass inzwischen sämtliche Dienstboten Bescheid wissen.«

»Folglich müssen Sie einwilligen, Mr Ellerdale zu heiraten.«

Sophia schaute mich wütend an. »Lieber sterbe ich in diesem Raum, bevor ich dieser Ehe zustimme.«

»Ich sage ja nicht, dass Sie ihn heiraten sollen. Ich sage nur, dass Sie Ihrem Vater gegenüber so tun sollen, als ob Sie einverstanden wären. Bitten Sie Ihren Vater um Verzeihung für Ihr ungezogenes Verhalten von gestern Abend. Erzählen Sie ihm, dass Sie vorübergehend nicht bei Sinnen waren, dass Sie mittlerweile jedoch Ihren Fehler eingesehen haben und Ihnen klar geworden ist, dass Sie Ihre Pflichten gegenüber der Familie und Ihrem Vater zu erfüllen haben. Dann können Sie heute Abend ganz normal als brave Tochter mit Ihrer Familie zu Abend essen. Und um neun Uhr – denn dann essen die Dienstboten zu Abend und das Haus ist noch nicht abgeschlossen – lächeln Sie lieb und bitten darum, kurz an die frische Luft gehen zu dürfen. Sie verlassen das Haus, treffen mit Robbie zusammen und verschwinden, so schnell Sie können.«

Schweigend starrte mich Sophia ein paar Sekunden lang an. Dann stand sie auf und begann, im Zimmer auf und ab zu laufen.

»Das könnte funktionieren«, murmelte sie. »Das könnte wirklich funktionieren.« Sie blieb vor mir stehen. »Könntest du einen Hausdiener bitten, meinem Vater eine Nachricht zu überbringen? Er soll meinem Vater sagen, dass ich ihn in der Bibliothek zu sprechen wünsche. Ich werde ihm erzählen, dass ich gestern die Nerven verloren habe, weil ich von Mr Ellerdales Antrag überwältigt war, da er doch solch ein vornehmer Herr ist. Jetzt, wo ich Zeit hatte, mich wieder zu fassen, habe ich erkannt, welche Ehre es wäre, diesen Antrag annehmen zu dürfen.«

»Das ist perfekt«, sagte ich. »Er wird vor Freude ganz außer sich sein.«

Sophias Augen leuchteten vor Aufregung. »Wir haben das schon seit Wochen geplant. Wir werden nachts zu Fuß nach Lower Mistleham gehen. Dort, sagt Robbie, können wir eine Postkutsche nehmen, die jeden Morgen sehr früh nach London fährt. In London können wir uns frei bewegen, denn dort kennt uns niemand. Dann setzen wir uns in eine Postkutsche, die nach Schottland fährt, und werden da heiraten.«

»In Schottland? Warum nicht gleich in London?«

»Weil dort andere Gesetze gelten.« Sophia wunderte sich ganz offensichtlich, dass ich das nicht wusste. »In Schottland können wir ohne die Erlaubnis meines Vaters heiraten. In Gretna Green, das gleich hinter der Grenze liegt.« Mit einem glücklichen Seufzer ließ sie sich rücklings aufs Bett fallen. »Robbie heiraten! Ach, Evi, es ist, als würde ich ihn schon mein Leben lang kennen. Wir sind Seelenverwandte. Wir haben dieselben Bücher gelesen, wir bewundern dieselben Dichter, wir haben dieselben Ansichten darüber, wie man die Welt verändern sollte.« Sie sprach sehr schnell. Offenbar hatte sie jetzt, da ich ihr einen Plan vorgeschlagen hatte, der ihr gefiel, endlich Vertrauen zu mir gefasst. »Ist das nicht seltsam? Wir stammen aus vollkommen verschiedenen Verhältnissen und doch ähneln wir uns im Geiste. Er hat so fantastische Ideen! Und erst seine Zeichnungen! Seine Zeichnungen sind wirklich außergewöhnlich. Er ist ein außerordentlich begabter Mann. Und dennoch weigert sich mein Vater …«

Auf der Treppe und gleich darauf im Flur erklangen Schritte.

»Ich muss weg«, flüsterte ich. »Ich sollte nur das Tablett abstellen und sofort wieder gehen. Ich werde in meiner freien Stunde nach Robbie suchen. Welchen Treffpunkt soll ich ihm sagen?«

»Im Obstgarten. Wir werden durch das hintere Tor und dann über die Felder gehen.«

Die Schritte klangen jetzt sehr nahe. Ich nickte, verließ das Zimmer und sperrte die Tür hinter mir ab. Madame Perrault ging an mir vorbei, ohne auch nur einen Blick an mich zu verschwenden. Sie machte ein Gesicht, als hätte ihr jemand eine stinkende tote Ratte unter die Nase gehalten.

Kaum war sie weitergegangen, da gestattete ich mir ein breites Grinsen. Ich konnte kaum glauben, was soeben geschehen war. Es war wesentlich besser gelaufen, als ich gehofft hatte. Wenn Sophia ihrem Vater und Charles Ellerdale ihre Rolle glaubhaft vorspielte, stand ihrer Flucht mit Robbie wohl nichts mehr im Weg.

Und wenn die beiden erfolgreich geflohen waren,

dann … wenn alles gut ging … wenn die Zeitreisen wirklich so funktionierten, wie ich es mir zusammengereimt hatte … dann würde ich morgen früh hoffentlich in Annas Wohnung aufwachen … im einundzwanzigsten Jahrhundert.

Eine Drohung

Als wir gerade zu Mittag essen wollten, schaute George kurz in die Dienstbotenstube herein. »Wenn Mr Paxton nach mir fragt, dann sagt ihm, dass ich mit einer Nachricht zu Mr Ellerdale reiten musste.«

»Ach wirklich?«, meinte Mary. »Mit was für einer Nachricht denn?«

George hielt einen mit Wachs versiegelten Brief hoch. »Sagen wir mal so: Ich wäre nicht überrascht, wenn Miss Fane ihre Meinung über Mr Ellerdale geändert haben sollte. Unser Herr ist bemerkenswert guter Laune und mir wurde befohlen, unverzüglich hinüberzureiten und diesen Brief abzugeben. Deshalb habe ich keine Zeit, hier herumzustehen und mit euch zu tratschen.«

Ich drehte mich weg, damit die anderen, die jetzt munter drauflosplauderten, mein entzücktes Gesicht nicht sahen.

Der erste Teil des Plans hatte funktioniert.

In unserer freien Stunde gingen Polly und ich hinter die Stallgebäude und fanden dort ein paar Stücke Kreide und ein altes Brett, das uns als Tafel diente. Polly lernte schnell. Es dauerte nicht lange und sie konnte bereits einen ersten Satz schreiben: *Polly ist eine Katze und ein Hund.* Er ergab nicht viel Sinn, enthielt aber all ihre neuen Wörter.

Polly war von ihren frisch erworbenen Fähigkeiten derart begeistert, dass ich schon fürchtete, sie würde die gesamte Stunde lang mit mir lernen wollen, sodass mir keine Zeit mehr bleiben würde, um Robbie Ort und Uhrzeit seines Treffens mit Sophia mitzuteilen. Ich versuchte gerade, mir eine Ausrede auszudenken, um die Lektion abbrechen zu können, als Polly gähnte.

»Ich mache schnell noch ein Nickerchen«, verkündete sie. »Kommst du mit rauf?«

»Danke, aber mir ist mehr nach einem Spaziergang«, antwortete ich.

Es schien mein Glückstag zu sein, denn ich fand Robbie gleich an dem ersten Ort, an dem ich nach ihm suchte. Er jätete im hinteren Teil des Küchengartens, in der Nähe eines Gartenschuppens, ein Gemüsebeet und schien allein zu sein. Irgendwie lief alles schon beinahe zu glatt.

Als er mich auf sich zukommen sah, legte er den Finger auf die Lippen und zeigte auf ein Brett an der Innenwand des Schuppens, gleich neben der Tür.

Im Schuppen war es dunkel und zuerst konnte ich nicht erkennen, was ich mir seiner Meinung nach unbedingt anschauen sollte. Auf dem Brett waren nichts als ein Bindfadenknäuel und ein paar leere Blumentöpfe.

Aber dann sah ich es und hielt die Luft an. Ein fein säuberlich aus Zweigen gewobenes kleines Nest, aus dem drei weit aufgesperrte Kükenschnäbel ragten.

Ich drehte mich zu Robbie um und er deutete auf ein rundliches Rotkehlchen, das auf der Gartenmauer saß. Es schaute mit seinen glänzenden schwarzen Augen erst zu uns und dann auf den Boden und schien zu überlegen.

Reglos beobachteten wir es.

Plötzlich breitete es seine Flügel aus und flog auf das von Robbie frisch umgegrabene Beet, zog zwischen den Erdbrocken einen langen Regenwurm heraus und flog sofort mit ihm im Schnabel in den Schuppen. Dort setzte es sich auf den Nestrand und stopfte den sich windenden Wurm in einen der weit aufgerissenen Schnäbel.

»Sie tun das den ganzen Tag lang«, sagte Robbie leise. »Beide Eltern. Ständig fliegen sie hin und her und füttern ihre Jungen.«

»Aber sie sind so winzig«, sagte ich. »Warum brauchen sie so viel Nahrung?«

»Sie verlassen das Nest schon im Alter von zwei Wochen. Deshalb müssen sie sehr schnell wachsen.«

»Nach nur zwei Wochen?«

»Ja. Und danach sind sie auf sich allein gestellt.«

Etwas an der Art, wie er es sagte, veranlasste mich, ihn anzuschauen. Eine tiefe Traurigkeit lag in seinen Augen.

Ich schaute mich vorsichtshalber noch einmal im Garten um, weil ich sichergehen wollte, dass wir wirklich allein waren. Dann sagte ich leise: »Sophia hat ihrem Vater gesagt, dass sie Mr Ellerdale heiraten wird.«

Robbie stöhnte gequält auf und hielt sich die Hände vors Gesicht.

Ich trat näher und berührte seinen Arm. »Keine Sorge, sie will ihn gar nicht wirklich heiraten«, sagte ich. Und dann verriet ich ihm den übrigen Plan.

Es war faszinierend zuzuschauen, wie sein Gesicht innerhalb von Sekunden von Verzweiflung zu Entzücken überging.

»Warum gibst du dir so viel Mühe?«, fragte er. »Warum nimmst du an unserem Schicksal so großen Anteil?«

Ich wünschte mir, ich könnte ihm die Wahrheit verraten, ich hätte das als große Erleichterung empfunden. Doch das Risiko war zu groß, dass er mich nach dieser Enthüllung entweder für eine Verrückte oder für eine Hexe hielt, während ich im Gegenteil darauf angewiesen war, dass er in mir einen vernünftigen Menschen sah.

Deshalb sagte ich nur: »Ich ertrage den Gedanken

nicht, dass Soph… dass Miss Fane den Rest ihres Lebens eingesperrt in ihrem Zimmer verbringt, das ist alles. Und eigentlich habe ich auch gar nicht so viel für euch getan.«

»Du hast alles für uns getan«, widersprach er. »Wir werden dir niemals genug dafür danken können.«

»Ihr braucht mir nicht zu danken«, sagte ich. »Bringt euch einfach nur in Sicherheit.«

Um fünf Uhr nachmittags ging ich in die Küche, um die Wasserkannen für die Ankleidezimmer zu füllen. An einem Ende des langen Küchentischs bereitete Mrs Winter Gebäck zu, während Alice am anderen Tischende Zwiebeln hackte. Dem Geklapper nach zu urteilen, das aus der Spülküche kam, war Nell wieder einmal mit dem Abwasch beschäftigt.

Plötzlich kam Mrs Bailey in die Küche. Es ist nicht leicht, einen Knicks zu machen, während man eine Wasserkanne unter einen Hahn hält, doch es gelang mir trotzdem irgendwie. Ich hätte mir die Mühe allerdings sparen können, denn Mrs Bailey beachtete mich überhaupt nicht.

»Wir erwarten heute Mr Ellerdale zum Abendessen«, sagte sie zur Köchin.

»Sehr wohl, Madam.«

»Es muss ein besonderes Abendessen sein, denn es gibt einen feierlichen Anlass.«

»Sehr wohl, Madam«, wiederholte Mrs Winter.

Wieder überkam mich das Gefühl, das Geschehen rings um mich herum zu steuern wie ein Regisseur die Schauspieler. Nur noch ein paar Stunden, bis Robbie und Sophia das Anwesen verlassen und sich in Sicherheit gebracht haben würden, dachte ich, und bis ich in meine eigene Zeit zurückkehren konnte.

Falls das wirklich die Art und Weise war, in der meine Zeitreise funktionierte, flüsterte eine warnende Stimme irgendwo in meinem Hinterkopf.

Sei still!, sagte ich zu der Stimme.

Eine Weile später, als ich mit Sir Henrys Nachttopf über den Hof ging, kam Jacob grinsend aus einem Stall auf mich zu. Ich hatte das beunruhigende Gefühl, dass er mir aufgelauert hatte.

»Hattest du eine angenehme Unterhaltung?«, fragte er mich mit verstellter Stimme.

»Unterhaltung?«

»Ich bin heute Nachmittag ein wenig im Obstgarten spazieren gegangen«, fuhr er im selben affektierten Ton fort. »Ein ganz entzückender Ort für einen Spaziergang, dieser Obstgarten. Und es ist wirklich erstaunlich, was man mitunter bei einem harmlosen Spaziergang zufällig mithören kann.«

Mir drehte sich der Magen um. Als ich mit Robbie über

den Plan gesprochen hatte, waren wir nur wenige Meter von der Gartenmauer entfernt gewesen. Hatte Jacob auf der anderen Seite der Mauer gestanden und gelauscht? Wie viel hatte er mitbekommen?

Ich dachte fieberhaft nach. Es wäre nicht gut, ihn danach zu fragen, was er wusste. Er würde mir nur so viel verraten, wie er mich wissen lassen wollte. Konnte ich ihn anflehen, es für sich zu behalten, oder würde das alles nur schlimmer machen? Konnte ich überhaupt irgendetwas tun?

Sein Gesicht verzerrte sich zu einem triumphierenden Grinsen. Zu spät wurde mir klar, dass ich mir meine Angst hatte ansehen lassen.

Möglichst beiläufig sagte ich zu ihm: »Ich weiß nicht, was du meinst«, und heftete meinen Blick dabei auf einen Baum im Wald.

»Ich könnte mir vorstellen, dass Sir Henry *sehr* an dem interessiert wäre, was ich ihm zu sagen habe«, meinte Jacob, »es sei denn, es passiert etwas, was mich diese Unterhaltung vergessen lässt.«

»Wovon redest du?«, sagte ich und hasste ihn mit jeder Sekunde mehr.

Er ergriff meine Schultern.

»Lass mich los!« Ich wich zurück, doch er packte noch fester zu.

»Küss mich!«, verlangte er.

»*Was?!? Lass mich in Ruhe!*«

Er legte eine Hand auf meinen Hinterkopf, umfing mit dem anderen Arm meine Taille und zog mich zu sich heran. Immer noch den Nachttopf in einer Hand haltend, versuchte ich mich zu befreien, doch er war wesentlich stärker als ich. Ich kniff meine Augen und Lippen fest zusammen und versuchte mit der freien Hand seinen Mund von meinem wegzuschieben. Ich roch seinen schlechten Atem, spürte, wie seine Bartstoppeln meine Haut zerkratzten, und hatte das Gefühl, mich gleich übergeben zu müssen.

»Evi! Komm augenblicklich ins Haus!«

Jacob schubste mich von sich weg und verschwand, ohne sich umzublicken, im Stall.

Ich drehte mich um, zog eine Grimasse und wischte mir hektisch den Mund ab. In der Küchentür stand Mrs Hardwick.

Angeekelt ging ich zum Haus. Als ich in die Reichweite der Haushälterin kam, verpasste sie mir eine so kräftige Ohrfeige, dass ich rückwärts taumelte und mein Nacken sich anfühlte, als hätte sich ein Wirbel verschoben.

»Geh sofort rein, du unverschämtes kleines Flittchen«, zischte sie. Sie stieß mich in den Flur hinein, drehte mich herum, damit ich ihr ins Gesicht sah, und nahm mein Kinn mit ihren knochigen Fingern regelrecht in die Zange.

»Jetzt habe ich aber wirklich genug von dir, du schamloses Ding«, sagte sie. »Wenn wir heute Abend nicht einen wichtigen Gast hätten und jedes Paar Hände dringend brauchen würden, würde ich dich sofort aus dem Haus werfen.«

Ich hätte am liebsten geweint, so unfair war das alles. Aber ich wusste, dass Tränen jetzt nichts nützten. Wenn ich protestierte, würde sie mich sofort rausschmeißen, wichtiger Gast hin oder her. Und ich musste meine Stelle hier unbedingt behalten, zumindest so lange, bis Sophia und Robbie die Flucht gelungen war.

»Ja, Mrs Hardwick«, sagte ich unterwürfig. »Es tut mir furchtbar leid, Mrs Hardwick.«

Sie stieß mich in die Küche, wo Polly gerade eine Kanne mit heißem Wasser füllte.

»Das beste Gästezimmer und ein entsprechendes Ankleidezimmer sind vorzubereiten, und deshalb musst du jetzt schneller arbeiten, als du je zuvor gearbeitet hast. Beide Räume brauchen Feuer, weil es darin zu kühl ist, das Bett muss bezogen und alles abgestaubt und gereinigt werden. Ihr zwei werdet zusammenarbeiten, und du, Polly, lässt sie nicht aus den Augen, denn sonst verlässt auch du noch heute Nacht dieses Haus. Du musst jede Sekunde auf sie aufpassen, hast du mich verstanden?«

»Ja, Mistress«, antwortete Polly.

»Äh, Mistress, ich muss das hier noch ausleeren«, sagte ich und hielt ihr den Nachttopf entgegen.

Mrs Hardwick schnaubte. »Du wirst heute Abend keinen Fuß mehr vor die Tür setzen. Pass auf, dass sie immer drinnen bleibt, Polly, du weißt, was sonst passiert. Lass den Nachttopf hier stehen, Nell wird sich darum kümmern.«

»Ja, Mistress.« Ich war erleichtert, dass ich nicht mehr irgendwohin gehen musste, wo mir Jacob in die Quere kommen konnte.

Auf dem Weg hinauf zu den Schlafzimmern fragte mich Polly: »Was hast du denn bloß angestellt, dass sie so eine schlechte Laune hat?«

Allein schon bei der Erinnerung an den Zwischenfall wurde mir wieder schlecht. »Jacob hat mich geküsst und Mrs Hardwick hat das gesehen.«

Polly quietschte vor lauter Aufregung. »Ich kann nicht glauben, dass du immer noch hier bist. War es denn schön?«

»Nein, es war eklig. Er hat mich festgehalten, ich konnte mich gar nicht wehren. Und er stinkt.«

»Du hast Glück, dass sie dich heute dringend brauchen«, meinte Polly, »denn sonst hätten sie dich noch mal aus dem Haus gejagt.«

»Und was ist mit ihm?«

»Wie meinst du das?«

»Würden sie ihn auch davonjagen?«

»Natürlich nicht.«

»Aber warum? Er hat mich gezwungen. Warum bekomme ich Ärger, während man ihm das durchgehen lässt?«

Polly zuckte die Schultern. »Weil er ein Mann ist. Da gelten andere Regeln.«

»Aber das ist furchtbar unfair. Findest du denn nicht, dass es unfair ist?«

»Doch, wahrscheinlich schon, aber ich habe nie wirklich darüber nachgedacht. Es ist einfach so.«

»Es sollte aber nicht so sein.«

»Denk nicht mehr an Jacob. Er wird eines Tages schon bekommen, was er verdient.« Sie zwinkerte mir zu. »Mal sehen, was sich da machen lässt. Du hättest den Nachttopf über seinem Kopf ausgießen sollen.«

»Klar! Natürlich hätte ich das tun sollen! Warum ist mir das in dem Moment nicht eingefallen?«

Wir hatten das Gästezimmer erreicht und Polly gab mir Anweisungen. Ich versuchte, mich darauf zu konzentrieren, doch ständig gingen mir quälende Gedanken durch den Kopf und lenkten mich ab.

Wenn Jacob mein Gespräch mit Robbie wirklich belauscht hatte und beabsichtigte, Sir Henry zu informieren, dann waren Robbie und Sophia in höchster Gefahr. Ihre einzige Chance bestand darin, sofort zu fliehen.

Doch Sophia befand sich gerade mit ihrer Tante im

Weißen Salon und bekam gesagt, wie sie auf Mr Ellerdales Antrag zu reagieren hatte. Und da Polly unbedingt dafür sorgen sollte, dass ich das Haus nicht verließ, konnte ich Robbie keine Nachricht überbringen.

Während ich mit den schweren Bettlaken kämpfte, grübelte ich unablässig, doch mir fiel einfach nicht ein, wie ich die beiden warnen konnte. Aber wenn ich sie nicht rechtzeitig warnte, erfuhr Sir Henry von Sophias Plan und hatte aus seiner Sicht allen Grund, sie lebenslang einzusperren. Und ich würde für immer in der Vergangenheit bleiben müssen.

Verrat

In den folgenden drei Stunden hielt mich Polly ununterbrochen auf Trab und ließ mich, während wir Feuer machten, Bettwäsche holten, Wasser schleppten und die Räume reinigten, keine Sekunde lang aus den Augen. Die ganze Zeit über zermarterte ich mir das Hirn, aber mir wollte einfach nicht einfallen, wie ich Sophia heimlich eine Nachricht zukommen lassen konnte. Außerdem war auch sie nie allein. Nachdem die Tante ihr im Weißen Salon einen Vortrag gehalten hatte, wurde sie zusammen mit Madame Perrault in ihrem Ankleidezimmer eingesperrt, wo sie sich auf ihr Verlobungsdiner vorzubereiten hatte.

Konnte ich Sophia einen Zettel zustecken, wenn sie bei Tisch saß?

Als Mrs Hardwick kam, um das fertig vorbereitete Ankleidezimmer zu inspizieren, wagte ich einen Versuch.

»Würde es helfen, Mistress«, fragte ich in einschmeichelndem Ton, »wenn ich heute Abend bei Tisch bedienen würde? Auf diese Weise könnte ich etwas Neues lernen.«

Polly bekam einen heftigen Lachanfall, während mir die Haushälterin nur einen vernichtenden Blick zuwarf und wortlos den Raum verließ.

»Weibliche Dienstboten bedienen nicht bei Tisch, Evi«, erklärte Polly, als sie wieder einigermaßen verständlich sprechen konnte. »Nicht in Häusern wie diesem. Die Familie würde nicht wollen, dass die Gäste denken, sie sei arm.«

»Warum sollten die Gäste das denn denken?«

»Na ja, weil wir billiger sind. Wir bekommen weniger Lohn, tragen keine Livree und sie brauchen für uns auch keine Steuern zu bezahlen. Wenn man sich männliche Dienstboten leisten kann, zeigt man dadurch, dass man Geld im Überfluss besitzt.«

»Dann bekommen die Männer also höhere Löhne?«

»Ja, natürlich!«

»Weil sie schwerere Arbeit leisten?«

Polly grinste verächtlich. »Das bestimmt nicht! Aber so ist das eben, wenn man jemanden einfach nur deshalb einstellt, weil er groß ist und in Livree gut aussieht.«

»Wie meinst du das?«

»George hat diese Stelle bekommen, weil er einen Meter achtzig groß ist, also genauso groß wie der Mann, der die Stelle vor ihm hatte. Alle Hausdiener von Sir Henry müssen einen Meter achtzig groß sein, damit ihnen die Livree passt.«

»Meinst du das im Ernst?«

»Warum sollte ich dich anlügen? Und nein, du wirst nicht bei Tisch bedienen, es sei denn, es gelingt dir, dich in einen ein Meter achtzig großen Mann zu verwandeln.«

Also konnte ich nichts tun. Mir blieb nichts anderes übrig, als zu hoffen, dass Jacob gar nicht erst zu Sir Henry vorgelassen wurde.

Wenn es für mich, obwohl ich im Haus arbeitete, beinahe unmöglich war, Sophia eine Nachricht zukommen zu lassen, würde man dann einem einfachen Stallburschen erlauben, dem Hausherrn etwas mitzuteilen? Sicherlich nicht. Und selbst wenn Jacob seine Nachricht irgendwie überbringen könnte, würde Sir Henry ihm dann glauben, dass seine Tochter beabsichtigte, mit einem Gärtnergehilfen durchzubrennen? Wahrscheinlich würde Jacob wegen dieser frechen Unterstellung ausgepeitscht werden.

Nein, Jacobs Drohung war nur ein Trick gewesen. Er hatte mir Angst einjagen und mich gefügig machen wollen. Ich schauderte und wischte mir mit dem Handrücken energisch über den Mund.

Wir hatten uns gerade hingesetzt, um zu Abend zu essen, als eine laute Männerstimme die Gespräche am Tisch verstummen ließ. Sie schien aus der Eingangshalle direkt über der Dienstbotenstube zu kommen.

»Was zum Teufel meinst du damit?«

Ich bekam Herzklopfen. Es war Sir Henrys Stimme.

Nun wurde leiser gesprochen und ich konnte nichts mehr verstehen. Sir Henry sprach mit einem anderen Mann. War es Jacob? Ausgeschlossen, denn der hätte das Haus auf keinen Fall durch den Haupteingang betreten. Wenn ich eines über das Dienstbotendasein gelernt hatte, dann dass man als Dienstbote auf gar keinen Fall den Vordereingang benutzen durfte.

Das Gespräch endete. Die Haustür wurde zugeschlagen. Mein Herz klopfte bis zum Hals. Was sollte ich tun? Was *konnte* ich tun?

»Wer kann zu dieser späten Stunde an die Tür gekommen sein?«, fragte George.

Er stand auf und ging hinaus. Ich wäre ihm so gerne gefolgt, doch Mrs Hardwick saß am Kopfende des Tisches und ließ wieder ihren Raubvogelblick über uns kreisen.

Nach einigen Minuten kam George zurück.

»Und?«, fragte Betty, als er sich wieder an den Tisch setzte.

George schüttelte den Kopf und biss herzhaft von seinem Brot ab. »Sehr eigenartig.«

»Was ist eigenartig?«

George nahm einen Schluck Bier.

»Du hast gar nichts gesehen, oder?«, fragte Mary.

»Im Gegenteil, ich habe etwas gesehen.«

»Na, dann erzähle es uns doch.«

»Wenn ihr es wirklich wissen wollt: Ich habe gesehen, wie unser Herr höchstpersönlich über den Hof in Richtung Obstgarten gerannt ist.«

»Evi, was glaubst du, wo du hinläufst?«, rief Mrs Hardwick. »Komm sofort zurück!«

Doch ich war schon aus dem Zimmer geflitzt. Ich wusste nicht wie, aber ich musste unbedingt Sir Henry daran hindern, Robbie und Sophia zu erwischen.

Auf dem Hof kam Jacob gerade mit der Reisetasche aus dem Stall, die Sophia am vorigen Abend im Wald liegen gelassen hatte.

»Schau mal, was ich gefunden habe«, sagte er. »Unser Herr fand meinen Fund sehr interessant.«

Ich verfluchte ihn im Vorbeilaufen.

Die Tür in der Obstgartenmauer stand sperrangelweit offen. Ich rannte hindurch und stieß mit dem Kopf gegen einen Ast. Stöhnend und mit einer Hand am Kopf schlich ich gebückt zwischen den Bäumen hindurch. Am anderen Ende des Gartens konnte ich im Mondlicht zwei Gestalten erkennen.

Sophia und Robbie.

Wo war Sir Henry? Hatte er die beiden bereits gesehen? Beobachtete er sie etwa heimlich?

»Sir Henry!«, rief ich. »Kommen Sie zurück! Das Haus brennt!«

Wenn er hier im Garten war, hatte er meinen Ruf ignoriert. Robbie und Sophia aber erstarrten wie vom Blitz getroffen. Gleich darauf rannten sie Hand in Hand los, auf das Tor zur Großen Wiese zu.

Ein Wutschrei hallte im Obstgarten wider. Sir Henry sprang aus seinem Versteck und raste auf die beiden zu. Ich folgte ihm mit der Absicht, ihn zu Fall zu bringen, doch er war schneller als ich. Er erreichte Robbie und Sophia und stellte sich zwischen sie und das Tor.

»Du Dirne!«, schrie er seine Tochter an und schlug sie ins Gesicht.

Sie schrie auf, taumelte zurück und fiel gegen einen Baumstamm. Als sie sich wieder aufrichten wollte, holte er abermals zum Schlag aus.

»Wagen Sie es nicht!«, schrie Robbie und ergriff seinen Arm. »Wagen Sie es ja nicht, sie anzurühren, Sie gemeiner …«

Sir Henry wirbelte herum, riss seinen Arm aus Robbies Griff und traf den Jungen mit einem Faustschlag am Kiefer. Robbie wich zurück.

»Nein!«, kreischte Sophia, doch Sir Henry drosch weiter auf Robbie ein, bis dieser zu Boden ging. Sir Henry holte mit einem Bein aus, um ihn zu treten.

»Lassen Sie ihn in Ruhe!«, schrie Sophia. Sie rammte ihrem Vater ihren Kopf in den Bauch, und der auf einem Bein stehende Mann stürzte seitwärts zu Boden und schlug sich dabei den Kopf an einer dicken Wurzel an.

»Setzen Sie sich auf ihn drauf!«, rief ich und ließ mich schwer auf seinen Bauch fallen.

Er brüllte vor Wut und versuchte nach mir zu schlagen, doch Sophia setzte sich auf seine Brust. Sein Atem roch nach Whisky.

»Evi?« Sophia schaute mich verwundert an.

»Drücken Sie seine Arme runter.«

Jede von uns ergriff einen Arm, doch Sir Henry war uns überlegen.

Er befreite seine Arme und schlug Sophia mit aller Kraft ins Gesicht. »Du widerliche dreckige …«

Robbie rappelte sich auf, zog Sophia hoch und stellte sich vor sie. »Wie können Sie es wagen, Ihre Tochter zu schlagen, Sie Feigling? Hier, schlagen Sie lieber mich!«

Sir Henry schüttelte mich ab, als wäre ich eine Stoffpuppe. Ich fiel rücklings in einen Strauch. Er stellte sich vor Robbie. Robbie traf ihn mit einem Faustschlag und Sir Henry schlug zurück. Auf diese Weise würden sie einander umbringen, und ich wusste nicht, was ich tun sollte.

Ohne dass ich sein Kommen bemerkt hatte, stand plötzlich Mr Paxton, der Butler, bei uns und stellte sich geschickt zwischen Robbie und Sir Henry.

»Sir«, sagte er, »erlauben Sie mir bitte, mich um diesen jungen Unhold zu kümmern.«

Zu meinem Erstaunen gehorchte Sir Henry Mr Paxton und trat einen Schritt zurück.

Der Butler wandte sich Robbie zu und zeigte auf das Tor. »Verlasse sofort dieses Grundstück und komme nie wieder her!«

Sir Henry bebte vor Wut. »Wenn er auch nur einen Fuß auf meinen Grund und Boden setzt, werde ich ihn höchstpersönlich erschießen.«

Robbie sah Sophia an. »Ich kann dich hier nicht zurücklassen. Komm mit mir mit.«

»Mit dir mitkommen?«, donnerte Sir Henry. »Du Schurke! Ich werde dich …«

Er machte einen Satz auf Robbie zu, doch Mr Paxton hielt ihn zurück.

»Geh!«, flehte Sophia Robbie an. »Geh jetzt oder du machst alles nur noch schlimmer.«

Robbies Blick verriet, unter welchen Qualen er litt.

»Bring mir meine Pistole«, herrschte Sir Henry den Butler an und versuchte, sich aus dessen Griff zu befreien.

Robbie schaute Sir Henry in die Augen und sagte: »Ich

gehe, Sir.« Er verließ den Obstgarten durch das Tor und bald hatte ihn die Dunkelheit verschlungen.

Sir Henry drehte sich zu Sophia um und sah aus, als würde er am liebsten weiter auf sie einschlagen. »Was dich betrifft, du verlogene Schlange … Du hast behauptet, deine Fehler eingesehen zu haben und Ellerdales Antrag annehmen zu wollen, und dabei hattest du die ganze Zeit vor, dich aus dem Haus zu schleichen und mit einem dreckigen kleinen Gärtnerburschen abzuhauen.« Dem Butler befahl er: »Hol mir meine Peitsche!«

»Sir Henry«, warf der Butler ein, »ich frage mich, ob es nicht besser wäre, Miss Fane in aller Stille ins Haus zurückkehren zu lassen.«

»Nach dem, was sie sich geleistet hat? Niemals!«

»Ihre Wut ist nur zu verständlich, Sir, doch Sie haben einen Gast und deshalb wäre es ratsam, Miss Fane vorerst nur in ihr Zimmer zurückzubringen.«

»In meinem Haus hat sie kein Zimmer mehr«, erwiderte Sir Henry. »Meinetwegen kann sie in der Gosse verhungern. Ich will mit ihr nichts mehr zu tun haben.«

Sophia zitterte, begegnete aber mutig dem Blick ihres Vaters.

»Sir Henry«, versuchte es der Butler erneut, »ich würde dazu raten, dem Aufkommen von Gerüchten in der Nachbarschaft entgegenzuwirken. Es wäre nicht klug, Miss

Fane hinauszuwerfen. Wenn man sie in ihrem Zimmer einsperren würde ...«

Sir Henry drehte sich wieder zu seiner Tochter um. »Wenn ich nur daran denke, wie viel Geld ich für dich verschwendet habe. Und wofür, du kleine Ratte?« Er spuckte vor ihr aus. Zu Mr Paxton sagte er: »Bring sie in ihr Zimmer. Lass an der Tür Riegel und vor dem Fenster Gitterstäbe anbringen. Von heute an habe ich keine Tochter mehr.«

Ein Versprechen

Sir Henry entfernte sich. Der Butler ergriff Sophias Arm und sie leistete keinen Widerstand. Mit gesenktem Kopf ging sie an seiner Seite langsam zum Haus.

Ich kauerte unter dem Strauch.

Wie dumm ich gewesen war, als ich gedacht hatte, ich könnte die Vergangenheit verändern. Als ob irgendjemand das schon jemals geschafft hätte.

Was würde jetzt mit mir geschehen?

Allein schon darüber nachzudenken war schrecklich. Ich fühlte mich, als wäre ich in einem endlos langen Tunnel ohne Ausgang gefangen.

Alles war gescheitert. Sophia würde nun den Rest ihres Lebens in ihrem Zimmer verbringen müssen. Und Robbie …

Wo würde Robbie hingehen?

Plötzlich kam wieder Leben in mich. Ich rannte zu dem

Tor und hinaus auf die Große Wiese. Ich rannte so schnell, dass ich immer wieder über das hohe Gras stolperte, aber wenn Robbie langsamer unterwegs war, würde ich ihn einholen.

»Evi?«

Ich hielt an und versuchte, in der Finsternis etwas zu erkennen.

»Evi, ich bin es: Robbie.«

Jetzt konnte ich sehen, dass er auf mich zuging. »Oh, Robbie, Gott sei Dank!«

»Was machst du hier? Hat er dich auch rausgeworfen?«

»Nein, ich wollte nach dir suchen.«

»Ich stand unter der Ulme dort bei der Mauer«, sagte er. »Ich habe es einfach nicht fertiggebracht, weiter wegzugehen. Es hat mich all meine Kraft gekostet, nicht zum Haus zurückzukehren. Ich kann nicht draußen vor der Mauer herumlungern und meine eigene Haut retten, während sie im Haus gefoltert wird.«

»Sie wird nicht gefoltert«, sagte ich und hoffte, dass das tatsächlich stimmte.

»Ich werde morgen dorthin gehen und sie rausholen«, sagte Robbie. »Ich kann sie nicht hier zurücklassen.«

»Du kannst da nicht wieder rein. Du hast doch gehört, was er gesagt hat: Er wird dich erschießen. Du hast überhaupt Glück, dass du noch lebst. Er hätte dich umgebracht, wenn Mr Paxton nicht dazugekommen wäre. Und was hat Sophia davon, wenn du tot bist?«

»Was hat sie davon, wenn ich hier rumstehe?«, entgegnete er wütend. »Während sie im Haus eingesperrt und geschlagen wird?«

Auf einmal kam ich mir älter vor als Robbie. Er war viel zu verliebt, um klar denken zu können. Ich musste eine Lösung für uns alle finden.

Neuer Mut keimte in mir auf. Meine Mutter hatte sich immer darüber beklagt, wie dickköpfig ich war. Jetzt, dachte ich, werde ich meine Dickköpfigkeit einmal für einen guten Zweck nutzen.

»Sir Henry ist ein gewalttätiger Mensch«, sagte ich zu Robbie. »Und man darf diese Sorte Mensch nicht gewinnen lassen. Man muss ihnen zeigen, dass man stärker ist als sie.«

Robbie schaute mich zweifelnd an.

»Nicht durch brutale Gewalt«, erklärte ich. »Denn auf dem Gebiet wird er uns stets überlegen sein. Wir müssen stattdessen eine List anwenden. Ich arbeite den ganzen Tag im Haus und ich schlafe auch dort. Wir wissen genau, wo im Haus sich Sophia aufhält. Kann es wirklich so schwer sein, sie da rauszuholen?«

»Ihr Vater wird sie hinter Schloss und Riegel halten. Er wird die Tür bewachen lassen.«

»Mach dir keine Sorgen«, entgegnete ich. »Ich bin ständig im Haus. Ich werde einen Weg finden.«

Plötzlich aber kam mir ein entsetzlicher Gedanke und mir brach der kalte Schweiß aus. Jetzt gerade war ich nicht im Haus. Ich war mitten im Abendessen hinausgerannt. Sie würden mich entlassen und dann konnte ich Sophia nicht mehr helfen zu entkommen.

»Ich muss wieder zurück«, sagte ich und bemühte mich, ruhig zu klingen. »Sag mir nur, wo du sein wirst und wie ich dir Nachrichten schicken kann.«

Einen Moment lang starrte er mich ausdruckslos an. Dann fiel ihm etwas ein. »Ich gehe zur Schwester meiner Mutter, sie heißt Elizabeth. Sie wohnt in dem kleinen weißen Haus neben der Kirche. Ich passe auf, dass mich niemand dort hineingehen sieht, und verstecke mich tagsüber.«

»Aber wie kann ich mit dir in Verbindung bleiben?«

»Betty wohnt im Dorf«, antwortete Robbie. »Schick mir die Nachrichten durch Betty. Aber schreibe nie etwas auf.«

Betty war mir immer wie eine Klatschbase vorgekommen. Ich hatte wieder das Bild vor Augen, wie sie mit Mary und Alice zusammenstand und tuschelte. »Kann sie denn etwas für sich behalten?«

»Ich kenne sie schon mein Leben lang. Ich bin mir sicher, dass wir ihr vertrauen können.«

Ich wollte widersprechen, schloss dann aber den Mund. Wir hatten keine andere Wahl.

»Ich werde Sophia da rausbekommen«, sagte ich und bemühte mich, zuversichtlicher zu klingen, als ich mich fühlte.

»Ich danke dir, Evi. Vielen, vielen Dank!«

Ich raffte meine Röcke und lief los. Vor der Tür zur Spülküche blieb ich stehen, um zu verschnaufen und zu überlegen, was ich Mrs Hardwick sagen sollte. Welchen Vorwand sollte ich vorbringen? Welche Erklärung für mein Verhalten von vorhin würde glaubwürdig sein?

Plötzlich fiel mir etwas ein. Wenn ich mir wirklich Mühe gab, konnte es vielleicht funktionieren.

Eine Idee

»Erbrechen?«, fragte Mrs Hardwick nach. Sie klang nicht sehr überzeugt.

Ich nickte und rümpfte angewidert die Nase. »Ganz schlimm. Es kam ganz plötzlich und ich hatte keine Zeit mehr, Bescheid zu sagen. Ich muss heute Mittag zu viel Rindfleisch gegessen haben. Und ich dachte, dass es für alle besser wäre, wenn ich mich so weit wie möglich vom Haus entferne.«

Mrs Hardwick kniff immer noch die Augen zusammen, doch sie trat einen Schritt zurück, was ich als gutes Zeichen auffasste.

»Und jetzt ist es vorbei?«

»Ich glaube, ja. Ich will keine Arbeit mehr versäumen, wo es doch so viel zu tun gibt.«

»Hm.« Sie klang skeptisch.

»Ich weiß, dass ich bisher als Hausmädchen nicht gerade geglänzt habe«, sagte ich, so bescheiden ich konnte. »Aber ich lerne schnell und ich will wirklich gut werden. Ich werde in Zukunft und solange Sie wollen auf meine freien Stunden verzichten und ich verspreche, dass ich von nun an doppelt so hart arbeiten werde.«

»Das musst du auch«, erwiderte sie, »wenn du wenigstens halb so gut sein willst wie Polly.«

»Ich weiß«, erwiderte ich angenehm überrascht darüber, dass sie Pollys Leistungen würdigte. »Polly ist einfach unglaublich.«

Es dauerte ewig, bis ich endlich eingeschlafen war, und dann suchte mich ein Albtraum nach dem anderen heim. Robbie und Sophia und Sir Henry und Mrs Hardwick und Jacob wirbelten durch immer beängstigendere Traumszenarien. In dem schlimmsten Albtraum (das war der, aus dem ich schweißgebadet um drei Uhr morgens erwachte) sollte ich gehängt werden, weil ich mich auf Sir Henrys Brust gesetzt hatte.

Nachdem ich aufgewacht war, ging es mir kaum besser. Dass ich am Galgen enden würde, war gar nicht so unwahrscheinlich. Polly hatte mir vor dem Einschlafen noch eine furchtbare Geschichte von einem zwölfjährigen Mädchen aus dem Nachbardorf erzählt, das gehängt worden war, weil es einen Unterrock gestohlen hatte.

Mrs Hardwick, die ein Tablett in die Dienstbotenstube trug, schaute mich mit gerunzelter Stirn an. »Du siehst tatsächlich etwas kränklich aus.«

Ich war überrascht und auch gerührt. Unglaublich, dass sie um meine Gesundheit besorgt war.

»Ich hoffe, das ist nicht ansteckend«, fuhr sie fort. »Nicht dass die übrigen Dienstboten sich auch noch übergeben müssen.«

Ach so. Na ja, war ja klar.

»Ist Miss Fane denn immer noch eingesperrt?«, fragte George mit einem Blick auf das Tablett.

»Ja«, erwiderte Miss Hardwick in einem Ton, der jede weitere Frage verbot. »Bring das hinauf in ihr Zimmer, Polly. Und vergiss nicht, die Tür hinter dir abzusperren, wenn du hinausgehst.«

»Ich nehme dir das ab, Polly«, sagte ich.

Vor Sophias Zimmer setzte ich das Tablett auf dem Boden ab. An der Tür waren zwei neue Riegel angebracht worden.

Ich trat ein und sah Sophia auf einem kleinen Sessel vor dem Fenster sitzen. Mit einem Gegenstand, den sie in ihrer rechten Hand hielt, kratzte sie etwas in die Scheibe ein.

»Miss Fane?«

Sophia kratzte weiter. Sie war noch genauso angezogen wie am Vorabend, aber ihre Hochsteckfrisur hatte sich teilweise aufgelöst und die Haare fielen ihr in schweren Strähnen über den Rücken.

Ich stellte das Tablett auf den Nachttisch und ging zu ihr.

In die Scheibe waren drei Wörter eingraviert:

Sophia Fane
Hier

Ihre Wangen waren bleich, ihre Augen stark gerötet. Sie wirkte ausgelaugt und erschöpft.

»Haben Sie wenigstens ein bisschen geschlafen?«, fragte ich.

Sie schüttelte den Kopf.

»Haben Sie die ganze Nacht lang auf das Glas geschrieben?«

»Wenn ich den Rest meines Lebens in diesem Raum verbringen muss, will ich, dass die Leute, die hier nach mir leben werden, wissen, dass ich von meinem eigenen Vater gefangen gehalten wurde. Ich will, dass wenigstens mein Name nicht vergessen wird.«

»Hat Ihr Vater denn gesagt, dass Sie den Rest Ihres Lebens hier verbringen müssen?«

»Sehr deutlich. Aber lieber das, als dass ich meine Liebe

verrate und einen Mann heirate, den ich verachte, und nur damit Charles Ellerdale seinen Grundbesitz vergrößert und mein Vater Zugriff auf Ellerdales Geld erhält. Meinetwegen können die beiden einander heiraten. Ich werde hier alleine sterben.«

»Aber was ist mit Robbie? Sie können doch nicht all Ihre gemeinsamen Pläne aufgeben!«

Sophia sprang auf und ihre dunklen Augen funkelten mich wütend an. »Aufgeben?«, sagte sie leise, aber eindringlich. »Du redest so, als ob ich eine Wahl hätte. Ich wäre sofort aus dem Raum gerannt, als du die Tür geöffnet hast, wenn ich Robbie dadurch nicht in Lebensgefahr bringen würde.«

»Also, ich …«

»Wenn ich versuche zu entkommen, wird mein Vater Robbie suchen und töten lassen.«

»Es tut mir leid, ich hätte das nicht sagen sollen. Ich weiß doch, dass Sie ihn nicht aufgeben würden.«

Sophias Miene wurde etwas milder. »Du bist gestern Abend in den Obstgarten gekommen und hast versucht, uns zu helfen. Danke.«

»Robbie wartet auf Sie«, flüsterte ich. »Er wohnt im Dorf, bei seiner Tante und wartet auf eine Nachricht von Ihnen. Er wird mit Ihnen fliehen, sobald Sie nachkommen.«

Beim ersten Satz hatte Sophia Hoffnung geschöpft, die sie jetzt jedoch rasch zu verlassen schien. »Wie soll ich denn nachkommen? Selbst wenn ich aus diesem Zimmer fliehen könnte, komme ich nicht aus dem Haus raus. Nachts wird alles abgeriegelt und bei Tage würde man mich sehen. Es ist einfach unmöglich.«

»Nichts ist unmöglich. Uns ist einfach noch nicht der richtige Plan eingefallen.«

Neugierig schaute Sophia mich an. »Warum nimmst du so starken Anteil an unserem Schicksal, Evi?«

Eine gute Frage. Wie schade, dass ich ihr nicht mein wahres Motiv verraten konnte: dass ich mich verzweifelt an die Hoffnung klammerte, aus einem bestimmten Grund in die Vergangenheit geraten zu sein und, sobald ich mein Versprechen erfüllt hatte, in meine eigene Zeit zurückkehren zu können.

Außerdem gab es noch ein zweites Motiv: Ich wusste, dass sie bereits schwanger war und dass man ihr das Kind bald nach der Geburt wegnehmen würde. Und ein drittes: Selbst zweihundert Jahre nach ihrem Tod hatte ihre Seele offenbar immer noch keine Ruhe gefunden. Wenn ich ihr zu einem Leben mit Robbie verhelfen konnte, würde sie vielleicht nach dem Tod Ruhe finden.

Sophia wartete ganz offensichtlich auf eine Antwort.

»Es ist kompliziert«, sagte ich.

»Du bist ein sehr ungewöhnliches Hausmädchen, Evi«, meinte sie. »Wie alt bist du?«

»Dreizehn.«

»Du siehst älter aus. Ich dachte, du wärst so alt wie ich.«

Wir sahen tatsächlich gleichaltrig aus, vielleicht weil ich älter wirkte und Sophia nicht wie sechzehn. An diesem Morgen sah sie mit ihrem halb gelösten Haar sogar noch jünger aus. Mir fiel auf, dass es ebenso lang wie meines war und genau dieselbe Farbe hatte.

Wir waren auch gleich groß, hatten dieselbe Figur und unsere Augen waren von derselben Farbe.

Erstaunt riss ich die Augen auf.

Was, wenn …? Könnte das funktionieren?

Aber wann wäre der richtige Zeitpunkt dafür?

Es müsste passieren, bevor das Haus abgesperrt wurde.

Also in der Dämmerung.

Sofort ging mir ein erschreckender Gedanke durch den Kopf. Würde ich in der Dämmerung noch im Haus sein?

»Miss Fane«, fragte ich. »Hat Ihr Vater mich letzten Abend irgendwie erwähnt?«

Sophia runzelte die Stirn. »Dich?«

»Hat er gesagt, dass er mich entlassen will?«

»Dich entlassen?«

»Weil ich ihn angegriffen habe. Wird er mich deshalb entlassen?«

»Keine Ahnung, was du meinst. Was soll ›entlassen‹ bedeuten?«

Oje! Wieder ein Wort, das 1814 noch nicht in Gebrauch war.

»Mich hier rauswerfen, meine ich. Wird er mich aus dem Haus werfen?«

»Ich kann mir nicht vorstellen, dass er sich in irgendeiner Weise an dich erinnert.«

Hoffentlich stimmte das. Denn wenn ich an diesem heutigen Tag nicht fortgejagt wurde, könnte mein Plan funktionieren. Er musste funktionieren, denn einen besseren hatten wir nicht.

Ich durfte keinen Verdacht erwecken, indem ich zu lange in ihrem Zimmer blieb. Ich musste schnell sein.

»Miss Fane«, sagte ich zu Sophia, »ich glaube, ich habe eine Idee, wie wir Sie hier rausbekommen, ohne dass Sie gesehen werden. Darf ich Ihnen meinen Plan verraten?«

Die Flucht

Um sieben Uhr abends betrat ich mit einem leeren Nachttopf in der Hand Sophias Zimmer.

Sie saß am Fenster und starrte in die Dämmerung, die sich über den Garten herabsenkte. Als ich hereinkam, drehte sie sich schnell nach mir um. Sie sah so zerzaust aus, als hätte sie sich stundenlang die Haare gerauft. Sie sprang von ihrem Stuhl auf.

»Ach, Evi, endlich bist du da! Ich hatte solche Angst, dass dich irgendetwas daran hindern würde zu kommen.«

Ich schaute auf das Fenster. Links unten in der Ecke war in das Glas geritzt:

Sophia Fane
Hier eingesperrt
am 27. April 1814

»Wir haben nicht viel Zeit«, sagte ich. »Mrs Hardwick beobachtet mich schon den ganzen Tag mit Adleraugen. Betty ist gerade gegangen. Sie sagt Robbie, dass er auf der Kirchwiese an dem Zauntritt bei den drei Ulmen auf Sie warten soll.«

Sophia errötete vor Aufregung. »Wir werden in der Nacht nach Lower Mistleham hinübergehen und dort dann die Postkutsche nach London nehmen. Ich habe in meiner Tasche Geld und Robbie hat von seinem Lohn so viel gespart, dass wir damit bis nach Schottland und zurück kommen. Und dann lassen wir uns in London nieder. Ich werde dort meinen Schmuck verkaufen.«

»Ihren Diamantring?«, fragte ich.

»Ja, den auch. Aber außerdem …« Sie schaute zur Tür. »Pass auf, dass jetzt keiner reinkommt.«

Ich stellte mich so zwischen sie und die Tür, dass ich Sophia verdecken würde, falls plötzlich jemand das Zimmer betrat. Sophia öffnete die unterste Schublade ihres Schreibtischs und zog unter einem Stapel Briefbögen einen kleinen Hammer und einen flachen Meißel hervor.

Damit ging sie zum Bett, kniete sich auf den Bettvorleger und schob das auf Rollen montierte Bett zur Wand.

Nachdem sie eine Ecke des Vorlegers zurückgebogen hatte, machte sie sich mit ihren Werkzeugen an den vier Nägeln zu schaffen, die dieses Dielenbrett, das etwas kürzer als die anderen war, am Unterbau des Fußbodens fixierten.

Sie zog alle vier Nägel heraus und hob das Brett ab.

In dem Hohlraum zwischen den Bohlen des Unterbaus war eine Holzschatulle, ungefähr so groß wie ein Schuhkarton. Sophia öffnete sie und holte ein Armband heraus: eine Reihe blutroter Rubine, von zwei Reihen glitzernder Diamanten gesäumt. Sie legte es über ihr Handgelenk.

»Oh, ist das schön!«, staunte ich.

Sophia lächelte. »Meine Großmutter hat es mir geschenkt. Nicht die Mutter meines Vaters, die immer sehr hässlich zu mir war, sondern die Mutter meiner Mutter, eine sehr liebevolle Frau. Sie hinterließ ihren gesamten Schmuck meiner Mutter, doch als ich dreizehn Jahre alt war und sie schon im Sterbebett lag, rief sie mich zu sich und gab mir dieses Armband. Sie sagte, ich dürfe niemandem verraten, dass sie es mir gegeben hatte. ›Verkaufe es, falls du einmal Geld brauchst‹, sagte sie.«

»Es ist herrlich!«

»Ich hätte natürlich auch den Schmuck meiner Mutter bekommen sollen, doch der wurde weggesperrt und soll mir erst ausgehändigt werden, wenn ich volljährig bin.« Sie lachte freudlos. »Jetzt werde ich ihn niemals wiedersehen.«

Draußen waren Schritte zu hören. Sophia, die immer

noch am Boden kniete, schob das Armband unter den Stoff ihres Kleides und klappte die Teppichecke wieder um. Ich rollte das Bett an seinen Platz zurück und tat, als würde ich die Laken glatt streichen.

Die Schritte entfernten sich wieder. Sophia steckte sich das Armband in die Tasche und setzte das Dielenbrett wieder ein.

»Gut«, sagte ich, als alles wieder in Ordnung gebracht war. »Wir müssen uns jetzt beeilen.«

»Knöpf du mein Kleid auf, dann mache ich es bei deinem«, schlug Sophia vor. Während wir damit beschäftigt waren, unsere Kleider loszuwerden, flüsterte sie aufgeregt: »Natürlich werden wir unsere Namen ändern. Wenn ich das Armband verkauft habe, mieten wir uns in London ein kleines Haus. Mit dem übrigen Geld finanzieren wir eine Kampagne gegen Kinderarbeit. Wir werden uns dafür einsetzen, dass alle Kinder in die Schule gehen können und lesen und schreiben lernen.«

»Aber wie wollen Sie das erreichen?«, fragte ich.

»Ach, wir haben schon viele Ideen. Und wir werden unser Leben diesem Ziel widmen.« Sie schäumte jetzt geradezu vor Begeisterung über. »Wenn wir erst einmal zusammen sind, wird es nichts mehr geben, das wir nicht schaffen können.«

Ich öffnete ihren letzten Knopf. »Jetzt sind meine dran.«

»Ich habe noch nie ein richtiges Kleid aufgeknöpft«, sagte Sophia. »Nur Puppenkleider.«

Ungläubig starrte ich sie an, beeilte mich dann aber dreinzuschauen, als ob ich es für ganz normal hielt, dass sich eine Sechzehnjährige noch nie selbst an- oder ausgezogen hatte.

»Ich fürchte, ich muss vieles lernen. Mein Leben wird von nun an ganz anders sein«, sagte sie, während sie begann, mein Kleid aufzuknöpfen.

Plötzlich bekam ich Angst, sie könnte ihren Mut verlieren.

»Wie lange werden Sie nach Gretna Green brauchen?«, fragte ich, in der Hoffnung, dass der Gedanke an die Hochzeit ihre Begeisterung neu entfachen würde.

»Von London aus mindestens zwei Tage, glaube ich.«

»Dann muss ich zwei Tage lang hierbleiben.«

Sie überlegte. »Du musst wesentlich länger bleiben. Nach der Hochzeit brauchen wir mindestens zwei Tage, um nach London zurückzukehren, und solange wir unterwegs sind, sind wir nicht sicher. Mein Vater würde wahrscheinlich alle Gasthöfe an der Strecke benachrichtigen. Bis wir uns irgendwo in London unter falschem Namen eingemietet haben, vergeht bestimmt eine Woche.«

Eine Woche? Wie würde ich es durchstehen, eine Woche lang in diesem Raum eingesperrt zu bleiben und mir die ganze Zeit über Sorgen machen zu müssen, ob ich entlarvt wurde?

Plötzlich aber fiel mir wieder ein, dass nicht ich die Dauer meines Aufenthalts in diesem Zimmer bestimmte.

»Eine Woche ist in Ordnung«, erwiderte ich. »Es wird eine nette Abwechslung sein, den ganzen Tag nur herumzusitzen. Das ist sicherlich besser, als Nachttöpfe auszuleeren und Fußböden zu schrubben.«

»Fertig«, sagte Sophia und trat einen Schritt zurück. »Jetzt tauschen wir unsere Kleidung.«

Zehn Minuten später standen wir einander gegenüber und betrachteten uns gegenseitig. Sophias Seidenkleid fühlte sich unglaublich leicht und geschmeidig an, vor allem weil ich jetzt mehrere Tage hintereinander das harte, kratzige Hausmädchenkleid getragen hatte.

Sie saß in meinem schlichten, aus grobem Stoff genähten Kleid und der Schürze am Frisiertisch und befahl: »Nimm jetzt die Nadeln aus meinem Haar und bürste es durch.«

Ich zog die Augenbrauen in die Höhe. »Bürsten Sie es selbst.«

Sophia war schockiert. »Aber um mein Haar kümmert sich doch immer meine Zofe!«

»Sie werden keine Zofe mehr haben, schon vergessen?

Sie sind jetzt ein Hausmädchen, also finden Sie sich am besten gleich in Ihre Rolle ein.«

Ich holte mir einen Stuhl und sagte: »Rücken Sie mal ein Stück. Ich muss auch in den Spiegel schauen können.«

Wortlos machte Sophia mir Platz. Ich löste meinen Haarknoten und nahm mir eine der Haarbürsten mit Elfenbeinrücken. Zögernd begann Sophia, nach ihren Haarnadeln zu tasten und sie herauszuziehen.

Schweigend bürsteten wir unser Haar und fielen dabei ganz unabsichtlich in denselben Rhythmus.

Sophia schaute mein Spiegelbild an. »Meine Güte, Evi, du siehst ja genauso aus wie ich!«

Und auch ich sah im Spiegel zwei herzförmige Gesichter mit den gleichen braunen Augen, beide eingerahmt von dunklem, leicht ins Kupferfarbene spielendem Haar.

»Es ist wirklich erstaunlich«, meinte Sophia. »Wir könnten Schwestern sein.«

Sie runzelte die Stirn.

»Was ist?«, fragte ich.

»Dein Haar.«

Mit beiden Händen zerzauste sie mir kräftig das Haar.

»He, hören Sie auf! Das ziept! Warum tun Sie das?«

»So ist es besser«, sagte sie und zog ihre Hände aus meinem Haarschopf. »Es war zu glatt. Du hättest es nicht bürsten dürfen.«

»Soll ich Ihnen die Frisur machen, die Polly und ich immer tragen?«

»Ja«, antwortete sie. »Ich werde aufmerksam zuschauen, denn in Zukunft muss ich sie ja selbst hinbekommen.«

Schweigend und angespannt schaute sie im Spiegel zu, wie ich ihr Haar straff nach hinten zog und zu einem Haarknoten schlang. Auf einmal sagte sie: »Ich habe Angst.«

»Dass Ihr Vater Sie erwischt?«

»Nein, nein. Wenn du hier in meinem Zimmer bleibst und tust, als wärst du ich, wird er nicht merken, dass ich weg bin. Das ist das Tolle an deinem Plan.«

»Wovor haben Sie dann Angst?«

»Ich kann überhaupt nichts, Evi. Ich habe mich niemals selbst frisiert. Ich kann nicht kochen, ich kann nicht putzen, ich kann kein Feuer anmachen …«

»Sie werden es lernen«, beruhigte ich sie. »Robbie wird es Ihnen zeigen. Ich konnte das alles auch nicht, bevor ich hier zu arbeiten anfing. So!«, sagte ich, nachdem ich die letzte Nadel in ihren Haarknoten gesteckt hatte. »Schauen Sie sich an: Evi, das Hausmädchen!«

Sophia nahm meine Hand. »Setz dich neben mich.«

Wir saßen schweigend vor dem Frisiertisch und starrten unser Spiegelbild an. Mein zerzaustes verworrenes Haar sah genauso aus wie das des Mädchens im weißen Nachthemd, das ich im Fenster gesehen hatte.

»Du hast so viel für mich getan«, sagte Sophia. »Ich wünschte, es gäbe auch etwas, das ich für dich tun könnte.«

»Machen Sie sich um mich keine Sorgen, ich komme schon zurecht. Aber vielleicht gibt es etwas, das Sie für Polly tun könnten. Ich hatte angefangen, ihr Lesen und Schreiben beizubringen. Sie möchte es so gerne lernen!«

Als ich es sagte, fiel mir wieder ein, wie Robbie es gelernt hatte. »Haben Sie vielleicht noch Ihre Schulfibel?«

»Ja«, antwortete sie. »Soll Polly die bekommen?«

»Das wäre großartig. Denn dann könnte sie damit weiterlernen. Sie will nämlich später Haushälterin werden.«

»All meine Schulbücher sind dort drin«, sagte Sophia und zeigte auf einen großen, mit Schnitzereien verzierten Schrank auf der anderen Seite des Zimmers. »Nimm dir alles, was du Polly geben möchtest.«

»Danke«, sagte ich. »Jetzt müssen Sie aber gehen, sonst wird Mrs Hardwick auf Sie aufmerksam. Und das sollten Sie auf jeden Fall vermeiden.«

Sophia griff in ihre Tasche und legte schnell zwei Goldmünzen in meine Hand. »Hier, du wirst sie vielleicht brauchen können.«

»Nein«, widersprach ich und gab sie zurück. »Das ist lieb, aber Sie benötigen das Geld für Ihre Reise.«

Sie bog meine Finger um die Münzen. »Ich habe noch genug. Du musst sie nehmen. Für Notfälle.«

Das erinnerte mich an die Worte meiner Mutter auf der Victoria Station. In einer anderen Zeit, in einer anderen Welt.

»Danke«, sagte ich. »Das ist wirklich sehr nett von Ihnen.« Ich stand auf und ließ die Münzen in meine Tasche gleiten.

»Was muss ich tun, wenn ich nach unten gehe?«, fragte Sophia.

»Nehmen Sie diesen Nachttopf mit. Keine Sorge«, sagte ich schnell, als sie zurückwich, »er ist leer, aber Sie brauchen ihn. Nachttöpfe ausleeren ist der einzige Grund, aus dem Hausmädchen nach draußen gehen dürfen. Gehen Sie durch die Hintertür raus. Um diese Zeit sollten alle so beschäftigt sein, dass Sie unbemerkt bleiben. Senken Sie den Kopf, wenn Sie über den Hof gehen, und falls dieser furchtbare Jacob versucht, Sie zu küssen, ohrfeigen Sie ihn. Er hat bei mir noch einige Ohrfeigen gut.«

Ich beschloss, ihr nicht zu sagen, dass mir verboten worden war, das Haus zu verlassen. Um diese Tageszeit saß Mrs Hardwick immer in ihrem Zimmer und sah Rechnungen durch, deshalb war ich mir ziemlich sicher, dass Sophia das Haus verlassen konnte, ohne angesprochen zu werden.

»Solange Sie den Nachttopf in der Hand halten«, sagte ich, »geht jeder davon aus, dass Sie ihn auf dem Misthaufen ausleeren wollen. Gehen Sie also in Richtung Misthaufen und verstecken Sie den Nachttopf im Wald, sobald Sie außer Sichtweite sind. Und dann laufen Sie, so schnell Sie können.«

Jetzt war Sophia an der Reihe, mir Anweisungen zu geben. »Du musst dein Haar ins Gesicht fallen lassen und darfst den Dienstboten nicht ins Gesicht schauen … Nein, noch besser ist, du bleibst mit dem Gesicht nach unten auf dem Bett liegen, wenn jemand das Zimmer betritt. Ja, ich denke, wenn du niemandem dein Gesicht zeigst, wird alles gut gehen.«

»Es wird schon klappen«, sagte ich. »Aber jetzt müssen Sie wirklich los. Viel Glück! Bei allem!«

Sie drückte mich kurz, aber fest an sich. »Ich danke dir, Evi. Du bist so gut zu mir. Ich werde immer an dich denken!«

»Vergessen Sie nicht, die Tür hinter sich abzuschließen und zu verriegeln«, sagte ich. »Und nehmen Sie unbedingt den hier mit.« Ich hielt ihr den Nachttopf hin. »Das ist Ihr Passierschein für die Freiheit.«

Eine Entdeckung

Draußen vor dem Fenster zwitscherten die Vögel.

Es kam mir vor, als hätte ich lange geschlafen. Warum hatte mich Polly nicht geweckt?

Ich öffnete vorsichtig meine Augen und schaute mich zaghaft um.

Vor Schreck war ich sofort hellwach.

Ich befand mich in Sophias Zimmer, lag in Sophias Bett, trug Sophias Sachen.

Auf dem Flur hörte ich Schritte. Die Tür von Sophias Ankleidezimmer wurde geöffnet. Ich zwang mich, ruhig zu atmen.

»Ich fand von Anfang an, dass mit ihr etwas nicht stimmte«, sagte eine Frauenstimme.

»Also, ich mochte sie sehr gerne«, erwiderte Polly. »Sie war furchtbar zerstreut, aber sie war nett und hat mich oft zum Lachen gebracht. Ich werde sie vermissen.«

»Hat sie denn ihre Reisetruhe mitgenommen?«

Das war Marys Stimme. Hatten sie mich bereits durch Mary ersetzt?

»Sie besaß gar keine«, antwortete Polly. »Sie hatte nicht mehr dabei als die Kleider, die sie am Leib trug.«

»Eben, das ist doch wirklich komisch: Sogar jemand, der aus dem Armenhaus kommt, hat eine Reisetruhe. Und sie sah gar nicht aus wie ein armes Mädchen. Sie strotzte ja förmlich vor Gesundheit.«

»Sie hatte schöne Zähne«, erinnerte sich Polly.

»Und trotzdem ist sie ohne alles gekommen und ohne alles gegangen. Das ergibt doch überhaupt keinen Sinn. Ich hätte gedacht, dass sie wenigstens dir etwas von sich erzählt hat.«

Ich fühlte mich furchtbar. Ich hätte so gerne einen Brief für Polly zurückgelassen. Sie hätte ihn zwar noch nicht selbst lesen, ihn sich aber von George vorlesen lassen können. Als ich gestern Sir Henrys Schreibtisch abgestaubt hatte, hatte ich ein Stück Papier stibitzt, doch bevor ich auch noch einen Bleistift gefunden hatte, war Mrs Hardwick in das Zimmer gekommen. Deshalb hatte ich mich nicht von Polly verabschieden können.

Doch jetzt, wo ich in diesem Zimmer eingeschlossen war, konnte ich ihr einen Brief schreiben und ihn irgendwo hinlegen, wo sie ihn fand.

»Vielleicht kommt sie ja zurück«, meinte Polly.

Mary schnaubte verächtlich. »Glaubst du, die Harthexe lässt sie wieder hier arbeiten, nachdem sie weggelaufen ist? Sie hatte ja schon vorher jede Menge Ärger mit ihr.«

»Wahrscheinlich ist sie zurück nach London, zu ihrer Mutter«, vermutete Polly. »Ich glaube, sie hatte die ganze Zeit über furchtbares Heimweh, auch wenn sie versucht hat, sich nichts anmerken zu lassen.«

»Ach so«, sagte Mary. »Wie das kleine Ding, das letztes Jahr hier war. Wie hieß sie gleich wieder?«

»Sarah«, antwortete Polly. »Armes kleines Mäuschen. Ich glaube, sie war erst acht Jahre alt. Was mag wohl aus ihr geworden sein?«

»Ich muss langsam mal in die Waschküche zurück«, sagte Mary, »sonst werde ich mit der Arbeit nie fertig.«

»Danke, dass du mir geholfen hast«, erwiderte Polly. »Das hier alles alleine machen zu müssen, ist wirklich kein Spaß. Ich hoffe, dass die Harthexe bald jemand Neuen einstellt.«

»Na ja, mit etwas Glück findet sie jemanden, der besser als Evi ist.«

»Als Hausmädchen war sie eine Katastrophe«, sagte Polly, als die beiden Sophias Ankleidezimmer verließen, »sie konnte nicht einmal ein Feuer anzünden. Aber sie hatte angefangen, mir Lesen und Schreiben beizubringen. Ich glaube nicht, dass ihre Nachfolgerin in der Lage sein wird, das zu tun.«

Es war wirklich eigenartig, Leute über mich reden zu hören, als wäre ich nicht mehr da.

Aber ich war ja tatsächlich nicht mehr da.

Jedenfalls nicht als Evi.

Wieder stieg Panik in mir auf. Ich schlug die schwere Bettdecke zurück und zwang mich, langsam und gleichmäßig zu atmen. Sophia hatte geschätzt, dass es eine Woche dauern würde, bis sie von Schottland zurückgekehrt und mit neuen Namen in London untergetaucht waren. Vielleicht würde ich also nur noch eine Woche in der Vergangenheit gefangen sein, so lange, bis sie in Sicherheit waren.

»Unser Herr lässt morgen vor dem Fenster Gitterstäbe anbringen«, sagte Mary draußen auf dem Flur. »Aber sie könnte auch so nicht durch das Fenster entkommen, nicht aus dem zweiten Stock. Jedenfalls nicht lebend.«

Eine leise Stimme irgendwo in meinem Kopf flüsterte: *»Du bist jetzt Sophia Fane. Und Sophia Fane ist ihr Leben lang nicht mehr aus diesem Zimmer rausgekommen.«*

Ich brachte sie zum Schweigen.

Die Tage hauptsächlich im Bett liegend zu verbringen, fiel mir leichter, als ich gedacht hatte. Ich döste viel vor mich hin. Immer wenn ich Polly oder Mary kommen hörte, legte ich mich schnell bäuchlings auf das Bett und verbarg mein Gesicht zwischen den Kissen und meinem fächerartig ausgebreiteten Haar. Es war mir furchtbar peinlich, dass sie regelmäßig meinen Nachttopf raustragen mussten.

Jedes Mal wenn Polly das Zimmer betrat, überkam mich die Sehnsucht, ihr alles zu gestehen. Es war die reinste Folter, sie in unmittelbarer Nähe zu haben und nicht mit ihr sprechen zu dürfen. Doch würde ich sie nur in höchste Gefahr bringen, wenn ich sie zu unserer Mitwisserin machte. Also zwang ich mich stets, auf dem Bett liegen zu bleiben und nichts zu sagen.

Allmählich begann ich mich zu fragen, wer ich eigentlich war. Jeder hier hielt mich für Sophia, und obwohl ich natürlich wusste, dass ich nicht Sophia war, fühlte ich mich auch nicht mehr wie ich selbst.

Evi das Hausmädchen konnte ich ebenfalls nicht sein, denn Evi war verschwunden. Aber ich war auch nicht mehr jene Evi aus dem einundzwanzigsten Jahrhundert, die mit ihrer Mutter in London lebte.

Existierte jene Evi überhaupt noch? Hatte es sie jemals gegeben? Was, wenn das hier die Wirklichkeit und das Leben der Londoner Evi nur ein Traum gewesen war?

Wurde ich allmählich verrückt?

An den langen Nachmittagen, wenn niemand in mein

Zimmer kam, saß ich in dem Sessel am Fenster und schaute in den Garten hinunter, so wie Sophia es getan hatte, als sie die Inschrift ins Glas ritzte.

Der Garten veränderte sich mit jedem Tag. An den Bäumen trieb junges Laub aus, das frische Grün des Grases wurde allmählich dunkler, Blumen erblühten. Ich öffnete das Fenster, roch die Frühlingsluft und spürte die leichte Brise auf meinem Gesicht. Manchmal, wenn der Wind aus der richtigen Richtung wehte, konnte ich die Blumen sogar riechen. Aber das war nicht im Entferntesten so schön, wie das Gras unter den Füßen zu spüren, die samtigen Apfelblüten zu berühren, Vögel aus nächster Nähe zu beobachten, die Spiegelung der Sonne in einem Tautropfen zu betrachten und zuzuschauen, wie auf ihm ein winziger Regenbogen erschien.

Nachts hatte ich nur kurze Schlafphasen und lag dazwischen stundenlang wach. Dafür schlief ich lange in den Vormittag hinein. Dadurch verlor ich mein Zeitgefühl. Ich wusste nicht mehr, welches Datum wir hatten. War denn schon eine Woche vorbei?

Ich setzte mich an Sophias Schreibtisch und holte eine Schreibfeder, ein Tintenfass und ein paar Briefbögen aus den Schubladen. Ich würde auch Polly schreiben und den Brief unter ein Kopfkissen legen, damit sie ihn fand, falls ich jemals in meine Gegenwart zurückkehren konnte.

Die Tür zwischen Treppenhaus und Flur ging auf und Schritte näherten sich. Ich raffte schnell das Schreibzeug zusammen und versteckte mich damit unter der Bettdecke. Ich breitete mein Haar über meinem Gesicht aus und steckte die von meiner Hausmädchenarbeit immer noch stark geröteten Hände unter das Kissen.

Stimmen. Ganz bestimmt die von Polly. Und die anderen klangen nach George und William.

Die Riegel wurden zurückgeschoben, die Tür ging auf.

»Aber im Grunde müsste das doch gar nicht sein, oder?«, fragte Polly leise.

»Pssst, Miss Fane schläft«, sagte William.

»Sie schläft ständig«, stellte George fest. »Meiner Meinung nach gibt er ihr Schlafmittel.«

»So etwas darfst du nicht sagen«, widersprach Polly.

»Du musst gerade reden«, meinte George lachend.

»Ich habe nicht über die Familie geklatscht«, entgegnete Polly. »Welche Möbelstücke sollt ihr denn raustragen?«

»Alle«, antwortete George. »Und sämtliche Bilder und Ziergegenstände. Sie soll nur noch das Bett behalten dürfen, hat der Herr gesagt.«

»Das arme Ding«, sagte Polly mitfühlend. »Dadurch wird ihr Zimmer wirklich zu einem Gefängnis. Sie ist hier drin schon seit acht Tagen eingesperrt und ihr muss das wie eine Ewigkeit vorkommen. Wie kann er auch nur daran denken, sie für den Rest ihres Lebens hier gefangen zu halten? Er treibt sie in den Wahnsinn.«

Acht Tage waren vergangen, seit Sophia hier eingesperrt worden war. Am zweiten Tag ihrer Gefangenschaft hatte ich mit ihr getauscht, also befand ich mich seit genau einer Woche in diesem Zimmer. Wenn alles gut gegangen war, müssten Sophia und Robbie mittlerweile verheiratet und wieder in London sein. Bedeutete dies, dass ich vielleicht schon heute Nacht in meine Gegenwart zurückkehren konnte?

»Lass uns zuerst den Tisch hinaustragen«, schlug William vor. »Räum alles ab, was draufsteht, Polly.«

Ich hörte, wie Schubladen geöffnet und Dinge umgestellt wurden.

»Glaubt ihr denn wirklich, dass sie gemeinsam durchgebrannt sind?«, fragte Polly leise. »Robbie und Evi?«

Ich zuckte zusammen.

»Na ja, das ganze Dorf redet drüber«, meinte George.

»Aber glaubt ihr es auch?«

»Ich finde, dass es ein eigenartiger Zufall ist. Beide sind in derselben Nacht verschwunden. Ohne vorher etwas zu sagen, hat er sich aus dem Haus seiner Tante geschlichen. Er hatte behauptet, ins Bett zu gehen. Erst als er am nächsten Morgen nicht frühstücken kam, hat sie gemerkt, dass er weg war.«

»Und das war wirklich in der Nacht, in der Evi verschwunden ist?«

»Genau.«

Eine Weile schwiegen alle drei. Ich hörte, wie sie die Sachen herunternahmen, die auf dem Kaminsims gestanden hatten.

»Dieser Robbie war ein komischer Kauz«, meinte George. »Er hat hier irgendwie nicht reingepasst.«

»Ich fand ihn sehr freundlich«, sagte Polly. »Ich mochte ihn. Er war so sanft.«

»Das ist genau das, was ich meine. Er war einfach anders. Er machte nie beim Ringen mit, oder bei anderem Sport. Er saß immer nur da und las oder zeichnete.«

»Ich hoffe jedenfalls, dass sie etwas gefunden haben, das besser ist als das hier«, erwiderte Polly. »Es ist seltsam, wie Leute einfach kommen und gehen. Ich weiß noch nicht mal, wie Evi mit Nachnamen heißt. Und Robbies Nachnamen kenne ich auch nicht.«

»Robbie hat ihn mir mal gesagt«, erzählte William. »Und ich habe ihn mir sogar gemerkt, weil er so ungewöhnlich ist. Robert Tregarron heißt er.«

Ich spürte, wie sich mir die feinen Härchen im Nacken aufstellten.

»Tregarron?«, wiederholte Polly. »Was für ein komischer Name.«

»Finde ich auch. Er sagte, der Name käme aus Cornwall.«

Ich bekam am ganzen Körper eine Gänsehaut.

»Aber er hat dort nie gelebt«, erzählte William. »Sein Vater hat in einem kleinen Dorf in Cornwall gewohnt. Als sich im Dorf die Pocken ausgebreitet haben, ist die Familie von Robbies Vater daran gestorben. Er ist zu Fuß nach London gegangen, er hat Wochen gebraucht, bis er die Stadt erreicht hat, und hat unterwegs unter Hecken geschlafen. In London fand er dann Arbeit und eine Frau, und Robbie kam auch dort zur Welt.«

»Und dann starb auch Robbies Familie«, warf Polly ein.

»Ja«, bestätigte William. »Robbie hat erzählt, er wäre der einzige Tregarron, der noch am Leben ist.«

»Lass uns jetzt mal diese Kommode raustragen«, sagte George. »Will, du fasst am anderen Ende an.«

Polly bückte sich nach dem Nachttopf unter meinem Bett, und als sie ihn darunter hervorzog, strich ihr Ärmel über meinen Arm. Dann gingen sie alle drei hinaus und die Tür wurde wieder von außen verriegelt.

Ich setzte mich auf. Mein Herz klopfte wie wild.

Es gab nur eine einzige Familie mit diesem Namen und sie stammte aus einem kleinen Dorf in Cornwall.

Robbie war mein Vorfahre.

Abschied

Ruhelosigkeit überkam mich. Ich schwang die Beine aus dem Bett, ich brauchte Bewegung. Ich lief im Zimmer auf und ab und wiederholte dabei in Gedanken ständig die Namen.

Robbie Tregarron. Evi Tregarron.

Und dann kam mir ein Gedanke, der mich innehalten ließ.

Wenn Robbie und Sophia geheiratet hatten, war aus Sophia Fane inzwischen Sophia Tregarron geworden. Deshalb sahen meine Mutter und ich Sophia derart ähnlich. Auch sie war eine unserer Vorfahren, ebenso wie ihr Baby.

War das der Grund, warum der Geist nur Mum und mir erschienen war? Weil nur jemand, der eng mit Sophia verwandt war und ihr darüber hinaus auch noch ähnlich sah, in die Vergangenheit reisen und mit ihr tauschen – und ihr dadurch die Flucht ermöglichen konnte?

Vor dreizehn Jahren hatte sich Mum der Bitte von Sophias Geist verweigert. Ich dagegen hatte versprochen, ihr zu helfen, und jetzt sah es ganz so aus, als hätte ich das Versprechen erfüllt. Würde ich nun endlich wieder in meine Zeit zurückkehren können?

Es war bereits sehr spät am Abend und meine Kerze war so weit heruntergebrannt, dass nur noch ein kleiner Stumpen übrig geblieben war. George und William waren den ganzen Nachmittag immer wieder ins Zimmer gekommen und hatten alle Besitztümer von Sophia herausgetragen, sodass ich erst am Abend anfangen konnte, meinen Brief an Polly zu schreiben. Ich wollte ihr darin für alles danken, sie aber auch dazu ermutigen weiterzulernen, damit sie eines Tages Haushälterin werden konnte.

Außerdem schrieb ich eine Nachricht, für die ich Sophias Schrift auf der Fensterscheibe nachahmte. Darin stand, dass Evi ihren Brief Sophia anvertraut hatte, mit der Bitte, ihn zu einem geeigneten Zeitpunkt Polly zu übergeben.

Ich blies auf das Papier, um die Tinte zu trocknen. Dann holte ich die beiden Goldmünzen, die Sophia mir geschenkt hatte, aus der Tasche, legte sie auf den Brief für Polly und faltete das Papier so, dass sie nicht herausfielen. Ich schob Brief und Nachricht unter mein Kopfkissen, zusammen mit den Schulbüchern, die ich aus Sophias Schrank gerettet hatte, bevor William und George alles hinausgetragen hatten.

Die Stalluhr schlug Mitternacht. Gleich darauf war mir, als legte sich eine Decke aus Stille über die Welt.

Tap, tap, tap.

Mir stockte der Atem.

Wieder erklang das leise Klopfen.

Mir war vor Aufregung beinahe schwindelig, als ich zum Fenster ging und die Vorhänge zurückzog.

Auf der anderen Seite des Fensters erblickte ich Sophia in ihrem weißen Nachthemd, doch dieses Mal sah sie nicht mehr verzweifelt aus, sondern ruhig und heiter.

Sie legte ihre linke Hand auf das Glas, genau so, wie sie es damals getan hatte. Ich legte meine rechte Hand auf die andere Seite. Und da sah ich ihn, an ihrem Ringfinger: einen schmalen goldenen Ehering.

Sie schaute mir in die Augen und lächelte. Doch als ich zurücklächelte, verschwammen ihre Umrisse, bis ihre Gestalt mit dem Mondlicht verschmolz.

»Nein«, flüsterte ich. »Geh nicht!«

Eine Wolke zog vor dem Mond vorbei und Sophias Geist löste sich vollends auf.

Ich blieb am Fenster stehen und starrte in die Nacht hinaus. In Gedanken rief ich Sophia zurück, doch ich wusste, dass sie nie wieder herkommen würde. Sie war jetzt mit Robbie verheiratet und würde ihr Kind behalten können.

Plötzlich wurde mir schwindelig, meine Arme und Beine fühlten sich furchtbar schwer an und ich konnte meine Augen gerade noch so lange offen halten, bis ich zum Bett zurückgefunden hatte. Ich legte mich hinein und meinte, den metallischen Klang von Annas Wohnzimmeruhr zu hören, die gerade Mitternacht schlug.

Teil drei

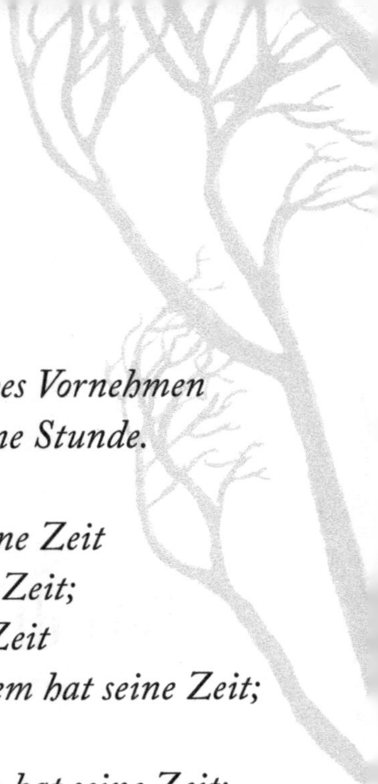

Alles hat seine Zeit und jegliches Vornehmen
unter dem Himmel hat seine Stunde.

Geboren werden hat seine Zeit
und Sterben hat seine Zeit;
Pflanzen hat seine Zeit
und das Ausreißen von Gepflanztem hat seine Zeit;

Töten hat seine Zeit und Heilen hat seine Zeit;
Niederreißen hat seine Zeit
und Aufbauen hat seine Zeit;

Weinen hat seine Zeit und Lachen hat seine Zeit;
Klagen hat seine Zeit und Tanzen hat seine Zeit;

Steine werfen hat seine Zeit
und Steine sammeln hat seine Zeit;
Umarmen hat seine Zeit
und Fernbleiben vom Umarmen hat seine Zeit;

Suchen hat seine Zeit und Verlieren hat seine Zeit;
Aufbewahren hat seine Zeit
und Wegwerfen hat seine Zeit;

Zerreißen hat seine Zeit und Nähen hat seine Zeit;
Schweigen hat seine Zeit und Reden hat seine Zeit;

Lieben hat seine Zeit und Hassen hat seine Zeit;
Krieg hat seine Zeit und Friede hat seine Zeit.

Klagen hat seine Zeit

Plitsch, platsch, wisch, klapper, klirr.

Komisch. Irgendjemand spülte in unmittelbarer Nähe meines Zimmers Geschirr.

Mein Bett fühlte sich anders an. Das Zimmer roch anders.

Ich öffnete die Augen und wagte im ersten Moment nicht, ihnen zu trauen: Mein Koffer lag geöffnet auf dem Fußboden, meine Sachen waren ringsherum verstreut. In das Geklapper des Abwaschs mischte sich Radiomusik. Draußen fuhr ein Auto vorbei.

Ich schrie vor Glück. Ich war zurückgekehrt! Zurück im einundzwanzigsten Jahrhundert!

Freude und Erleichterung rollten wie Wellen über mich hinweg. Ich hatte getan, was getan werden musste, und hatte mein eigenes Leben zurückbekommen. Ich war wieder in der Welt von Wasserleitungen und Internet, meinen

Freunden und Fernsehsendungen, Spülklosetts und Zentralheizung, Schokolade, Chips, Smartphones und Mum. Mit anderen Worten: im wirklichen Leben.

In *meinem* Leben.

Vor Entzücken wirbelte ich im Zimmer herum, bis mir so schwindelig wurde, dass ich gegen die Wand krachte. Ich wollte schon ins Wohnzimmer hinüberlaufen (vor lauter Glück hätte ich sogar Anna umarmen können), als ich mich plötzlich selbst roch und merkte, dass ich mich im Augenblick lieber nicht in die Nähe von Mitmenschen begeben sollte. Jedenfalls nicht von Mitmenschen aus dem einundzwanzigsten Jahrhundert.

Ich stand unter der Dusche und starrte das auf mich herabstürzende Wasser an. Was für eine unglaubliche Erfindung! Heißes fließendes Wasser nach Herzenslust, das in seinen Rohren nur darauf wartete, dass man den Hahn aufdrehte. Man brauchte kein Feuer anzuzünden, keine Kupferkessel aufzuheizen, keine schweren Kannen die Treppen hinaufzutragen. Man brauchte auch keine Nachttöpfe zum Misthaufen hinunterzutragen, denn auch für das Abwasser gab es Rohre, in jedem Haus, überall im ganzen Land.

Warum redete man so selten über dieses unfassbare Wunder?

Es fühlte sich unglaublich gut an, wieder sauber zu sein

und nach Duschgel und Shampoo zu riechen, anstatt nach Essig und Ruß. Ich zog eine Jeans und einen Pulli an und lief in die Küche.

Anna hatte rings um den Schädel auf dem Esstisch Platz gemacht. Vor ihr lag ein aufgeschlagenes Heft, dessen Seiten mit krakeliger Schrift vollgeschrieben waren. Sie sah einen Stapel großer Schwarz-Weiß-Fotos durch und schaute auf, als ich hereinkam.

»Guten Morgen.«

»Morgen«, erwiderte ich, bemüht, ganz normal zu klingen, während mein Kopf versuchte, damit klarzukommen, dass Anna meine längere Abwesenheit in dieser Gegenwart offenbar gar nicht bemerkt hatte. Aus der alltäglichen Weise, in der sie mich begrüßt hatte, schloss ich, dass die lange Zeitspanne, die ich in der Vergangenheit verbracht hatte, hier in ihrer Zeit nicht länger gedauert hatte als eine einzige Nacht.

Dann aber betrachtete Anna mich aufmerksamer und runzelte die Stirn.

»Du wirkst erschöpft. Hast du schlecht geschlafen?«

Ich überlegte, was ich darauf antworten sollte. »Nicht wirklich schlecht«, sagte ich schließlich. »Aber auch nicht wirklich gut.«

»Es tut mir leid, aber ich muss jetzt los«, sagte sie und schnappte sich die Handtasche, die auf dem Esstisch gelegen hatte. »Eine offizielle Begehung des Friedhofs. Möchtest du mitkommen?«

»Danke, ich bleibe lieber hier und frühstücke.« Ich ging zum Küchenschrank, um ein paar Sachen herauszuholen.

»Willst du die Heizung anmachen?«, fragte Anna. »Der Schalter ist dort drüben neben der Tür.«

Ich knipste ihn an.

»Heute Morgen ist es ganz schön kühl, nicht wahr?«, meinte Anna. »Aber die Wohnung wird schnell warm, sobald man die Heizung eingeschaltet hat.«

Ich dachte an die vielen Arbeitsstunden, die im Jahr 1814 tagtäglich notwendig gewesen waren, damit es in einem Raum warm blieb: das Entfernen der Asche, das korrekte Legen des Feuerholzes, das Kohlenschleppen, das Feuermachen mit Feuerstein und Stahl. Und jetzt brauchten wir nur noch einen Schalter zu betätigen. Nie wieder würde ich das als selbstverständlich ansehen.

Nachdem Anna gegangen war, war ich viel zu unruhig, um in der Wohnung zu bleiben. Ich schnappte mir den zweiten Schlüssel und ging nach draußen.

Den Garten in meiner Zeit wiederzusehen, war ein Schock. An die Stelle von Blumenbeeten, Rasen und Hecken voller Blüten und Singvögel waren Parkplätze getreten. Gedämpft drang das Rauschen des Verkehrs auf der Durchgangsstraße bis hierher.

Ich ging um das Haus herum. Anna hatte erzählt, die Stalluhr wäre noch am alten Platz, also könnte es ja sein, dass auch die Stallgebäude stehen geblieben waren.

Am Eingang zum früheren Hof war ein Tor, darüber ein Schild mit der Aufschrift *Der alte Stall.* Die Stallgebäude und die Waschküche waren in Wohnhäuser umgewandelt worden. Die alten Pflastersteine waren durch glatte flache Steinplatten ersetzt worden, sämtliche Türen und Fenster waren modern. Die Ziegelsteine der Mauern aber schienen noch dieselben zu sein und waren nur etwas stärker verwittert, ebenso wie das Ziegeldach mit dem Uhrturm. Die goldenen Zeiger der Turmuhr waren genau auf zwölf Uhr stehen geblieben. Ein Blick auf meine Armbanduhr verriet mir, dass es in Wirklichkeit gerade halb elf war.

Das Tor war abgesperrt. Ich kehrte um und ging nochmals an der Vorderseite des Hauses entlang und dann um die linke Ecke herum, also dorthin, wo sich einst der Rasen und die Blumengärten bis zu den weiter entfernt gelegenen Feldern erstreckt hatten. Jetzt gab es hier nur einen schmalen, von einem hohen Zaun gesäumten Fußweg.

Gegenüber der Rückseite des Hauses waren die Ziegelmauern mit den bunt gestrichenen Türen gewesen, die in den Küchengarten und den Obstgarten geführt hatten. Diese Mauer war ebenso verschwunden wie die beiden Gärten. An ihrer Stelle gab es nun eine kleine Terrasse mit

Tisch und Stühlen aus Plastik. Dahinter kamen weitere Häuser.

Aber sie müssen doch den Wald gelassen haben, dachte ich. Sie konnten doch nicht den Hasenglöckchenwald gerodet haben! Für so etwas gab es sicherlich keine Genehmigung! Oder doch?

Der Wald existierte nicht mehr. Man konnte nicht einmal mehr sehen, dass hier ein Wald gewesen war. Es gab nur einen schlichten Zaun, der weitere Grundstücke einfasste.

Mir fiel ein kleiner blauer Fleck an dem Zaun auf, und als ich hinging, sah ich, dass es eine einzelne Hasenglöckchenpflanze war, deren glockenförmige kleine Blüten in der Brise schaukelten.

Ich kniete mich davor, senkte mein Gesicht zwischen die Blüten, und als ich ihren süßen Duft einatmete, fühlte ich mich in den Hasenglöckchenwald zurückversetzt und mir war, als hätte ich wieder das lange Kleid und die derben Lederschuhe an und als würde ich den schimmernden, duftenden blauen Blütensee bestaunen.

Wo waren nur all die Hasenglöckchen hin?

Sie waren unter Beton verschwunden, unter den Fundamenten der modernen Häuser. Erstickt, verwelkt, gestorben.

Und erst jetzt wurde es mir schlagartig klar: Sophia war

tot, Polly war tot, Robbie war tot. Von ihnen war nichts anderes mehr übrig als Skelette, die irgendwo in der Erde lagen.

Ich rollte mich auf dem Gras zusammen und weinte, bis ich keine Tränen mehr hatte.

Suchen hat seine Zeit

Ich wachte erst mitten am Nachmittag wieder auf, und weil es so kühl war, war ich komplett durchgefroren.

Ich öffnete die Augen. Da waren das Gras und der Zaun und die einzelne Hasenglöckchenpflanze.

Ich zitterte am ganzen Körper. Steif und ungeschickt stand ich auf und humpelte ins Haus.

In meinem Schlafzimmer angelangt, fuhr ich mit dem Finger an den Buchstaben und Ziffern auf dem Glas entlang. Sie waren meine einzige Verbindung zur Vergangenheit. Alles Übrige war anders geworden. Die Tür hatte man ausgewechselt, der offene Kamin war verschwunden, auf dem Dielenfußboden lag ein anderer Teppich.

Mir fiel etwas ein und ich zog scharf die Luft ein.

Die Fußbodendielen!

Was, wenn …?

Aufgeregt schob ich das Bett beiseite.

Und sofort erkannte ich es wieder: das Dielenbrett, das kürzer als die anderen war.

Die Nägel an beiden Enden sahen aus, als wären sie nicht so fest eingeklopft wie die an den übrigen Dielen. Allerdings war der Unterschied so geringfügig, dass er wohl nicht auffiel, wenn man es nicht wusste.

Unter dem Brett würde wohl nur eine leere Schatulle sein, aber sie würde mir viel bedeuten, war sie doch der Beweis, dass ich all das wirklich erlebt hatte. Ich war mir sicher, dass Sophia gewollt hätte, dass ich sie behalte.

Ich holte mir aus der Küche ein Messer, kniete mich auf den Fußboden und schob die Klinge unter den Kopf eines der vier Nägel. Bei Sophia hatten sich die Nägel leicht herausziehen lassen, doch ich konnte diesen hier nicht lockern. War Sophia kräftiger gewesen, als sie aussah?

Dann erinnerte ich mich daran, dass diese Nägel vermutlich zweihundert Jahre lang nicht berührt worden waren. Ich wühlte in Annas Küchenschublade herum, bis ich einen Metallspatel fand, ein Gerät, mit dem man normalerweise Bratkartoffeln umdreht. Leider aber war der Spatel vorne so dick, dass er sich nicht unter die Nagelköpfe schieben ließ. Ich musste mit der Messerklinge vorarbeiten und Holz abtragen, bis der Spatel unter den Nagelkopf passte. Dann drückte ich mit aller Kraft den Spatelgriff nach unten.

Der Nagel bewegte sich. Millimeterweise stemmte ich ihn höher und höher, bis er durch den letzten Druck auf den Spatelgriff ganz herausrutschte und quer durch das Zimmer flog.

Als ich den zweiten Nagel bearbeitete, musste ich mich zwingen, ruhig zu bleiben. Ihn herauszuholen war ebenso anstrengend wie beim ersten, aber schließlich gab auch er nach. Der dritte und der vierte Nagel folgten.

Mit zitternden Händen hob ich das kurze Dielenbrett ab. Die Augen hielt ich dabei fest geschlossen. Ich wäre furchtbar enttäuscht, wenn Sophias Geheimversteck leer wäre.

Ich holte tief Luft, bevor ich mich zwang, die Augen zu öffnen.

Die Schatulle war immer noch da.

Von Staub bedeckt stand sie zwischen den Bohlen, genau dort, wo Sophia sie verwahrt hatte, bevor sie Charlbury für immer verließ.

Eine Weile saß ich einfach nur da und grinste die staubige Holzschatulle an. Eigentlich war es unfassbar, dass sie zweihundert Jahre lang unter den Dielenbrettern gewesen war, während Menschen tagein, tagaus über den Fußboden gelaufen waren und nicht ahnten, dass sich darunter etwas verbarg. Es war unglaublich, dass die letzte Person, die diese Schatulle berührt hatte, Sophia gewesen war, als sie das Armband herausgeholt hatte, das ihr und Robbie ein neues Leben ermöglichen würde. Ebenso unglaublich kam es mir vor, dass ich vor zweihundert Jahren an genau derselben Stelle gestanden hatte wie heute und ihr dabei zugeschaut hatte. Oder aber vor einer Woche, je nachdem, wie man rechnete.

Das alles hatte sich also tatsächlich ereignet. Ich würde mich niemals wieder fragen müssen, ob ich es mir nur eingebildet hatte. Jetzt besaß ich einen Beweis. Und es war ein Erinnerungsstück, das ich mein Leben lang behalten konnte und das mich immer an meine Vorfahren erinnern würde.

Ich hob den Deckel der Schatulle und zuckte zurück, als hätte ich einen elektrischen Schlag abbekommen.

Denn die Schatulle war nicht leer. Sie war voller Papiere. Und darüber lag ein altes Buch.

Verwundert starrte ich alles an. Wer hatte es hineingelegt?

Ich nahm das Buch heraus und legte es beiseite. Darunter kam ein Umschlag zum Vorschein, der auf dem Papierstapel lag. Vorne auf dem Umschlag stand ein Name.

Evi

Aufbewahren hat seine Zeit

Vor lauter Aufregung vergaß ich zu atmen, als ich den Umschlag betrachtete. Das Papier war dick und glatt. Mein Name war in einer klaren, leicht geneigten Handschrift und in schwarzer Tinte geschrieben worden.

Ich kannte diese Schrift.

In dem Umschlag waren dicht beschriebene cremefarbene Briefbögen.

Meine liebe Evi,

es würde mich sehr glücklich machen zu wissen, dass Du diese Zeilen eines Tages lesen wirst, weil das bedeuten würde, dass Du am Leben bist und es Dir gut geht. Mein geliebter Gatte und ich haben auf jede erdenkliche Weise nach Dir gesucht, und dieser Brief stellt meinen letzten verzweifelten Versuch dar, Kontakt zu Dir aufzunehmen. Da in dem Haus mittlerweile nur noch der Butler und die Haushälterin wohnen, dachte ich, dass Du vielleicht eines Tages in Versuchung geraten könntest, noch einmal Charlbury aufzusuchen und nach dieser Schatulle zu schauen.

Vielleicht weißt du nicht einmal, dass Robbie und ich dank Deines Einfallsreichtums und Deines Muts erfolgreich fliehen und in Gretna Green heiraten konnten. Danach sind wir nach London zurückgekehrt, haben das Armband meiner Großmutter verkauft und uns ein kleines Haus gemietet. Aus Dankbarkeit haben wir den Familiennamen meiner Großmutter angenommen und uns Cranfield genannt. Erst nachdem wir in unser neues Heim eingezogen waren, hatten wir die Muße, über das außerordentlich große Opfer nachzudenken, das Du für uns gebracht hast. Mit Entsetzen wurde mir klar, dass ich so sehr mit meinem eigenen Kummer beschäftigt war, dass ich zugelassen hatte, dass Du deine Freiheit und vielleicht sogar Dein Leben in Gefahr brachtest, damit ich meine egoistischen Ziele verfolgen konnte.

Wir baten Robbies Tante Elizabeth, im Dorf Nachforschungen anzustellen, doch es stellte sich heraus, dass niemand wusste, was aus Dir geworden war. »Sophia« war spurlos verschwunden. Es waren Gerüchte in Umlauf, denen zufolge sie in ihrem Zimmer gestorben oder sogar von ihrem Vater ermordet worden sei. Allerdings erzählte der Hausdiener George, dass mein Vater in der Nacht, in der Du verschwunden bist, krank war und dass er, George, und Mr Paxton die ganze Nacht über bei ihm waren. George war sich sicher, dass »Sophia« auf unbekannte Weise aus dem abgeschlossenen Raum entkommen war. Ich habe keine Ahnung, wie Du diese unglaubliche Leistung vollbringen konntest, doch die Tatsache, dass sie Dir gelang, ist nur ein weiterer Beweis für Deinen ungewöhnlichen Mut. Durch Deine Charakterstärke und Deine Selbstlosigkeit wurdest Du, liebe Evi, zu einem leuchtenden, lebenslangen Vorbild für meinen Mann und mich. Wir hatten immer das Gefühl, dass wir etwas erreichen mussten, das Deines Opfers würdig war.

Wie wir uns geschworen hatten, widmeten wir unser Leben dem Bestreben, die beklagenswerten Lebensbedingungen der Kinder in unserem Land zu verbessern. Ich habe in diese Schatulle ein Exemplar unseres kleinen Buchs gelegt, das gemeinsam mit den wesentlich bedeutenderen Werken von Mr Charles Dickens, Mr Charles Kingsley und vielen anderen dazu beitrug, dass die Gesetze dieses Landes geändert wurden, um das Leid von Millionen von Kindern zu lindern.

Mein geliebter Ehemann ging letztes Jahr nach kurzer Krankheit von mir. Er und ich waren Seelenverwandte und meine Trauer wiegt schwerer, als ich in Worte fassen kann. Unser Sohn Theodore hat, da wir mittlerweile außer Gefahr sind, den wahren Familiennamen seines Vaters angenommen: Tregarron. Weil Robbie der einzige Mensch auf der Welt war, der noch so hieß, wollten wir nicht, dass der Name ausstirbt. Ich habe das große Glück, mit einem wunderbaren Enkel gesegnet worden zu sein. Er heißt Arthur und wird den Namen Tregarron an kommende Generationen weitergeben.

Wenn ich über mein Leben vor meiner Heirat nachdenke, wundere ich mich immer wieder, dass ich den Mut fand, mich gegen meinen Vater aufzulehnen und mit Robbie durchzubrennen.

Nur Deiner außerordentlich großzügigen Hilfe und Unterstützung, liebe Evi, ist es zu verdanken, dass mir diese Flucht gelang. Mein Leben als Sophia Cranfield war unglaublich reich und aufregend, und ich zittere immer noch bei dem Gedanken, welch ein Leben eine Sophia Ellerdale wohl erwartet hätte. Doch ob arm oder reich, es gibt immer noch so viele Frauen, deren Leben von Angst und Unterdrückung gezeichnet ist. Es bleibt also noch sehr viel zu tun.

Ich hätte mir so sehr gewünscht, Dich finden zu können, Evi. Robbie und ich wurden nie müde, nach Dir zu forschen. Wir haben sogar eine Suchanzeige in der Times *veröffentlicht. Doch all unsere Bemühungen blieben fruchtlos. Es war, als wärst Du vom Erdboden verschwunden. Erschwert wurde unsere Suche dadurch, dass wir nicht herausfinden konnten, wie Du mit Nachnamen heißt. Mrs Hardwick, die dich eingestellt hatte und Deinen vollen Namen gekannt haben musste, verließ Charlbury bald nach Dir und hinterließ keine Nachsendeadresse. Und seltsamerweise warst Du auch nicht in ihrem an-*

sonsten peinlich genau geführten Haushaltsbuch eingetragen. Es war so, als wärst du niemals in Charlbury gewesen.
Ich weiß, dass es vermutlich albern ist zu hoffen, dass Du eines Tages nach Charlbury zurückkehren und nach der Schatulle suchen wirst. Dennoch bin ich ein letztes Mal dorthingefahren, um diese Dinge dort zu hinterlegen. Außer dem Buch habe ich einige Zeitungsausschnitte dazugetan, Besprechungen des Buchs und Berichte über unsere Kampagnen, über jene Arbeit also, die Du uns ermöglicht hast, indem Du uns zu fliehen halfst.
Ich hoffe so sehr, dass Du ein glückliches und erfülltes Leben gelebt hast, liebe Evi.
Inzwischen bin ich eine alte Dame, und Du ebenfalls. Es ist seltsam, denn obwohl ich weiß, dass ich alt geworden bin, kann ich mir Dich nicht als alte Frau vorstellen. Ich sehe Dich immer noch als das dreizehnjährige Mädchen, dem ich vor so vielen Jahren begegnete.
Wenn Du diese Zeilen liest, liebe Evi, dann ist mein letzter Wunsch in Erfüllung gegangen.

Für immer Deine
Sophia

Charlbury, 24. April 1870

Ich saß auf dem Bett und las den Brief wieder und immer wieder. Irgendwie veränderte er alles: Sophia hatte aus der Vergangenheit Kontakt zu mir aufgenommen. Zweihundert Jahre, nachdem wir uns kennengelernt hatten, hatte mich ihre Nachricht erreicht.

Als ich den Brief so oft gelesen hatte, dass ich ihn beinahe schon auswendig konnte, faltete ich ihn wieder zusammen und steckte ihn behutsam in seinen Umschlag zurück. Dann nahm ich das hellblaue Buch in die Hand, das in der Schatulle darübergelegen hatte. Ich las den Titel und die Namen der Autoren.

ALLEIN IN DER STADT
ROBERT UND SOPHIA CRANEFIELD

Ich öffnete das Buch und zuckte zusammen, als ich die Illustration auf der ersten Seite wiedererkannte. Es war die Zeichnung, die Robbie an dem Tag, an dem ich ihn kennenlernte, Sophia geschenkt hatte: das Bild eines erschöpften, hungernden, in Lumpen gekleideten Kindes.

Ich blätterte um. Diese Seite war leer, abgesehen von einer einzigen Zeile in der Mitte.

Für Evi, wo immer sie auch sein mag

Heilen hat seine Zeit

Benommen tastete ich nach dem Wecker und schaltete den Alarm aus. Es war genau elf Uhr fünfundfünfzig. Ich hatte den Wecker vor dem Schlafengehen gestellt. Ich musste unbedingt sichergehen.

Ich setzte mich im Bett auf und wartete darauf, dass die Uhr in Annas Wohnzimmer Mitternacht schlug. Nach ihrem zwölften Schlag lauschte ich angestrengt.

Draußen rief eine Eule. Ich hörte Annas Bett knarzen. Vermutlich hatte sie sich im Schlaf bewegt. Ich wartete weiter, doch nichts veränderte sich. Kein Klopfen am Fenster, kein Schlagen der Stalluhr. Alles blieb ganz normal.

Ich ging zum Fenster und zog die Vorhänge auf. Mein Spiegelbild starrte mich an. Ich hob einen Arm und mein Spiegelbild ebenso. Ich langte nach oben, um die Vorhänge zusammenzuziehen, und mein Spiegelbild tat es mir nach. Ich lächelte und mein Spiegelbild lächelte zurück.

Zu Hause

Die Griffe der Einkaufstaschen schnitten mir auf dem Heimweg in die Hände. Außer Grundnahrungsmitteln hatte ich alles gekauft, was Mum gerne mochte: Schokolade, Erdnussbutter, Käse, Weintrauben, sogar eine Ananas.

Als ich vor fünf Tagen von zu Hause weggefahren war, hatte es sich wie Winter angefühlt. Jetzt aber schien es ganz plötzlich Frühling geworden zu sein. Es war warm und sonnig und hoch oben am Himmel ließen sich Schäfchenwolken im Wind treiben. Die Kirschbäume an der Straße standen in voller Blüte und Tulpen und Narzissen schmückten die Vorgärten.

Ich ging an der Tankstelle vorbei, wo Beutel voller Holzkohle an der Wand lehnten. Das würde eine nette Überraschung für Mum sein.

Die Frau an der Kasse fragte mich, ob mich jemand heimfahren würde.

»Nein«, antwortete ich. »Ich bin zu Fuß da.«

Ihr Blick wanderte zu meinen schweren Einkaufstaschen. »Wie willst du alles nach Hause bringen?«

»Keine Sorge«, meinte ich. »Ich schaffe das schon.«

Ich drückte mir den Kohlenbeutel mit beiden Armen gegen die Brust. Die Einkaufstüten baumelten jetzt an meinen Handgelenken. Zum Glück hatte ich es nicht weit.

Ich bog von der Hauptstraße in eine Seitenstraße ein und setzte mich auf eine niedrige Gartenmauer, um kurz zu verschnaufen. Ich lehnte den Kohlenbeutel an der Wand an und nahm die Einkaufstaschen von meinen schmerzenden Handgelenken. Wenigstens waren meine Hände mittlerweile ganz gut abgeheilt.

Die Gartenmauer gehörte zu einem großen alten Haus mit hohen Fenstern. In den Türsturz war die Jahreszahl 1792 eingraviert.

Dieses Haus hatte also schon zu Robbies und Sophias Lebzeiten hier gestanden. Damals muss dieser Teil Londons ein von Feldern umgebenes Dorf gewesen sein. Vielleicht waren Robbie und Sophia hier manchmal hergekommen, an einem sonnigen Tag, an dem sie nicht für ihre Kampagne gegen Kinderarbeit aktiv waren, an ihrem Buch schrieben oder Parlamentsabgeordnete dazu überredeten, eine allgemeine Schulpflicht einzuführen. Vielleicht waren sie gelegentlich an diesem Haus vorbeigelaufen.

Ich betrachtete die ausgetretene Steinstufe vor dem Gartentor. Generationen von Familienmitgliedern und Dienstboten waren über diese Schwelle gelaufen. Wie viele Tausende oder Millionen von Schritten brauchte es, um eine derart tiefe Mulde in eine Steinplatte zu graben?

Durch die Zeitungsausschnitte in Sophias Schatulle wusste ich, dass ihr Buch über die Geschichte von zwei Kaminjungen damals wie eine Bombe eingeschlagen hatte. Es hatte geholfen, die Öffentlichkeit auf das Problem der Kinderarbeit aufmerksam zu machen, und schließlich dazu beigetragen, dass Gesetze geändert wurden.

Der leichte Wind, der in der Straße wehte, ließ etwas aufblitzen. Ein Spinnennetz, das die Spinne zwischen einem Torpfosten und einem Strauch gespannt hatte. Ein großes, vollkommen gleichmäßiges Netz, das im Wind sachte hin und zurück schaukelte, sich dabei dehnte und verbog, aber nicht riss. An den feinen Fäden hingen rundliche kleine Tautropfen in perfektem Gleichgewicht und auf jedem irisierte ein Miniaturregenbogen.

Ich kniete mich vor das Netz und bewunderte die Fäden. Jeder einzelne würde sich leicht zerreißen lassen, gemeinsam aber bildeten sie ein stabiles, widerstandsfähiges Ganzes. Ich holte aus meinem Rucksack einen Bleistift und einen kleinen Skizzenblock.

Als ich dort hockte und das Spinnennetz zeichnete, flog

ein Rotkehlchen von einem Strauch herab und ließ sich auf der Gartenmauer nieder. Mit schief gelegtem Kopf schaute es mich mit seinen runden schwarzen Augen neugierig an.

»Hallo«, flüsterte ich. »Hallo, kleines Rotkehlchen.«

Das Rotkehlchen hüpfte von der Mauer herunter in den Garten. Ich schaute auf die Uhr. Noch drei Stunden, bevor Mum und Marcus vom Flughafen nach Hause kamen.

Ich stand auf, legte Stift und Block zurück in den Rucksack, schob meine Hände durch die Tragegriffe der Einkaufstaschen und hob den Kohlenbeutel hoch.

»Okay«, sagte ich halblaut zu mir selbst. »Auf nach Hause!«

Als ich wieder in unserer Wohnung war, machte ich mich sofort ans Werk. So wie Polly es mir beigebracht hatte, begann ich, indem ich die Oberflächen abstaubte. Ich putzte das Badezimmer, bis alles glänzte, und freute mich bei jedem Handgriff über meine Gummihandschuhe und das fließende warme Wasser. Anschließend saugte ich die ganze Wohnung und dachte darüber nach, wie entzückt Polly über diese unglaubliche Maschine gewesen wäre, mit der man aufrecht gehend Staub und Schmutz aufsammeln konnte. Ich machte auch unseren bisher nie genutzten Kamin sauber und holte all die Kiefernzapfern heraus, die ich dort angehäuft hatte. Sie würden sich sehr gut zum Anschüren des Feuers eignen.

Ich war erstaunt, wie anders es sich anfühlte, im eigenen Heim zu putzen, für jemanden, den ich von ganzem Herzen liebte. Ich fragte mich, ob Polly jemals ein eigenes Zuhause besessen oder ob sie ihr Leben lang nur für andere Menschen gearbeitet hatte. Wir hatten gestern keinen Termin beim Einwohnermeldeamt bekommen, doch Anna hatte mir versprochen, so bald wie möglich hinzugehen. Es war ein bisschen knifflig gewesen, ihr zu erklären, warum ich mich so sehr für das Leben eines Hausmädchens interessierte, das vor zweihundert Jahren gelebt hatte.

»In der Broschüre habe ich die Namen einiger Dienstboten gelesen«, schwindelte ich und hoffte, dass sie nicht nachsehen würde, denn in der Broschüre wurden keine Dienstboten namentlich erwähnt. »Dieses eine Mädchen, Polly Harper, war so alt wie ich, als sie hier in Charlbury gearbeitet hat, deshalb würde ich gerne mehr über sie erfahren.«

Anna hatte das gefallen. »Ich finde es schön, dass du dich für die Geschichte dieses Orts interessierst«, sagte sie. »Es ist immer schwierig, über Dienstboten mehr herauszubekommen, als wann sie geboren sind, geheiratet haben und gestorben sind. Von ihrem Leben blieben kaum jemals Spuren zurück. Vor der Einführung der allgemeinen

Schulpflicht konnten die meisten von ihnen nicht lesen und schreiben, und wer es konnte, hatte keine Zeit dafür. Sie besaßen kaum etwas und das wenige, was sie hatten, hat nur selten bis heute überdauert.«

»Was ist mit diesen Büchern, die von den Haushälterinnen geführt wurden?«

»Wenn ein Haushaltsbuch erhalten geblieben ist, müsste darin eingetragen sein, wann Polly eine Anstellung bekommen hat und wann sie wieder weggegangen ist. Aber durch den Besitzerwechsel und den Umbau von Charlbury sind solche Unterlagen wahrscheinlich verloren gegangen.«

Es muss Millionen von Menschen wie Polly gegeben haben, dachte ich, während ich die Küchenspüle putzte. Millionen von Menschen, die ihr Leben damit verbrachten, das Leben anderer leichter zu machen, die keinerlei Aufzeichnungen hinterließen, weil sie nicht schreiben konnten, und die in Gräbern ohne Grabstein liegen, weil ihre Familie für eine aufwendige Bestattung zu arm war.

Ich legte im offenen Kamin Papier, Kohle und Kiefernzapfen zurecht und zündete ein Streichholz an, was wesentlich leichter war, als mit Feuerstein und Stahl Funken zustande zu bringen. Bald knisterte das Feuer fröhlich vor sich hin, während ich das Obst in einer Schale, Tulpen in einer Vase und Käsestücke auf einer Platte arrangierte.

Mein Smartphone, das auf wunderbare Weise wieder zum Leben erwacht war, meldete mir eine E-Mail. Sie kam von Anna.

Liebe Evi,
nachdem ich Dich beim Bahnhof rausgelassen hatte, bin ich zum Einwohnermeldeamt gefahren und hatte dort bei der Recherche nach Polly Harper einigen Erfolg. Zum Glück sind viele Haushaltsaufzeichnungen von Charlbury aus dem neunzehnten Jahrhundert erhalten geblieben und werden in den Archiven aufbewahrt.
Polly kam 1812 im Alter von zwölf Jahren nach Charlbury und arbeitete dort bis 1820 als Dienstmädchen. Noch im selben Jahr heiratete sie George Lewis, einen der Hausdiener. Gemeinsam verließen sie Charlbury und wurden Haushälterin und Butler in einem Haus in Highfield. Polly hat es also geschafft, ihre Lebenssituation zu verbessern.
Du kannst jederzeit gerne wieder herkommen, wenn du weiter über die Geschichte des Hauses forschen willst. Es wird mir eine Freude sein, Dir auf jede mir mögliche Weise zu helfen.
Ich hoffe, Deine Rückfahrt ist problemlos verlaufen. Grüße bitte Deine Mutter ganz lieb von mir – und versuche, zu ihrem Mann nett zu sein.

Anna

PS: Vielen Dank für die Schokolade, die Du mir dagelassen hast. Sie ist köstlich. Aber waren die Spülhandschuhe ebenfalls als Geschenk für mich gedacht? Sollten sie etwa ein dezenter Hinweis sein? Ich hebe sie für Deinen nächsten Besuch auf!

Lächelnd las ich die E-Mail ein zweites Mal. Polly hatte ihren Traum verwirklichen können. Sie hatte mit der Schulfibel, die ich für sie unter dem Kopfkissen versteckt hatte, lesen und schreiben gelernt. Und sie hatte George geheiratet! Als Haushälterin und Butler hatten sie in dem Haus in Highfield sicherlich eine eigene Wohnung. Ab jetzt konnte ich mir, wenn ich an sie dachte, also vorstellen, wie sie in ihrem eigenen Wohnzimmer saß, vor einem fröhlich knisternden Kaminfeuer und mit so viel Tee, wie sie nur trinken konnte.

Erleichtert schrieb ich Anna eine Antwort:

Danke für Deine E-Mail und vielen, vielen Dank für das, was Du über Polly herausgefunden hast. Ich freue mich sehr, dass sie es geschafft hat, Haushälterin zu werden. Vielen Dank auch, dass ich bei Dir wohnen durfte.

Grübelnd betrachtete ich, was ich da eingetippt hatte. Was sollte ich als Nächstes schreiben?

Ich fragte mich, was aus Jacob und Alice und Mary und Betty und William und Nell geworden sein mochte. Ob das Haushaltsbuch von dem Haus in Highfield wohl ebenfalls in irgendwelchen Archiven gelandet war? Vielleicht könnte ich noch etwas über Pollys Leben nach Charlbury herausfinden. Ich könnte eines Tages ein Buch über die Geschichte von Charlbury House schreiben und es würde sicherlich interessanter sein als die langweilige Broschüre, die Anna mir gegeben hatte. Ich würde über das schreiben, was Sophia und Robbie nach ihrer Flucht erlebt hatten. Ich könnte über die Dienstboten schreiben, anstatt nur über die Leute, für die sie arbeiteten. Und ich könnte einige Tage des Jahres 1814 sehr genau schildern.

Dieses Buch könnte ich auch illustrieren. Sophia hatte in die Schatulle einige Skizzen gelegt, die sie und Robbie gemacht hatten. Ich könnte sie in meinem Buch zusammen mit eigenen Zeichnungen veröffentlichen.

Da erst ging mir auf, dass Charlbury einst der Sitz meiner Familie gewesen war. Ich würde die Geschichte meiner eigenen Familie schreiben. Wäre das nicht unglaublich?

Ich hatte Anna bisher noch nichts von der Schatulle erzählt, denn ich wollte, dass sie eine Weile mein Geheimnis blieb. Eines Tages aber würde ich sie ihr zeigen, und Mum auch. Schließlich waren Sophia und Robbie auch ihre Vorfahren.

Den Brief, den Sophia mir geschrieben hatte, würde ich allerdings niemandem zeigen. Er sollte für immer mein Geheimnis bleiben.

Ich tippte an meiner E-Mail weiter.

Ich würde sehr gerne wieder zu Dir kommen und mehr über die Geschichte des Hauses herausfinden. Ich möchte es auch gerne zeichnen. Vielleicht in den nächsten Schulferien, wenn Dir das recht ist.
Nochmals vielen Dank und bis bald. Und viel Spaß mit den Skeletten!
Evi

Es klingelte unten an der Haustür. Ich lief die Treppe hinunter und machte auf.

»Mum!«

»Evi! Ach, es ist so schön, dich wiederzusehen!«

Sie drückte mich so fest an sich, dass ich gar keine Luft mehr bekam. Also hatte sie doch nicht vor, mich durch ihren neuen Mann zu ersetzen.

Ich befreite mich aus ihrer Umarmung und schaute nach draußen.

»Wo ist denn Marcus?«

»Er schaut schnell mal im Büro vorbei, um ein paar Dinge zu regeln«, antwortete Mum.

»Ach so.«

Ich war beinahe enttäuscht, dass er nicht mitgekommen war. Ich hatte mich schon darauf gefreut, mit meinen häuslichen Leistungen anzugeben.

»Ich glaube, er tut das, weil er rücksichtsvoll ist«, meinte Mum. »Damit wir beide erst mal ein bisschen Zeit nur für uns haben.« Sie schaute mich besorgt an. »Also sei nett zu ihm, Evi.«

»Natürlich werde ich nett zu ihm sein«, erwiderte ich. »Wofür hältst du mich?«

Ich nahm ihren Koffer.

»Nein, lass doch, den trage ich schon selbst. Er ist schwer«, protestierte Mum.

»Das schaffe ich schon«, entgegnete ich. »Wie war es in Venedig?«

»Herrlich«, sagte Mum, während sie mir die Treppe hinauf folgte. »Ich erzähle dir alles bei einer Tasse Tee. Es tut mir leid, dass es hier so unordentlich war, als du heimgekommen bist, aber ich hatte vor der Abreise wegen all der Hochzeitsvorbereitungen keine Zeit mehr zum Aufräumen. Ich mache das morgen.«

Ich öffnete die Wohnungstür und Mum schnüffelte. »Hat hier jemand geputzt?«

»Ja, ich.«

Mum war verblüfft. »Du hast die Wohnung geputzt?«

»Jetzt tu doch nicht so überrascht.«

»Aber … ich dachte, du wärst gerade erst zurückgekommen.«

»Ich bin ein bisschen früher gefahren. Ich wollte alles für deine Ankunft vorbereiten. Komm und schau es dir an.«

Mum sah mich verwundert an. Ich führte sie ins Wohnzimmer.

Ihr fiel buchstäblich der Unterkiefer herunter. »Ein Feuer! Du hast Feuer gemacht! Und Kerzen! Und die schönen Blumen! Und es sieht alles so sauber aus! Hast du das wirklich alles alleine gemacht?«

»Gefällt es dir?«

»Ich bin begeistert. Es sieht großartig aus. Meine Güte!«, staunte sie, als sie vor dem Kaminsims stand. »Hast du die Kerzenhalter poliert?«

»Ich habe im Küchenschrank Metallpolitur gefunden.«

»Ich weiß gar nicht mehr, wann ich die das letzte Mal poliert habe. Sie haben deiner Großmutter gehört. Und sie sehen fantastisch aus. Die Türklinken hast du ja auch poliert! Und die Fenstergriffe!«

Fassungslos starrte sie mich an. »Ich kann gar nicht glauben, dass du das alles gemacht hast. Wo hast du gelernt, Feuerholz zu legen?«

Ich zuckte die Schultern. »Ach, in Charlbury. Ich habe

mich dort ein bisschen damit beschäftigt, wie die Menschen früher gelebt haben. Mit Feuer im Kamin und Kerzen und so. Dadurch habe ich das, was wir heute haben, mehr zu schätzen gelernt.«

Mum runzelte die Stirn, als begreife sie die Zusammenhänge nicht wirklich. »Das hast du bei Anna gelernt? Aber das alte Herrenhaus wurde doch umgebaut, da sind jetzt Wohnungen drin. Ich hätte nicht gedacht, dass man noch viel davon merkt, wie es früher ausgesehen hat.«

»Ach«, erwiderte ich, »du würdest staunen. Es ist faszinierend, wie sehr die Vergangenheit dort noch lebendig ist, wenn man an den richtigen Stellen Ausschau danach hält.«

Dank

Dieses Buch wurde von zahlreichen historischen Biografien und Orten inspiriert, insbesondere von der Geschichte der gescheiterten Flucht und nachfolgenden Gefangenschaft von Hetty Walwyn in *Hellens Manor* in Herefordshire. Ich danke den Verwaltern von *Hellens Manor* dafür, dass sie meinem Verlag *Nosy Crow* gestattet haben, das Anwesen zu fotografieren.

Ich danke Joe Friedman, Candy Gourlay, Paolo Romeo und Christina Vinall dafür, dass sie frühe Fassungen dieses Romans mit mir besprochen und mich ermutigt haben weiterzumachen. Großen Dank an Cliff McNish, der ein vollständiges Manuskript gelesen und mir seine hilfreichen Kommentare geschickt hat. Riesigen Dank an Nino Cirone, der mehrere Versionen gelesen und mich in die richtige Richtung gelenkt hat.

Ich freue mich sehr, dass meine Bücher von dem tollen

Team bei *Nosy Crow* veröffentlicht werden. Vielen Dank für alles, was ihr für mich tut. Besonderer Dank ergeht an meine Lektorin Kirsty Stansfield für ihre wertvollen Ratschläge und ihr Engagement.

Ich bin meinen Kindern Dorothea und Freddy unendlich dankbar dafür, dass ich ihnen mehrere Versionen dieses Romans vorlesen durfte und sie mir ein sehr sinnvolles (wenn auch mitunter sehr kritisches) Feedback gegeben haben.

Am allermeisten aber danke ich Oliver, der mir half, zu dieser Geschichte zu finden, und der immer an sie geglaubt hat.

Peters, Helen:
Mitternacht in Charlbury House
ISBN 978 3 522 18515 8

Aus dem Englischen übersetzt von Cornelia Panzacchi

Gesamtausstattung: Verena Körting
Einbandtypografie: Doris Grüniger, BUCH UND GRAFIK, Zürich
Schrift: Adobe Caslon Pro
Reproduktion: DIGIZWO Kessler + Kienzle GbR
Satz: FSM Premedia GmbH & Co. KG, Münster
Druck und Bindung: GGP Media GmbH, Pößneck

Titel der englischen Originalausgabe:
Evie's Ghost
This translation of Evie's Ghost is published by arrangement
with Nosy Crow Limited.

FSC
www.fsc.org
MIX
Papier aus verantwortungsvollen Quellen
FSC® C014496